運命の比翼

～片翼センチネルは一途なガイドの愛に囀る～

村崎 樹

illustration:秋久テオ

運命の比翼

～片翼センチネルは一途なガイドの愛に囀る～

鮮《あざ》やかな青色の翼《つばさ》を絶えず動かし、直線飛行をしていたシノブは、左側にちらりと目を動かした。

弓に矢を番《つが》えるときに発する、弦《つる》と矢筈《やはず》が触れ合う音。シノブの人間離れした聴覚はその些細《ささい》な音を正確に捕らえ、皮膚《ひふ》を掠《かす》める風の流れから、狙《ねら》われているのが自分だと悟った。地上では他の隊員たちが剣を振るい、刃がぶつかる音がそこかしこから聞こえていたが、それでも。

（七時の方向に二人……いや、三人。葉擦《はず》れの音が聞こえることを考えると、茂みに身を潜《ひそ》めている可能性が高い）

黒真珠を思わせる艶《つや》やかな目を細め、シノブは唇を固く結んだ。彼らに気づかぬ振りで大きな円を描くように飛び、眼下に広がる森の入り口——例の茂みがある場所に近づいていく。

獲物との距離が縮まったことを好機だと捉《とら》えたのだろう。シノブに向かって矢が放たれる音がした。

その瞬間、シノブはすばやく身を翻《ひるがえ》した。鋭角に旋回し、敵に向かって急降下する。自分たちの存在を見破られていたとは思わなかったらしく、三人の男たちが泡《あわ》を食って茂みから飛び出した。フォグネス王国のセンチネルは大柄《おおがら》な者が多いため、彼らに比べ拳《こぶし》二つ分ほど小さなシノブは、ガイドと間違われることが多い。

「逃がすか！」

サーベルの柄《つか》を握り直すと、涼しげと評される顔を歪《ゆが》めてシノブは吼《ほ》えた。逃げ惑う男の背中を斬《き》りつけ、その横を通り抜けながら、二人目、三人目と続けざまに刃を走らせる。

ドサドサッと男たちが倒れる中、シノブもおもむろに地面に降り立った。シノブから見て左側には岩場が続いていて、先ほどまで第一飛行隊を中心に激しい戦いが繰り広げられていたが、そちらもどうやら終息を迎えたようだ。

地面に伸びている者の中に、飛行隊の隊服を身にまとう人物は見当たらない。シノブは安堵《あんど》の息を漏らし、腰から下げたソードホルダーにサーベルを戻した。青色の翼が空気に溶けるように消え、そこから現れた一羽のオオルリが、シノブの頭上を旋回したのち肩に留まる。

途端《とたん》、視界がぐにゃりと歪んだ。強烈な目眩《めまい》を覚え、シノブは立っていられずその場に膝をつく。オオルリは慌《あわ》てて飛び立ち、翼と同様に姿を消した。

衣服越しに感じる地面の、常人であれば些細な感触に、シノブは「ぐっ……」と呻《うめ》き声を漏らした。地表の細やかな凹凸を生々しく感じ、針山に膝を乗せているような痛みを覚える。遠く離れた場所で交わされる隊員たちの会話が一つ残らず耳に突き刺さり、騒音として脳内に響き渡った。

（抑感装具《よくかん》は……？）

震える手で耳に触れると、耳介《じかい》に引っかける形で装着していた耳飾りがぽとりと落ちた。そこには込まれた宝石は、今朝準備したときは澄んだ水色だったのに、今は真っ黒に濁《にご》ってしまっている。まるで自分の魂《たましい》を表すかのようなその色に、シノブはひゅっと息を呑《の》んだ。

（まずい……、このままだと〈魂濁《こんだく》〉する……！）

自覚すると同時に、体の内側にどろっとしたものが注がれるのが分かった。紙の上にインクをこぼしたときのように、それはどんどんシノブの魂に染み込んでいく。真っ黒な〈穢《けが》れ〉はシノブの五感を暴走させ、その意識を底の見えない沼へと引きずり込もうとする。

「シノブがいたぞ！　森の中に入ったところだ。上位のガイドはすぐに彼を浄化《じょうか》しろ！」

上官がすぐさま指示を飛ばし、数名のガイドが急いでこちらに向かってくる様子が見て取れた。額《ひたい》に脂汗《あぶらあせ》を浮かべながら、シノブは吐き気を堪《こら》えて唇を結ぶ。彼らが駆けてくる音が響き、ひどい頭痛がした。このまま気絶したほうがきっと楽になれるだろう。

けれどシノブは倒れるわけにはいかなかった。意識を失ってしまえば、その間にガイドが浄化を行うはずだ。そうなれば彼らにも危険が及ぶことを、シノブは身を以《もっ》て知っている。

誰かが犠牲《ぎせい》になる可能性があるなら、たとえ地獄の業火《ごうか》に焼かれるような苦痛だとしても、自分一人で耐えるほうが何十倍もましだ。

シノブは腰に手を伸ばすと、革製のベルトからソードホルダーを取り外した。それを地面に突き立て、杖《つえ》代わりにして身を起こす。膝が笑い、全身が震える中、気力だけでなんとか立ち上がった。

「アサギリさん、今浄化を……っ」

焦《あせ》った様子でやって来たガイドの青年を、シノブは手のひらを見せて制止した。シノブのそれは、うっかりガイドに触れて浄化されないよう、分厚い革の手袋で覆《おお》われている。

「僕に触るな」

威嚇《いかく》するような声に、青年はビクリと身を跳ねさせた。すぐそばを飛んでいた鳩《はと》が、恐れをなして彼の背中に隠れる。

細く息を吐くと、シノブは黒と青で構成された前髪を掻き上げた。暴走した五感に苦しむ憐《あわ》れなセンチネルはそこにはいない。高圧的な眼差《まなざ》しに、ガイドたちがたじろぐのが分かった。

「浄化など不要だ。この程度で倒れるほど、特A級センチネルはやわじゃない」

毅然《きぜん》とした態度で言い放つと、シノブはなにごともなかったかのように岩場へと戻っていく。今にもあふれてしまいそうな、限りなく上限に近い量の穢れを溜め込んだまま。

＊＊＊

真っ白な天井を見つめるシノブ・アサギリは、今自分がどこにいるのか瞬時に判断できなかった。

背中に触れるベッドは個室に備えられたものよりも固い。その周りを囲うカーテンをぼんやり眺《なが》め、ここがフォグネス王国防衛組織〈不撓《ふとう》の両翼《りょうよく》〉本部――〈宿樹《やどりぎ》〉の医務室だと悟った。

（そうだ。任務終了後になんとか医務室までやってきて……処方薬を飲んで眠っていたのか）

重たい体を無理やり起こす。その些細な動作でも目眩がし、シノブは頭を支えるように額に手を当てた。肌はひんやりと冷たく、体調が完全には回復していないことを悟る。けれどそれは今に始まったことではない。

カーテンを引くと、見慣れた医務室の光景が広がっていた。視覚への刺激を抑《おさ》えるため、白い壁はあえてくすんだ色味になっている。壁と同様、センチネルへの刺激を最小限にするという目的のもと、室内には窓が設《もう》けられていない。

シノブが寝ていた場所と同じく、カーテンで囲われたベッドが複数並んでいて、その中央に白衣を着た数名の補佐官がいた。年若い補佐官たちの肩には小型の鳥が留まっているが、中心にいる三十歳前後の男性――この医務室を仕切る室長だけは鳥を従えていなかった。

穏《おだ》やかな面立《おもだ》ちの彼は、気怠《けだる》げに立ち上がるシノブを認めると、慌ただしい足取りで近寄ってきた。つかまるように、という意図で手を差し出してくるが、シノブはふいと視線を逸《そ》らす。

その反応に、室長は苦笑を漏らしつつ口を開く。

「体調はどうだい？　……って聞いたところで、いつもと変わらないか。元々肌が白いアサギリくんだけど、ここ最近はいつ見ても青白い顔をしているもんな」

シノブが色白なのは、フォグネス王国から遥《はる》か遠く離れた東陽《とうよう》の国の血を引いているためだ。二十四歳という実年齢よりも若く見られがちで、その特徴的な細面《ほそおもて》は良くも悪くも人目を引いた。

癖《くせ》のない艶やかな髪は根元が青色で、毛先にかけて黒色へと段階的に変化している。元々はただの黒髪だったが、十五歳で能力の発現が見られると、〈霊獣《れいじゅう》〉の羽色に合わせて自然と変色した。シノブに限った話ではなく、この国の能力者にとってはごく一般的な変貌《へんぼう》と言える。

室長の問いに答えないまま、シノブは黒色のシャツの襟《えり》に同色のネクタイを通した。第一ボタンまできっちり留めたうえで手早く締める。補佐官の一人が持ってきてくれた白色のジャケットには、豪《ごう》奢《しゃ》な金ボタンが並んでいた。左胸を飾る金属製の記章《きしょう》は、七枚の羽が連なる翼と王冠が彫られていて、シノブのそれは第一飛行隊の所属を示していた。

ジャケットの上からベルトを締めると、シノブは室長の後ろに控えている補佐官に目を向けた。

「浄化済みの抑感装具はあるか？」

「あっ……は、はい！　ただいまお持ちします」

ビクッと肩を跳ねさせた補佐官が、慌ただしく戸棚《とだな》へ向かう。やがて戻ってきた彼は、耳の縁《ふち》に添う意匠《いしょう》のイヤーフック、ネックレスにブレスレットといった宝飾品を手にしていた。怖々《こわごわ》といった様子で差し出された装具を、シノブは黒の革手袋をはめた手で受け取る。

それらを黙々と装着するシノブを見つめ、室長は溜め息を漏らした。

「分かっているとは思うけど、本当は番《つがい》のガイドに浄化してもらった抑感装具を身につけたほうがいいんだよ。番との相性によっては、センチネルだってミュートと変わらない生活を送れるようになるんだから」

「……僕と組める階級のガイドなど、そうそういないことは室長もご存じでしょう」

室長の苦言《くげん》に、シノブは静かな調子で反論する。重たい空気が満ちる中、補佐官たちの肩に留まった小鳥が、居心地が悪そうに身を竦《すく》めた。

この世に生を受けた人間は三種類に分けられる。五感が驚異的に発達したセンチネルと、彼らを補佐する存在のガイド。そういった特殊能力を持たない大多数の一般市民、ミュート。

割合としてはセンチネルが人口の一割二分、ガイドが一割と言われていた。そのセンチネルとガイド……通称「能力者」によって、不撓の両翼は構成されている。

センチネルの中でも、視覚・聴覚・嗅覚《きゅうかく》・味覚・触覚のうち、どの感覚が発達するかは人によって様々だ。一つの器官のみ発達する者もいれば、複数の器官が発達する者もいるし、能力の程度にも差があった。

視覚が優れた者は、山の麓《ふもと》にいながら山頂に立つ者の顔を判別できる。聴覚が優れた者は、家の中にいても、降り出した雨の最初の一滴が地面に落ちる音を聞き取れる。不撓の両翼に所属するセンチネルは、その人間離れした能力を、王国を護《まも》るために役立てるのだ。

能力が発現する時期は、主に十三歳から十八歳にかけて。能力の程度や発現している五感の数、戦闘力によって、不撓の両翼では彼らをS・A・B・Cの階級に分けていた。百人の能力者がいれば、S級は三人ほど、A級は十五人前後で、B級が三十人、残りがC級と言われている。

シノブは五感のすべてが優れたセンチネルだ。その戦闘力の高さも相まって、A級の中でも上位一割に与えられる〈特A級〉の階級を得ていた。

「医務室に所属する医療ガイドとして、本来は私がアサギリくんを浄化するべきなんだけどねえ。特A級ガイドでありながら、情けない話だよ」

眉尻を下げた室長は、不甲斐ないとばかりに肩を落とした。

センチネルの超人的な能力がもたらすのは恩恵だけではない。鋭敏な五感から得る情報は、時として強烈な刺激となりセンチネルを苛《さいな》んだ。

ぱらぱらと屋根を打ちつける程度の雨音が、轟音《ごうおん》となって鼓膜《こまく》に突き刺さる。雲間から注ぐ穏やかな陽光が、目を突き刺すほどの痛みを生む。可憐《かれん》な花から漂う芳香が、何十倍にも膨《ふく》れ上がって鼻腔《びこう》を突き刺す。そういった、心身を蝕《むしば》む耐えがたい負荷を、この世界では〈穢れ〉と呼んだ。

穢れを溜めたセンチネルは、まるで頭の中を真っ黒な油で塗りつぶされたように、正常な判断力を失ってしまう。そのせいで、己の意思によって五感を制御《せいぎょ》することが難しくなり、ますます穢れを溜め込む……という悪循環に陥《おちい》るのだ。

その穢れを唯一浄化できる存在が、ガイドと呼ばれる能力者だった。センチネルと違い、ガイドの五感は常人と変わらないが、ガイドは肉体的な接触によりセンチネルが溜め込んだ穢れと苦痛を同時に取り除くことができる。

しかし浄化に当たるガイドは、基本的にセンチネルと同等以上の階級でなくてはならなかった。そのうえ、階級が同等以上であれば誰でもいいというわけでもない。

「適合率の低さは、努力では変えられないのだから仕方ありません」

ブレスレットの留め具をはめながら、シノブは淡々とした調子で告げる。

センチネルとガイドには明確な相性があり、それを数値化したものを「適合率」と呼んでいた。適合率が低いと、浄化力が下がるだけでなく、ガイドの身を危険に晒《さら》すことになる。

シノブを浄化できるのは特A級かS級のガイドになるのだが、希少な存在である上位階級のガイドが入隊することは滅多《めった》にない。

本来ならばシノブを浄化できる階級の医務室室長は、シノブとの適合率が致命的に低かった。八年前はその事実に落胆《らくたん》したが、今となってはシノブを密かに安堵させる材料となっている。

「第一飛行隊に戻ります。いつもどおり、五感抑制剤を処方してもらえますか？」

医務室のベッドに倒れ込む前にも服用した、五感の働きを弱める薬だ。ガイドによる浄化が望めないときの頓服薬《とんぷくやく》だが、六年間まともに浄化を受けていないシノブにとっては、もはや常用薬に近かった。

顔を露骨《ろこつ》に歪めた室長は、ガシガシと頭を掻くと、補佐官のガイドに薬を持ってくるよう指示を出す。決して快く処方したわけではない……というのは、表情から見ても明らかだ。

「アサギリくんを浄化できない私が言えたことではないけど、本当に、こんな生活を続けていたらいつ命を落とすか分からないよ」

室長の小言にも眉一つ動かさず、シノブは薬が届くまで無言を貫いていた。


温暖な気候に恵まれたフォグネス王国は、カニチフール公国、エアデビズ王国、ツェンガー王国の三国と隣接している。

希少な鉱石が採《と》れる鉱山と、優秀な宝飾職人が揃うフォグネス王国は、今日《こんにち》に至るまで度々《たびたび》侵略の危機に晒されてきた。それでも他国の手に落ちることなく、三国と友好関係を結ぶことができたのは、防衛組織・不撓の両翼によって護られてきたからだ。

王国の中央にある王都は、街全体を城壁で囲った城郭《じょうかく》都市で、不撓の両翼の本部である〈宿樹〉は東側城壁付近に設置されている。正門の先に建つ建物はグレーの石造りで、外観の装飾は簡素であるものの、どっしりと構えるような重厚な雰囲気を漂わせていた。

居住施設を兼ねた宿樹ではおおよそ二二〇名が生活している。そのうち一七〇名が戦闘員である飛行隊員、五〇名が医療や衣食住といった面で彼らを支援する補佐官だ。

医務室をあとにしたシノブは、大理石で造られた廊下を進んでいく。窓の外ではすでに日が傾き、一日の業務の終了を知らせていた。宿樹に戻ったのは昼過ぎのため、少なくとも三時間は眠っていたことが分かる。

廊下の反対側からぞろぞろと歩いてきたのは、シノブと同じ白、もしくは黒の隊服に身を包んだ隊員たちだ。隊服の意匠は統一されているが、左胸につけている記章は隊ごとに異なる。

飛行隊は七つの隊に分かれている。最も人数が少ない第一飛行隊はA級以上の隊員のみが所属し、難易度の高い任務に就《つ》く。第二以降の隊は数字が大きくなるにつれて人数も増え、担当任務も容易になっていく仕組みだ。

シノブの所属は第一飛行隊。花形であるこの隊に配属されることは、不撓の両翼の隊員にとって最上の栄誉とされていた。

――しかし。

「おいおい、臨時会議に現れないとはいいご身分だな」

「第一飛行隊の主力ともなりゃあ、他の隊員と足並みを揃える必要なんかねえんだろうよ」

「さすが、特A級センチネル様は違うぜ」

シノブの姿を認めると、他隊の隊員たちは露骨に嫌悪の表情を見せた。

大広間から戻ってきたところなのだろう。棘《とげ》のある言葉が漣《さざなみ》のように広がる中を、シノブは涼しい顔を装って進んでいく。だが、内心では落胆していた。

（臨時の召集があったのなら、起こしてくれればいいものを……）

医務室の室長、もしくは第一飛行隊の隊長判断によって、シノブは会議の出席より休養を優先させられたに違いない。その事情を知る由《よし》もない隊員たちが、勝手な憶測《おくそく》で陰口を叩くのは仕方のないことだった。己の印象が悪くなるよう、時間をかけて操作してきたのはシノブなのだから。

横を通り抜けていく隊員には、一人につき一羽、鳥が付き従っていた。インコやカラス、ハヤブサといった小型から中型の鳥は肩に留まり、ツルやフラミンゴ、グンカンドリのような大型の鳥は隊員の後ろを歩いている。

それらの鳥は、能力者の魂を具現化した存在――〈霊獣〉と呼ばれていた。

霊獣は、能力者の出身によって動物の種類が変わるとされている。隣接国のカニチフール公国はウサギ、エアデビズ王国は馬、ツェンガー王国は猫の霊獣を連れていた。防衛組織の名が〈不撓の両翼〉なのは、フォグネス王国出身者の大多数が鳥類を霊獣としているからだ。

すれ違う隊員の数が少なくなった頃、黒の隊服に身を包んだ目つきの悪い男が姿を見せた。黒褐色の髪はところどころ赤茶の毛束《けたば》が混じっている。隣には白い隊服を着た白髪の優男《やさおとこ》が並んでいた。

「随分早いお目覚めだな」

黒褐色の髪の男は、不機嫌そうに眉を顰《ひそ》め嫌味《いやみ》をぶつけてくる。同じ第一飛行隊に所属するフォルカーだ。霊獣は猛禽類《もうきん》のハリスホークだが、フォルカーの周囲にその姿は見えない。彼だけでなく、遅れてやって来た第一飛行隊の面々は霊獣を伴っていなかった。

霊獣は通常、能力者のそばに常に寄り添い、その姿を隠すことは不可能とされている。しかしA級以上の上位能力者は、霊獣が他人の目に留まらないよう、己の意思で消すことができるのだ。

「仮にも第一飛行隊に所属するセンチネルが、任務のたびに医務室に駆け込んで、緊急召集にも間に合わないような体《てい》たらくを見せやがる。他隊の連中に示しがつかないと思わねえのか？」

「ちょっと、フォルカー」

攻撃的にシノブに嚙《か》みつくフォルカーを、白い隊服の男が慌てて制止した。癖のない白髪と華やかな美貌《びぼう》が特徴の彼は、フォルカーの〈番〉であり、白鳥の霊獣を持つガイド・クラウスだ。

不撓の両翼の能力者は、センチネルとガイドで相棒関係——通称〈番〉になる。どちらかが負傷している場合などは臨時で相手を変えることもあるが、基本的には同じ番で任務にあたる。隊服は黒と白で一組とされているものの、センチネルは黒、ガイドは白……と固定されているわけではないため、どちらが黒色の隊服を選ぶかは番によって異なった。

目の前にいる番は、黒褐色の髪の黒服・フォルカーがA級センチネルで、白髪の白服・クラウスがA級ガイドだ。シノブより量は少ないものの、二人とも耳や首に宝飾品をつけている。二人とも今年で二十五歳になるはずだ。

「緊急召集にシノブが参加しなかったのは、ヴィルヘルム隊長による判断だとご本人が話していたじゃありませんか」

「それだって、こいつが〈片翼〉なのが原因だろ？　穢れを溜めてもその場で浄化してくれるガイドがいないのに、隊長の指示を無視して出しゃばりやがって。他の隊員に遅れを取るのは特A級センチネル様の矜持《きょうじ》が許さないのかもしれねえが、そのせいで業務に支障が出ちゃざまあねえだろ」

〈片翼〉は番を持たない能力者を指す言葉だ。不撓の両翼において、戦闘員でありながら片翼なのはシノブだけだった。

苛立ちを露《あら》わに捲《まく》し立てるフォルカーにも、シノブは眉一つ動かさなかった。鬱陶《うっとう》しげに「はあ……」と溜め息を漏らすと、それだけでフォルカーが顔を歪める。

「おい、聞いてんのかよ！」

「声を荒げないでくれないか。いくら五感抑制剤を服薬していても、フォルカーの怒鳴り声は耳に響く」

「ああ⁉」

フォルカーが不快感を露わにした瞬間、バサバサッと羽音が鳴った。いつの間にかフォルカーの斜め後ろに霊獣のハリスホークが出現し、羽ばたきながらシノブを眼光鋭く睨《にら》んでいる。沸《わ》き立つ怒りで自制心を失い、霊獣を隠せなくなったのだろう。

「二人ともそのくらいにしておきなさい」

彼らの後ろから姿を覗《のぞ》かせたのは、第一飛行隊の隊長であるヴィルヘルムだった。第一飛行隊では最年長となる三十二歳のS級センチネルだ。霊獣のシマフクロウに影響され、髪は黒褐色と灰褐色の縞模様《しまもよう》になっている。

眼鏡《めがね》のブリッジを中指で押さえ、ヴィルヘルムは溜め息をついた。なにかと衝突しがちなシノブとフォルカーの仲裁をする際、困った彼が行う癖だ。

「体調はどうだ？　シノブ。指示したとおり、常駐ガイドによる浄化を受けたのだろう？」

「……医務室での浄化など、大した意味を持ちません」

室長による浄化が受けられないシノブは、医務室所属のA級ガイドから、分厚い革の手袋を着けたまま手を握られるという処置を受けた。肌が直接触れ合わない分、ガイドを危険に晒す可能性は極めて低いが、浄化できる穢れは微々《びび》たるものだ。

それはヴィルヘルムも重々承知している。シノブを見据《みす》え、彼は表情を曇らせた。

「緊急召集の内容は追ってシノブに知らせようと思っていた。君の体調が最優先だから、不参加とさせたことは問題だと思っていない。だが……フォルカーの言うとおり、片翼にもかかわらず無茶な戦い方をするのは、シノブの悪い癖だ」

ヴィルヘルムの苦言にも、シノブは表情を変えなかった。反発する素振りもなければ、申し訳なさそうな態度を見せることもない。その様子に、フォルカーが「なんとか言えよ」と憤《いきどお》る。

「早急に任務を終わらせ、被害を最小限に食い止めることが、僕たちに課せられた最大の使命でしょう。その結果己《おのれ》の身が危険に晒されたとしても仕方がありません。不撓の両翼に入隊した時点で、誰もが覚悟を決めているはずですから」

ヴィルヘルムから視線を外し、シノブはフォルカーの横を通り抜けた。緊急召集の内容をあとで報告するつもりだったということは、一刻を争うような危機が起こったわけではないはずだ。だとすれば、いつまでもこの場に留まるより、さっさとフォルカーの視界から消えたほうが賢明だろう。

本来は協力し合うべき第一飛行隊の面々や、上官であるヴィルヘルムをも無視するような行動に、フォルカーが「待てよ！」と怒声《どせい》を浴びせる。それでもシノブは振り返ろうとしなかった。

長年にわたって穢れを溜め込んだ体は、抑感装具の効果も虚しく、五感への刺激を鋭敏に拾ってしまう。フォルカーたちから随分離れても、抑制剤では抑えきれない過敏な聴覚が、彼の忌々《いまいま》しげな溜め息を捕らえた。

「あの傲慢《ごうまん》センチネルめ。あんな態度を取っているから、いつまで経ってもシノブの番になれるガイドが現れないんじゃねえか？」

悪態《あくたい》をつくフォルカーを、クラウスが「根拠のない話で仲間を貶《おとし》めるのはやめなさい」と咎《とが》める。クラウスの言うことはもっともだが、フォルカーの発言も間違ってはいないとシノブは思った。

特A級以上のガイドがなかなか入隊しないのは、滅多に現れない上位階級だからであって、シノブに非はない。けれど、「たとえ階級が合わなくても浄化してあげたい」……そんなふうにガイドの同情を誘うことがないよう、傲慢な振る舞いによって他の隊員との間に溝《みぞ》を作っているのは、紛《まぎ》れもなくシノブ自身だった。

（ガイドと距離を置くだけでは安心できない。下手にセンチネルと親しくしていたら、僕を浄化するよう口添えされてしまう可能性もあるのだから）

万が一の事態に陥った際、切り捨てることに罪悪感を抱かれない人物。穢れにまみれて苦しんでいたとしても、自業自得《じごうじとく》だと見放される隊員……。自分はそうあるべきだとシノブは考えていた。

その思惑《おもわく》どおり、直情的な性格のフォルカーは、シノブの言動に逐一《ちくいち》反発してくる。温厚なヴィルヘルムやクラウスは気遣《きづか》う様子を見せるが、腫《は》れもの扱いをしている印象は拭《ぬぐ》えない。他の隊員たちも似たようなものだ。

不撓の両翼の精鋭であるシノブは、高い戦闘力を誇る一方で、隊員たちから孤立していた。けれどその状況は、シノブが意図して作り出したものだった。

正門から宿樹の外に出ると、頭上には橙色《だいだい》と薄紅色を混ぜたような空が広がっていた。

時刻を考えれば、隊員たちが宿樹内に備えられた食堂へ移動し、夕食を楽しむ頃合いだろう。他の隊員との接触を控《ひか》えているシノブは、食堂の利用者が減るまで外で時間を潰すことにした。

城壁伝いに歩くシノブの耳に、数人の子供の声が届く。目的地である丘が見えてきたところで、頂上にぽつんと立つ樹木の下に、三人の少年がいることに気づいた。年の頃は七、八歳といったところか。

まだ随分と距離があるのに、シノブの耳は彼らの声を拾い続けていたらしい。処方された五感抑制剤を飲んだが、もう効果はなくなっているようだ。

(この数の抑感装具じゃ足りないな。明日からはさらに数を増やすべきか)

シノブが重ねづけしている宝飾品は、〈抑感装具〉と呼ばれるセンチネル専用の五感制御装具だ。

近年の研究により、フォグネス王国で採掘《さいくつ》される鉱石の一部に、一時的にガイドの力を移す効力があることが分かっている。ガイドが一定期間身につけておいた石をセンチネルに持たせると、暴走しがちな五感を抑え、穢れを溜めにくくしてくれるのだ。

穢れの浄化という意味では大した効力を持たないが、センチネルが日常生活を送るためには必須《ひっす》の道具だった。希少な鉱石と、その効果を最大限に引き出せる優秀な宝飾職人が、フォグネス王国には揃っている。今日に至るまで度々侵略の危機に晒されてきたのはそのせいだ。

番であるガイドが身につけた抑感装具をセンチネルに渡すのが一般的だが、番がいないシノブは、医務室の常駐ガイドに装具の手配を頼んでいた。穢れが溜まった抑感装具は、はめ込んだ宝石が黒く濁り効力が薄れてしまうため、それをガイドに浄化してもらい繰り返し使用する。

しかし慢性的に穢れを溜めているシノブは、他のセンチネルよりも多くの抑感装具を身につける必要があった。

（まいったな。引き返すべきか？）

人気《ひとけ》のない城壁沿いにある丘は喧噪《けんそう》とは無縁で、シノブにとって数少ない心安らげる場所だった。しかしこの時間に子供がいるとは誤算だ。年齢的に騒ぎたい盛《さか》りだろうし、人目を気にせずはしゃげる場所を求めて丘へやって来たのだろうに、シノブの都合を押しつけて「静かにしてくれ」とも言いづらい。

足を止め思案しているうちに、聴覚と同様敏感なままの視覚が、丘にある樹木になにかが突き刺さっている様子を捕らえた。よく見てみれば、それは紙でできた鳥形のおもちゃだった。飛ばして遊んでいるうちに、風に煽《あお》られ木の枝に引っかかってしまったらしい。

「――……」

無視して回れ右をすることもできた。なんとかおもちゃを枝から落とせないかと、木の下で騒ぎ立てる子供のもとへ近寄っていけば、間違いなく聴覚に負荷がかかるだろう。

それでも悩んだ末、シノブは慎重に足を前に進めた。ジャケットの胸元から、医務室で処方してもらったばかりの頓服薬を取り出す。五感の感度を一時的に下げる薬だ。

錠剤を三つ手のひらに載せ、一気に口に放り込んだ。室長の苦言など忘れ、飴玉《あめだま》を噛み砕くようにして飲み込む。

「おいで、アヤメ」

歩きながらそっと名前を呼ぶと、顔の横でバサバサッと羽音が鳴った。なにもなかったはずの空中から、青と黒の羽を持つ雄のオオルリが現れる。この小型の鳥がシノブの霊獣だ。

「あの木に引っかかっているおもちゃを落としてきてくれないか」

横目でちらりとアヤメを見ながらシノブは告げた。シノブの肩に留まったアヤメは、まっすぐに丘を見据える。それからぷいっと顔を背《そむ》けた。

「こ、こらっ、アヤメ」

なんとか目的の場所まで霊獣を飛ばそうとするが、アヤメはちっとも言うことを聞かない。霊獣というのは不思議なもので、能力者の魂を具現化し、全身の感覚を共有する存在でありながら、能力者とは異なる意思を持っている。どれほど命じても、霊獣が気乗りしなければ従ってくれないのだ。

蓄積《ちくせき》した穢れのせいで疲労が溜まっているのに、なぜこんなことで自分が働かなくてはならないのか。アヤメはそう言いたいのだろう。丸くて小さな頭はそっぽを向いたままだ。

「もう……仕方ないな。自分で飛ぶか」

溜め息混じりにこぼし、シノブは丘へと近づいていく。

センチネルやガイドといった能力者は皆、霊獣と一体化する〈同化〉を行える。鳥類の霊獣を持つフォグネス王国の能力者は、背中に翼を生やして空を飛ぶ特殊な同化を得意としていた。

とはいえ人間があまり使わない筋肉を使用するため、少なからず体に負担がかかる。そのため、任務で必要な局面や長距離移動以外ではほとんど使うことがない。

最短の飛行距離で済むよう、シノブは丘の麓に近づいていく。子供たちは木を囲うようにして立っていて、シノブの存在には気づいていなかった。

同化するべく肩の上のアヤメに意識を集中した――そのときだった。

一羽の鷲《わし》が、大きな翼を広げ悠々と飛んでくる。胴体や翼は褐色だが、頭部は白く、嘴《くちばし》は鮮やかな黄色だ。恐らくハクトウワシだろう。

子供たちの頭上をゆったりと滑空してきたハクトウワシは、木に近づくと足を突き出すような体勢を取った。翼を羽ばたかせて空中に留まり、枝に引っかかっていたおもちゃを鉤爪《かぎづめ》で器用につつく。

すると、枝から外れたおもちゃは子供たちの目の前に落下した。

「うわっ！　風もないのに急に降ってきたぞ！」

手元に戻ってきたおもちゃに、子供たちが目を白黒させる。頭上にいる巨大な鷲に驚いている素振りはない。

それで、あのハクトウワシが霊獣だと確信した。霊獣は能力者にしか見えないのだ。

（不撓の両翼の中に、霊獣がハクトウワシの隊員なんていたか……？）

首を傾《かし》げるシノブの前で、子供たちははしゃぎ声をあげながら丘を駆け下りていく。彼らの進行方向に目を向けると、丘の麓に立つ一人の男を見つけた。彼の横を子供たちが通り過ぎると同時に、ハクトウワシがその男のもとへ帰っていく。

シノブの視線に気づいた男が、腕にハクトウワシを留まらせ、ゆっくり近づいてくる。彼との距離が縮まるにつれ、シノブは「やはり飛行隊には所属していない能力者だ」という思いを強めた。彼が宿樹に住んでいたら、きっと女性補佐官の注目の的《まと》になっているはずだから。

うなじをすっきりさせた純白の髪は、陰になっている部分が銀色に見えた。前髪は片側だけ上げていて、凛々《りり》しい眉と男らしい印象の双眸《そうぼう》が並ぶ。霊獣と同じく、虹彩《こうさい》は透きとおるような金色だ。

身長はシノブよりも随分と高く、衣服の上からでもガッチリとしたたくましい体型なのが見て取れる。抑感装具と思われる簡素な意匠の首飾りと耳飾りが、彼の魅力をより引き立てていた。精悍《せいかん》でありながら、どことなく雄の色香が漂う彼は、文句のつけようがない男前だった。

彼は正面までやって来て足を止め、シノブの顔をまじまじと見た。まるでなにかを確かめるような視線にたじろぐ。知り合いだっただろうか、と考え、そんなはずはないとすぐに自分で否定した。これほど目立つ男、一度見たらそうそう忘れられるものじゃない。

シノブの困惑に気づいたようで、彼は気持ちを切り替えるようにぱっと表情を明るくする。

「やあ。その隊服、飛行隊のセンチネルか？」

口を開くと思いのほか愛想がよかった。目許《めもと》を細めて笑うと、霊獣とよく似た鋭い印象が急にやわらかくなる。

「ああ」

「やっぱり。俺はイグナーツ・ハインリヒ。不撓の両翼の研修生だ」

気さくな調子で名乗ったイグナーツは、研修生が着用する灰色のジャケットの裾《すそ》を摘《つま》んで主張した。それでようやく、彼が自分とよく似た意匠の隊服を着ていることに気づく。あまりに目を引く面立ちで、衣服まで目に入らなかったのだ。

フォグネス王国では、センチネル、もしくはガイドの能力が発現した者は、不撓の両翼に届け出ることが努力義務とされている。新米能力者は血液検査によって階級を調べられたのち、王都の北側にある研修施設に住まいを移し、座学や実技訓練、戦闘訓練を重ねて飛行隊への加入を目指すのだ。

しかし研修生にしては大人びた印象だ……と思っていると、イグナーツはばつが悪そうに肩を竦めた。

「飛行隊の隊員ってことは先輩にあたるんだよな。ちゃんと敬語を使うべきだった。顔見知りはみんな家族……みたいな小さな町の出身だからか、よほど年上じゃない限りどうにも砕けた口調になりがちで」

申し訳ない、と頭を掻くイグナーツに、シノブは反射的に「構わない」と答えていた。それからすぐに、しまった、と思う。

フォルカーが言うところの「傲慢センチネル」であれば、彼の言動を冷たく叱責《しっせき》するべきだ。それなのに、人懐《ひとなつ》こく話しかけられるのが久しぶりだったせいで、つい調子を崩されてしまった。

「あなたは僕よりも年上に見える」

「あ、やっぱり？　俺は今年で二十六になった。他の研修生たちとは十歳くらい年が離れててさ、研修施設に来た直後は物珍しそうな目で見られたな」

そう言って、イグナーツは照れくさそうに頭を掻いた。その腕に留まるハクトウワシは、どこかそわそわした様子で金色の虹彩を輝かせている。

（霊獣が猛禽類ということは……）

存在感を放つ大型の鳥を前に思案していると、イグナーツはなぜか心得顔で頷《うなず》いた。

「ごめんごめん、クニシュがいると君の小鳥を怖がらせちゃうか」

腕に留まっていたハクトウワシに目配せすると、頷くような仕草を見せた霊獣のクニシュが、おもむろに翼を広げた。途端に霊獣の姿が空気に溶けて消える。

第一飛行隊の面々と同じ芸当を見せるイグナーツに、シノブは思わず息を呑んだ。

「霊獣を隠せるということは、A級以上のセンチネルか」

その言葉に、イグナーツが無言で口角を上げた。

センチネルの能力が発現した直後から、シノブは念じるだけで容易にアヤメの姿を消していたが、研修施設に入ってからそれが一部の上位能力者にしかできない行為だと知った。

シノブは目の前に立つ華やかな男をまじまじと見つめる。

（二十六歳という年齢から考えると、恐らくセンチネルとしての能力が中途発現したのだろう）

能力者として覚醒《かくせい》するのは大半が思春期だが、ごく稀《まれ》に能力の発現が遅れる者がいて、彼らは「中途発現者」と呼ばれていた。能力の中途発現はセンチネルに限った現象ではないが、霊獣を隠せる上位ガイドの場合、中途発現者が不撓の両翼へ申告してくる可能性は極めて低い。

センチネルは、五感が突然発達することで能力の発現に気づく。そのせいで目や耳などの器官に強烈な痛みを覚えるため、ガイドからの浄化を欲し、ほぼ確実に不撓の両翼へ助けを求めるのだ。

穢れが取り除かれたセンチネルはそのまま研修生となる。こうした流れは、通常どおり思春期に発現した者でも、中途発現者でも変わらない。

対して、鋭敏な五感に苦しめられることのないガイドは、霊獣の出現によって能力者であることを自覚するが、彼らの中には能力者である事実を隠したがる者もいた。不撓の両翼に入隊すれば多額の給金を得られるが、申告さえしなければ、ミュートと同じ平穏《へいおん》な生活を送れるからだ。

侵略を目論《もくろ》む他国の兵士や、不法に侵入した者と繰り広げる戦闘行為。そのうえ、番のセンチネルが穢れを溜めれば、体を張って浄化しなくてはならない。

この浄化が、時には戦闘以上にガイドを危険に晒した。

能力の使用過多、もしくは強すぎる刺激によってセンチネルが昏睡状態に陥ることを、〈魂濁〉と呼ぶ。魂濁したセンチネルの浄化はガイドにも相応の負荷が伴い、彼らの精神まで穢れに飲み込まれる可能性がある。そうなると、脳や心肺の機能停止に追い込まれ――最悪の場合、死に至るのだ。

家族でも恋人でもないセンチネルのために命を懸《か》けるなどあまりに無謀《むぼう》だ。報奨《ほうしょう》と名誉を得るために、平和な日常を投げ捨てる真似はしたくない……そう考えるガイドは少なくなかった。

未申告のガイドに協力要請を行うため、補佐官が王国を巡回しているが、能力者の目印である霊獣を隠せるほどの上位ガイドは見つからないと聞く。

(十代のガイドなら、たとえ上位階級であっても精神的な揺らぎによって霊獣を隠しきれないことがある。だが、いくら訓練を積んでいないとはいえ、彼くらいの年齢で霊獣の制御ができない……とは考えにくい。やはり彼は能力が中途発現したセンチネルに違いない)

そもそも、猛禽類を霊獣に持つのは大半がセンチネルなのだ。シノブのように小鳥の霊獣を従えるセンチネルのほうが珍しい。

(あれ？　だとしたら、なぜ僕がセンチネルだと分かったんだ？)

センチネルの中では薄い体と、小鳥の霊獣を持つシノブは、初見でセンチネルだと当てられた経験がほとんどない。センチネルの多くが黒の隊服を選ぶ中、敵の混乱を誘うため、あえて白の隊服を身にまとっていることも大きな要因だ。

不可解に思いつつも、目の前にいるのがセンチネルだと分かると、ひとまず肩の力が抜けた。少なくともセンチネルであれば、うっかり触れられることがないよう気を張る必要がない。「猛禽類に怯えるのでは」と勝手に心配されたアヤメは、『ピキュ……』と不服そうな声を漏らしていたが。

だが、たとえセンチネルだとしても、彼と交友を深める気はなかった。能力の種類を問わず、不撓の両翼の隊員とは距離を置いている。適当なところで話を切り上げるつもりだった。

「なあ、君の名前は？　この王国の人とはちょっと顔立ちが違うよな。随分若いが、不撓の両翼に入ってどれくらいなんだ？」

だがシノブの意に反し、イグナーツは興味津々といった様子で質問を重ねた。悪意もなにもない、純粋な好奇心にシノブは気圧《けお》される。

「シノブ・アサギリ……。父はフォグネス出身だが、母が東陽の生まれだ。入隊してもう八年が経つ」

「八年!?　すごいな、何歳で入隊したんだ？」

「十六……」

「えっ、じゃあ二十四歳なのか!?　俺と二歳しか変わらないってこと？　てっきりまだ十代かと……東陽の人が若く見えるってのは本当なんだな」

一々大袈裟《おおげさ》な反応をするイグナーツに、シノブはたじろぐばかりだった。嫌味を言われることには慣れているが、こんなふうにぐいぐい迫られるのは初めてで、どうすればいいのか分からない。

イグナーツはますます興味をそそられた様子で、ずいっと大きくシノブのほうへ踏み込む。

「肌が白くて綺麗だな。目もつやつやして宝石みたいだ。東陽の血を引く人はみんなこんなに美人なのか？」

感心した様子で語るイグナーツに、シノブは冷水を浴びせられたような気持ちになった。褒《ほ》めているつもりなのだろうが、シノブの容姿は「魔性」などと揶揄《やゆ》されることが多いため、外見についての話題になると自然と心が沈む。

「もういいだろう。僕は一人で休むためにこの丘に来たんだ」

質問をかわし、イグナーツの横を通り抜ける。これ以上話しかけてくるなと、言外《げんがい》ににおわせたつもりだった。

それなのに、イグナーツはしつこくシノブを追いかけてきて、すぐ隣に並んだ。足早に進むシノブと同じ歩調でついてきて、嬉々として話し続ける。

「君は一体どの隊の所属なんだ？」

「………」

「あっ、待って。自分で当てる。七枚羽の翼と王冠の記章……えーっと、確か座学で教わったな」

「………」

「第二……いや、第一飛行隊だ！　そうだろ？　すごいな、シノブは飛行隊の精鋭なのか」

顔を正面に向けたまま無視を決め込んでも、イグナーツは怯《ひる》む気配を見せない。おまけに親しげに名前を呼び捨てにしてくる。十代半《なか》ばが大半の研修生は、飛行隊の隊員に対し気後《きおく》れしがちだが、シノブより年上のせいかイグナーツにはまったく遠慮する気配がなかった。

(弱ったな。下手に関心を買われても困ってしまう)

入隊したあとで突然突き放したら、「研修生のときは話しかけても怒らなかったのに」と困惑するだろう。それなら最初から適切な距離を保つべきだ。親しくなろうとすると痛い目を見る、気位が高い厄介《やっかい》な隊員……そんなふうに思わせなくてはならない。

腹を決め、シノブはぴたりと足を止めた。「おっ」とイグナーツもあわせて立ち止まる。飼い主の指示を待つ大型犬のような彼に、シノブはいかにも不愉快そうな眼差しを向けた。

「その第一飛行隊の隊員に対し、随分と馴れ馴れしい態度を取るんだな。確かに、口調については今のままで構わないと言った。しかし仮にも研修生なのだから、階級が上の者に対しもっと礼節をわきまえるべきじゃないか？」

えらそうに腕組みをし、もっともらしい台詞《せりふ》を吐く。その発言に、イグナーツは虚《きょ》をつかれたような顔をした。きっと次の瞬間には眉間《みけん》に皺《しわ》を寄せ、気さくに声をかけたことを後悔しながらシノブのもとを離れていくだろう。そう思っていた。

しかし、シノブの棘のある言葉にも、イグナーツは気分を害した様子を見せなかった。それどころか、反応が返ってきたことが嬉《うれ》しくて仕方ないとでもいうように、精悍な顔をくしゃりと崩して笑う。

「そうだな！　確かに俺が悪かった。じゃあなんて呼べばいい？　シノブさん？　シノブ先輩？　あっ、アサギリさんのほうがいいか？」

年下の男に尊大な態度を取られたことにも、ちっとも腹を立てる素振りがない。シノブとしては渾《こん》身《しん》の嫌味だったのに、とんだ肩すかしを食らった。額に手を当て、シノブは深くうなだれる。

（なんというか……僕とは正反対の人間だ。心底明るくて、素直で、前向きで）

そのせいでシノブの意図がまるで伝わっていない。正直に言うと苦手だ。

「……もうシノブでいい」

力なく返すシノブに、イグナーツが「ええ？」と不思議そうな声をあげた。それでもすぐに「まあいいか」とあっさりした口調で続ける。

「俺のことはイグナーツと呼んでくれ」

まるでこれからも交流が続いて当然かのような発言だ。シノブはげんなりした顔で「呼ばない」と返した。それから身を翻《ひるがえ》し、元来た道を戻り始める。うまく噛み合わない相手とは早々に離れるべきだ。

「待ってくれ、シノブ。休憩はいいのか？」

なにを言っても明るく返すばかりだったイグナーツが、初めて焦りを見せた。誰のせいでとんぼ返りする羽目《はめ》になったと思っているのか。こうも鈍感だとさすがに苛立《いらだ》ち、睨みの一つでも利かせてやりたくなる。

眉間に皺を寄せてイグナーツを振り返った瞬間、視界がぐらりと揺れた。溜め込んだ穢れのせいで自律神経が乱れ、ちょっとした動きで簡単に目眩を起こすのだ。

（まずい……っ）

体が傾くのを感じ、シノブは足に力を込めて倒れそうな体を踏みとどめようとした。

その瞬間、伸びてきた腕がシノブの細い体を抱き留める。

「……っと、大丈夫か？」

イグナーツの深みのある声がすぐそばから降ってきた。右肩を抱かれ、左肩が彼の胸板に触れる。

思いがけない失態にシノブは混乱した。激しい戦闘のあとですら他人に触れさせることを許さないのに、まさか初対面の相手に体を支えられてしまうなんて。

「す、すまない」

彼の腕から逃れながら、シノブは反射的に謝った。直後に、今のはきっと「気安く触るな」と叱責するのが正解だったな、と思った。

イグナーツと距離を取りつつ、シノブは思わず視線を泳がせた。脳を直接揺らされるような目眩はすっかり治まっている。心なしか体まで少し軽くなった気がするが、よほど動揺しているのだろうか。

「なあ、俺、シノブに頼みがあるんだけど」

シノブの困惑を他所《よそ》に、イグナーツが唐突にそんなことを言い出した。今度は一体なんだ、とシノブが恐る恐る目を向けると、彼は眉尻を下げて困ったように微笑《ほほえ》む。

「研修生の寮まで連れて行ってくれないか？」

「……え？」

「迷子なんだ、俺」

目尻を赤く染め、ばつが悪そうに後頭部を掻くイグナーツに、シノブはたっぷり沈黙したあと「は？」と間抜けな声をあげた。

「今日も来てる……」

センチネルの視力を警戒し、こそこそと身を隠しながら例の丘に向かったシノブは、頂上にいる人物を見て眉尻を下げた。木の幹に背中を預けて立ち、暮れゆく街並みを眺めているのは、灰色の隊服を身にまとったイグナーツだ。

シノブが知るだけでも、イグナーツは四日連続でこの丘を訪れている。シノブと出会った日と同じ夕暮れ時に。

一週間前、迷子になったから寮まで送ってくれ、というイグナーツの頼みを、シノブは聞かなかった。研修施設からは少々距離があるが、複雑な経路ではない。たとえ本当に方向音痴であったとしても、初対面のシノブに気後れせず話しかけてきた社交性を考えれば、いくらでも通行人に声をかけて道順を教えてもらえるだろう。

他の隊員と比べて線が細く、中性的な面立ちのシノブに、からかい半分で口説き文句を口にする男は今までもいた。彼らは適当な理由をつけて、シノブとの個人的な時間を作ろうとしたものだ。もちろん、冷淡な言動によって全員返り討ちにしたが。

だから迷子というのも、そういった意図がある言動だろうと考えた。

『一人でこの丘までやって来たのだから、元来た道を戻ればいいだけだろう』

そう言って突き放すと、イグナーツは『うーん、そうなんだけどさ……』と苦笑した。食い下がるかと警戒したが、存外おとなしく『ま、仕方ないか』と引き下がったのだ。

背中を向けたシノブに、

『またシノブに会いに来るよ。明日から毎日、研修が終わったらこの丘に来る』

という言葉を残して。

『僕はもうここには来ない』

シノブは強い口調で告げた。けれどイグナーツは決して揺らがず、『また来る』と念押しして立ち去った。その背中を見送ることなく、シノブも早々に踵《きびす》を返した。

宣言どおり、シノブは丘での休憩をやめた。イグナーツの言葉が本当だったのか、その場の流れで調子のいい発言をしただけなのかは知る由もなかった。

最初の三日間は、イグナーツのことなど気にも留めなかった。ただ、四日目は午後から雨が降り出して……『まさか来ていないよな』と、宿樹内から窓の外を眺めていてつい気になった。日中はまだ夏の名残《なごり》を感じるが、日が傾き始めると冷え込む。雨雲が空を覆っていればなおさらだ。

（丸三日も姿を見せなかったんだ。現れるかどうかも分からない人のために、雨の中出向くとは考えにくい）

そうは思ったが、一度気になり始めると悶々《もんもん》としてしまう性分《しょうぶん》だ。悩んだ末、シノブはこっそり様子をうかがうことにした。

そうやって足を運んだ先――あの丘に、イグナーツはいた。木の下に立ち、枝葉の間からこぼれ落ちる雨に、純白の髪を濡《ぬ》らしながら。

精悍な横顔を目にして、ドキッとしたというかギクリとしたというか、とにかくシノブは名状しがたい居心地の悪さを覚えた。見に来なければよかったと今さらになって悔やむ。彼が勝手にやっていることだと分かっていても、罪悪感を抱かずにはいられない。

結局、イグナーツは日が沈む時間までシノブを待ち、寮へと戻っていった。……多分。

彼が帰る様子を、遥《はる》か頭上から確認していたシノブは、その経路にぎょっとした。寮までひどく大回りをしているうえ、時折立ち止まっては謎の小道に入っていく。行き止まりにぶつかったり、同じ場所をぐるぐると回ったりしては首を傾げ、道行く人に声をかけてようやく元いた場所に戻る……ということの繰り返しだ。

（これはもしかして本当に、とんでもない方向音痴……？）

シノブは戸惑《とまど》ったが、すぐに「いくらなんでもあそこまでではないだろう」と思い直した。あまりに大層な迷い方で、演技なのではないかと思えてくる。自分がこっそり様子をうかがっていることを、イグナーツは気づいていたのかもしれない。

そんなふうに自分を納得させて立ち去ったが、翌日も、その翌日もイグナーツは丘にやって来て、同じようにめちゃくちゃな道順で帰っていった。寮に到着するまでを見守っていたわけではないから分からないが、一体どれほどの時間を要したのだろう。

座学と戦闘、体力作り、それに能力の使い方を覚えるための訓練は、心身ともに疲弊《ひへい》するものだ。それでもイグナーツは、今日も時間をかけてシノブに会いに来た。

イグナーツの後ろに回り込み、丘の麓までやって来たシノブは、ちらりと夕陽《ゆうひ》に目をやった。もうすぐ彼が帰路に就く時間だ。

そんなふうに思ったとき、イグナーツが木から背中を離した。体を解《ほぐ》すように両腕を伸ばしてから丘を下り始める。彼の恵まれた体躯《たいく》が丘の向こうに隠れると、シノブはおろおろと視線をさまよわせた。

「……〜〜ッ」

結局放っておけず、急いでイグナーツを追いかける。丘を回り込むと、ちょうど下りてきたイグナーツが目を丸くした。

「シノブ？　どうしたんだ？」

ここにいる理由がまるで分からないといった様子の彼に、シノブはつい「あなたが『待つ』と言ったからだ！」と噛みつきそうになった。それでは彼の言葉を気にしていたと白状するようなものではないか。

「お、送る」

「え？」

「ぼ、僕が寮まで送ると言っているんだ！」

つかえながらも必死に伝えた言葉を聞き返され、シノブは半ば自棄《やけ》になった。イグナーツは金色の目をぱちぱちと瞬《しばた》かせる。それから凛々しい目許をゆるめ、白い歯を覗かせて笑った。

「よろしく頼む」

なぜ今になって急に？　と問うこともなく、素直にシノブの提案を受け入れる。なんだかすべて見透かされているようで恥ずかしい……と、シノブは耳が熱くなるのを感じながら平静な顔を保ってイグナーツと歩き始めた。

任務以外で誰かと二人になることが久しくなかったため、気まずい空気が流れるのではないかと危《き》惧《ぐ》したが、イグナーツが気さくに話しかけてくるので杞憂《きゆう》に終わった。案の定、彼は極度の方向音痴らしい。

「丘に行くたびに地図に書き込みをしてるんだけどなあ」

と弱った顔をするイグナーツが差し出したのは、白い紙に手描きされた地図だった。同期の研修生が作ってくれたそれに、イグナーツが迷子になるたび目印を書き加えているらしい。

その内容を見たシノブは唖然《あぜん》とした。

「『ベンチに赤い服を着た人が座っている』『行商人が立っている』……？　あなたの書き込みはすべて動くものばかりじゃないか。次に通ったときにはなくなっている可能性が高いものを目印にしたら意味がないだろう」

「あ、そっか。でもほら、ここはちゃんと動かないものを目印にしてるぞ」

「『橙色の屋根の家』……あの近辺の家は、ほとんどが橙色の屋根のはずだが……？」

じとっとした目を向けるシノブに、イグナーツはいかにも素晴らしい発見をしたとばかりに「確かに！」と頷いた。そりゃ迷子になるはずだ、と呆《あき》れ果てる。けれどそんな気安い会話は、いつになくシノブを穏やかな気持ちにさせた。

センチネルとしては、人通りの多い道は刺激が多く避けたいところだろう。そう考え、極力通行人が少ない、けれど分かりやすくて曲がり角の少ない経路を選んだ。研修施設の前にたどり着く頃には、すっかり日が落ちていた。

街灯の下で手帳を取り出したシノブは、黒鉛《こくえん》を使った筆記具を紙面に走らせた。それを慎重に切り取り、向かい合って立っているイグナーツへ差し出す。

「今日通った道順を書いておいた。次に丘に来るときはこの地図を使うといい」

イグナーツはひょいと眉を上げ、シノブの顔と地図を交互に見る。ふっと口許をゆるめると、嬉しそうにそれを受け取った。

「ありがとう。優しいんだな」

「……あ、あれほどの方向音痴なのに、よく『また会いに来る』などと言ったものだ」

感謝の言葉がどうにも照れくさくて、意図せずつんとした態度になる。それでもイグナーツは気にする素振りを見せず、鷹揚《おうよう》に微笑んだ。

「行きはシノブの想像より順調だと思うけどな。これだ！　って道を見つけてからは、結構迷いなく進めるほうなんだぜ」

まっすぐ目を見て伝えてくるイグナーツに、シノブは妙にそわそわした心地になった。いつもおおらかな雰囲気を放っているが、正面から見るとイグナーツは随分目力が強い。

小さく息を吐き自分を落ち着けてから、シノブは改めて彼に視線を向けた。

「明日は本当に丘に行かない。任務で丸一日王都を離れる予定なんだ。帰ってきてからもしばらくは、宿樹にこもって休息を取るだろう」

彼に無駄足を踏ませたくなくて正直に伝えると、イグナーツも素直に「分かった」と頷いた。少し考えたのち、シノブはさらに続ける。

「飛行隊の隊員になるなら、安易に約束を交わさないほうがいい。任務は常に危険と隣り合わせなんだ。いつ約束が果たせなくなるとも限らない」

王国を護るための戦いで命を落とすことは別に怖くない。ただ、自分の死を知らずに誰かを待たせるのは忍びないと思った。雨に濡れながら佇《たたず》むイグナーツを見て、いつか起こり得る未来を想像してしまった。

きゅっと唇を結ぶシノブを、イグナーツはしばし無言で見つめていた。手にした地図を丁寧に折りたたみ、ジャケットの胸ポケットに仕舞う。それから、シノブにやわらかな眼差しを寄越した。

「大丈夫。シノブを危険な目には遭《あ》わせない。俺が絶対にシノブを守るから」

不撓の両翼で成り上がってみせるから、いずれ第一飛行隊でともに戦おう。そう言いたいのだろうか。自信家な研修生に、シノブは思わず眉尻を下げて微笑んだ。

たとえA級のセンチネルであっても、最初から第一飛行隊に配属されることはない。よくて第二飛行隊だろう。八年前のシノブもそうだった。とある戦いをきっかけに、戦闘技術を磨《みが》くことに心血を注ぐようになっても、特A級センチネルに格上げされ第一飛行隊へ異動できたのは四年前だ。

彼が第一飛行隊にやって来るまでに、自分は生き延《の》びられるだろうか。

（それがあり得たとしても、きっと同じ隊で顔を合わせる頃には、彼だって僕に嫌気が差しているはずだ。隊員から嫌悪される傲慢センチネルなんて）

そんなふうに見られるよう、露悪的な振る舞いをしてきたのは自分だ。けれどこの裏表のない男が、自分に対し軽蔑《けいべつ》の眼差しを向ける姿を想像すると、随分と鈍感になったはずの胸がチクリと痛んだ。

夜明けとともに王都を飛び立った第一飛行隊は、フォグネス王国の東方・ツェンガー王国との国境付近に向かった。任務の目的は、東部を騒がせている強盗団の捕縛だ。

黒の頭巾《ずきん》で顔を覆った七人の男は、日が高いうちから宝飾店に押し入り、大量の宝石や宝飾品を手当たり次第に袋に詰めていくという。貴族が暮らす大きな街の宝飾店を狙うため、当然日中の人通りが多い場所だ。しかし不思議なことに、店を立ち去ったあとの逃走経路が一切見つからないのだ。

「目撃者によると、彼らは走り出してからものの数秒で忽然《こつぜん》とその姿を消してしまうらしい」

縞模様の翼を広げて悠々と空を飛ぶヴィルヘルムが、すぐ横を羽ばたくシノブに語った。

「姿を消す……足が速いという意味ですか？」

「いいや、文字どおり消えていなくなるそうだ。まるで周りの景色に溶け込むみたいに。奴らの正体をシノブはどう見る？」

ヴィルヘルムの問いに、シノブは逡巡《しゅんじゅん》ののち答える。

「『擬態《ぎたい》』という同化能力を持つ能力者でしょうか。もしくは、それに近い特殊能力を持つ上位能力者かもしれません。恐らくカメレオンの霊獣を持つ者かと」

フォグネスの周辺国に爬虫類《はちゅうるい》系の能力者はいないから、強盗団はどこか遠い国の出身者たちだろう。

上位能力者の一部は、霊獣を隠せること以外にも霊獣に応じた特別な力を持っていた。異常なまでに向上した腕力や脚力、目には見えないものが見える……といった特殊能力を使えるのだ。

能力者をどの程度管理するかは国によって様々だ。センチネルのみを管理する国もあれば、能力者だと届け出る必要すらない国もあり、そういった国では能力を悪用し罪を犯す者も出ていた。

「ああ、私もそう考えている。センチネルだとしたら厄介だな」

ヴィルヘルムは神妙な面持ちで言った。その直後にきょろきょろと周囲を見回す。敵の気配を警戒しているというより、なにかを捜《さが》している様子だった。「どうかしましたか？」とシノブが尋《たず》ねると、「いや……」と言葉を濁されてしまったが。

ほどなくして第一飛行隊が降り立ったのは、国境沿いにある街の外れだった。強盗団がこの街に向かっているという情報があり、最後にもうひと稼《かせ》ぎしてからフォグネス王国の脱出を試みるのではないか、と考えたのだ。

隣接する三国とフォグネス王国の間には高い石壁が設けられており、隣国との行き来が許された検問所の前には番兵が立っている。入国するには事前に申請を行う必要があり、いくら空を飛べる飛行隊でも、敵が逃げ込んだからといって許可なく足を踏み入れることはできない。

国境を越えられれば強盗団の足取りを追うことは不可能になる。なんとしてでもこの街で奴らを捕らえる必要があった。

住宅の陰に身を潜めていると、宝飾店のある大通りから悲鳴が聞こえてきた。それから、騒がしい足音が急速に近づいてくる。この街の警備兵が、事前の計画どおり、第一飛行隊が潜む場所へと強盗団を誘導しているのだ。

隊員たちが物陰から飛び出す機会をうかがう中、すぐそばに立つヴィルヘルムが「シノブ」と声をかけてきた。

「君はここに残りなさい」

「え？」

「今日から第一飛行隊に加わる新人ガイドの到着が遅れている。シノブの新しい番だ」

ヴィルヘルムがなにを言っているのか、シノブはすぐに理解できなかった。

シノブがガイドによる浄化を極端に嫌がることは飛行隊内で有名だ。だからといって番を持たないことを容認されていたわけではないが、シノブに見合う階級のガイドが現れない以上仕方がないと、片翼での戦いを見逃されていた。

今さらその状況が揺らぐことなどないと、高をくくっていた。まさか特A級以上のガイドが見つかるなんて。

「し……新人？　他の隊からの異動ということですか？」

「いや。昨日研修を終えて、今日から配属になる隊員だよ。朝には宿樹にやって来て、一緒に向かうはずだったんだが、出発までに間に合わなかった。ここに到着するまでには合流できる手はずだったが……おかしいな」

周囲を見回していたヴィルヘルムを思い出し、移動中に彼が捜していたものは新人ガイドの姿だったのだと、シノブはようやく気づいた。そのガイドが到着するまで、シノブには伏せておくつもりだったのだろう。反発するのが目に見えているから。

「納得できません。僕にガイドが必要ないことはご存じでしょう」

強い口調で嚙みつくシノブの耳に、前方にいたフォルカーが「どれだけ高飛車《たかびしゃ》なんだ」と苛立った様子で舌打ちするのが聞こえた。強盗団の足音も近くまで迫っている。

副隊長の指示で、シノブとヴィルヘルム以外の隊員が一斉に飛び出した。罠《わな》だと悟ったらしく、強盗団の男たちの「ちくしょう！」という声が聞こえてくる。それからすぐに激しく剣がぶつかり合う音がした。

「僕にも行かせてください。今までも、ガイドがいなくても戦えていました」

焦りを覚え、シノブはヴィルヘルムに抗議する。しかし彼は首を横に振るばかりだ。

「駄目だ。君と組むガイドが見つかった以上、番と連携して戦う方法をシノブも覚えなくてはならない」

ヴィルヘルムの言うことは正しい。番など要らない、ガイドの浄化など受けたくないなどと己の感情を優先するのは、第一飛行隊員として失格だ。

それでも、自分がいない現場で他の隊員たちが命を懸けて戦っているのだと思うと、いても立ってもいられなくなる。

「センチネルとして戦えないなら、僕が飛行隊にいる意味がない！」

そう吼えると、シノブはヴィルヘルムの制止の声も聞かずに建物の陰から飛び出した。

黒頭巾を脱ぎ捨てた男たちは、顔や腕に流線形《りゅうせんけい》の刺青《いれずみ》を入れていた。それぞれの肩や太股《ふともも》にしがみつくカメレオンの霊獣から、シノブは自分の読みが正しかったことを悟る。

東部で起こった一連の事件が、彼らによる初めての犯行……というわけではないようだ。飛行隊への応戦の仕方は思った以上に手慣れていた。

風景と同化する特殊能力「擬態」により、姿をくらませては隊員を攪乱《かくらん》する。ようやくその姿を捕らえても、隊員が剣を振りかざした瞬間、彼の番と同じ姿に擬態して隊員の動揺を誘う。攻撃を躊躇《ためら》った一瞬の隙をつき、強盗団はするりと隊員の前から消えていく。

苦戦する第一飛行隊の面々を前に、シノブは深く息を吸い込んだ。目を伏せて神経を尖らせ、抑感装具で抑えていた五感を目覚めさせていく。肩に小さな趾《あし》の感触があり、アヤメが姿を見せたのだと悟った。

「行くぞ、アヤメ」

肩に留まるオオルリに声をかけ、シノブはサーベルを抜いた。石畳《いしだたみ》を蹴り、戦いの輪の中に身を投じる。

景色の中の微《かす》かな歪みや、なにもないはずの場所から聞こえるわずかな衣擦《きぬず》れの音。そういったものを的確に捕らえ、一瞬の迷いもなく剣を走らせた。途端に「ぎゃあっ！」と悲鳴があがり、痛みにもがく男たちが姿を現す。彼らと対峙《たいじ》していた隊員に捕縛を任せ、シノブはどんどん先へ進んでいく。

シノブの行く手を阻《はば》むようにフォルカーが飛び出してきたが、鋭敏になった嗅覚によって、すぐに偽物だと察した。躊躇《ちゅうちょ》なく横っ腹を斬りつけると、予想どおり刺青男へと姿を戻す。

「さすがですね……」

そばにいたクラウスが、思わずといった調子で感嘆《かんたん》の声を漏らした。彼の番であるフォルカーは「少しは躊躇えよ」と面白くなさそうな顔をしていたが。

（これで三人。副隊長が二人、他の隊員が一人仕留めているから、残りは一人か）

捕縛された男たちを数え、シノブはすばやく周囲に目を走らせた。見渡す景色の中にわずかでも違和感がないか、神経を尖らせて探していく。

遥か遠くに見える住宅の、レンガの割れ目。郊外へ続く道の先で、小さな虫が飛び立つ羽音。そういったものが、自分の意思に反しすべて情報として飛び込んできた。まずい。見えすぎているし、聞こえすぎている。

五感の暴走を悟ると同時に、シノブはガクッと膝《ひざ》を折った。穢れに浸食され、体に力が入らなくなる。サーベルが手から滑り落ち、カランッと金属音が鳴った。

空気の震えを感じ、シノブは目だけを動かして左側を見た。風景への擬態を解いた刺青男が、シノブに向かって短剣を振りかざしていた。

シノブは咄嗟《とっさ》に身を裂かれる痛みに身構えたが、次の瞬間、男の体は真横に吹き飛んでいた。シノブの間に割り込んだ長身の男が、長い脚を駆使して刺青男を蹴り飛ばしたのだ。

彫りの深い精悍な横顔と、風に揺れる純白の髪。その下に並ぶ金色の目がシノブに向けられる。

「大丈夫か？　シノブ」

この場所で聞くはずのない深みのある声が耳に届き、シノブは困惑した。

「イグナーツ……？」

「ようやく名前を呼んでくれたな」

呆然《ぼうぜん》とするシノブとは対照的に、イグナーツは嬉しそうに目尻を下げ、愛嬌《あいきょう》のある笑みを見せた。

昨日見た笑顔となに一つ変わらないはずなのに、体ごと振り返った彼を見て、シノブは説明しがたい違和感を覚えた。そしてすぐに、その正体が隊服にあると気づく。

イグナーツが着ているのは灰色の隊服ではなく、不撓の両翼の隊員であることを示す黒の隊服だった。白の隊服を身にまとう隊員と対《つい》になる衣装。

その左胸に、シノブのものと同じ記章がついていた。

(なぜセンチネルのイグナーツが第一飛行隊に配属されたんだ？　足りていないのはガイドなのだから、イグナーツが来ても片翼が増えるだけなのに)

「あいつを捕まえりゃいいんだな？」

状況が飲み込めずにいるシノブに、イグナーツが声をかけてくる。混乱しつつも頷くと、イグナーツはすぐに男のもとへ駆け出した。そのまま肉弾戦にもつれ込む。

研修施設では体術の訓練も行うが、やはり実戦で得られる経験のほうが圧倒的に活《い》きるものだ。そのため、新人隊員の動きは手練《てだ》れの隊員と比べて明らかに劣る。しかし昨日まで研修生だったはずのイグナーツは、十分に経験を積んだ歴戦の隊員のような戦いぶりだった。

男のがむしゃらな剣筋を避け、手刀《しゅとう》でそれを弾《はじ》き落とすと、的確に腹へと膝を入れる。あまりに完《かん》璧《ぺき》な身のこなしに、他の隊員も唖然としていた。下手に加勢をしても足手まといになるだけだと、彼らも分かっていたのだろう。

シノブも地面に膝をついたままその戦いを見守っていたが、蓄積した穢れで意識が持たず、やがて視界が暗転し始めた。イグナーツに敗北した刺青男が地面に崩れると同時に、シノブもその場に倒れ込む。

ヴィルヘルムが「早くシノブの浄化を！」と叫ぶのが聞こえた。さっさと身を起こして拒まないといけないのに、自分の意思ではもう指一本も動かせない。視覚も聴覚も失われていき、アヤメが飛び立つ気配だけを辛うじて感じた。

シノブの意識はほんの一瞬途絶えていたらしい。気づいたときには誰かに仰向《あおむ》けにされ、上体《じょうたい》を抱え起こされていた。まぶたは重たく、開けることもままならない。

肩を抱く大きな手と……それから、唇に重なるやわらかな感触。その温かさに、張っていた気がゆるんでいく。体の奥底に溜まっていた澱《おり》が、触れられた場所から流れ出ていくのを感じる。

それはひどく懐かしい感覚だった。六年前までは、大切な人がこうやってシノブを抱きしめ、穢れを溜めた体を浄化してくれていた。

もう二度とその声を聞くことがない、シノブのたった一人の……――。

脳裏《のうり》をとある人物の顔が過《よぎ》った瞬間、霞《かすみ》がかっていた頭が一気に覚醒した。ぱっと目を開けると、すぐそばに男の顔があった。髪色と同じ純白の睫毛《まつげ》が随分近くに見える。

一瞬ののち、イグナーツにキスをされているのだと理解し、シノブは全身の血が沸き立つような感覚に陥った。慌てて厚い胸板を押し返そうとするが、シノブを抱え込むようにしている大きな体は微《び》動《どう》だにしない。

それどころか、イグナーツは唇の割れ目から強引に舌を差し入れてきた。先端がシノブの舌を擦《こす》り、湿った感触によってくすぐられる。

「んんっ！　んーっ……！」

イグナーツの腕の中でじたばたと暴れていたシノブは、とある事実に気づいて再び硬直した。

彼に触れられた場所が妙に温かい。彼と唇を合わせ、肉厚な舌で口腔《こうこう》を暴かれると、性感とはまた違った快感があふれてシノブを蕩《とろ》けさせる。

イグナーツと肉体を触れ合わせると、魂を濁らせていた穢れが薄れていくのが分かる。

（これは浄化だ……！）

目を見開いたシノブは、渾身の力を込めてイグナーツを突き飛ばした。さすがのイグナーツも後ろによろけ、繋《つな》がっていた唇が糸を引いて離れていく。すかさず彼の下から抜け出すと、シノブは慌てて立ち上がった。

地面に片膝をつく体勢でその様子をうかがっていたイグナーツは、ふっと息を漏らした。目を細め、シノブに静かな眼差しを寄越す。一見するといつもの穏やかな表情だが、その瞳の奥にある感情が今は読めない。猛禽類を前にした小鳥のように、恐ろしさすら感じる。

「少しは体が楽になったか？」

濡れた唇を親指の腹で拭いながら、イグナーツがおもむろに腰を上げた。確かに、シノブを蝕んでいた穢れは先ほどより軽減していた。思い返せば、以前よろけた体をイグナーツに支えられたときも、同じように体の気怠さが取れていた。どうやらあれは気のせいではなかったようだ。

愕然《がくぜん》とするシノブに対し、イグナーツは落ち着き払っている。なにもかもすべて把握している表情だと思った。

「紹介しよう、シノブ」

イグナーツの後ろからやって来たヴィルヘルムが、彼の隣に並んだ。次になにを言われるかを察し、シノブは「嘘だ」と心の中でつぶやく。

「今日から第一飛行隊に配属された、イグナーツ・ハインリヒ。シノブの番となるS級ガイドだ」

恐れていた言葉を告げられ、シノブは足元がぐらぐらと崩れていくような錯覚に陥った。あまりの衝撃に言葉が出てこない。湧き上がってくるのは、「やられた」という思いだけだ。

ガイドと確実に距離を取りたくて、飛行隊のすべての隊員を拒絶した。そんなシノブがたった一人、ほんのわずかな時間ではあるものの交流を持った男。

彼こそが、絶対に見つかるはずがないと言われるS級ガイドだったのだ。


シノブが初めて番を得たのは、今から八年前——十六歳のときだ。

番となったガイドの名前はカミル・エクハルト。霊獣のカナリアと同じ、鮮やかな黄色の髪を持つ彼は、シノブより一つ年下の十五歳だった。不撓の両翼に入隊し、第二飛行隊に配属されたシノブは当時まだA級センチネルで、その番に任命されたカミルも同じA級であった。

『ほらな！　俺が言ったとおりだったろ？　適合率の高さを考えれば、俺たちは絶対に番になれるって』

入隊式を終え、宿樹内の自室に戻ったシノブに、我が物顔で一緒に入ってきたカミルが嬉々として言った。大きな目を細め、悪戯《いたずら》が成功した子供のような顔で愛嬌たっぷりに笑う。

研修施設で出会ったカミルは、シノブにとって最も親しい同期生だった。

『そ、そりゃ適合率は高いに決まっているじゃないか。でも、本当にカミルと番になっていいのかな……？　僕たちの関係が知られたら大変なことになるよ』

常に自信に満ち、怖いもの知らずのカミルに対し、シノブはおどおどと目を泳がせながら弱気な発言をする。本来、シノブは内気な性格で、他人に強く意見することは苦手なのだ。カミルと番になる件も、彼に押し切られ仕方なく了承していた。

『だーいじょうぶだって！　シノブは心配性だなあ』

今さらながら不安を漏らすシノブを、カミルは明るく笑い飛ばした。それでも表情を曇らせたままのシノブを見て、少しばかり思案したのち、ふいに静かな眼差しを向ける。

『ずっと一緒にいようって決めただろ。シノブの苦痛は、これからは俺が全部取り除いてやるからさ』

十五歳で成人し、それほど時間が経っていないというのに、力強く言い切るカミルはシノブよりずっと大人に見えた。自信満々で、お調子者だけど愛嬌のある彼は、いつも人に囲まれている。

そんなカミルに、シノブは憧《あこが》れていた。彼に必要とされることが嬉しかった。

だから、いけないと分かっていても拒めなかった。

『うん。頼りにしてるよ、カミル』

そんなふうに微笑みを返したときには、想像もできなかった。輝くようなカミルの笑顔を、見られなくなる日が来るなんて。


『――……ギリ、アサギリ隊員！』

ゆっくりと五感が戻ってきて、シノブはおもむろにまぶたを上げた。地面に仰向けに転がるシノブの前に、灰色の空が広がっている。絶え間なく降り注ぐ雨に晒され、髪も頬も、白の隊服もびっしょり濡れていたが、上半身だけは不思議と温かい。

シノブの傍《かたわ》らに屈《かが》み、必死に声をかけているのは、第一飛行隊に異動したばかりのヴィルヘルムだ。

当時、不撓の両翼は、フォグネス王国の侵略を目論む敵と、辺境の地で攻防戦を繰り広げていた。シノブが入隊して二年が経った頃のことだった。

激しい戦いの中で五感が暴走したのは覚えている。どうやらその後意識が途絶えたようだ。

（第一飛行隊が助けに来てくれたのか……）

状況を理解し始めたシノブに、しかし、思いがけない言葉がかけられる。

『手を離すんだ、アサギリ隊員！　このまま穢れを与え続ければエクハルト隊員が危険だ！』

ヴィルヘルムは切迫した表情で訴えるが、シノブはなにを言われているのか、瞬時に理解できなかった。おもむろに視線を移動させると、胸の上に誰かが重なっていることに気づく。

その背中に縋《すが》るように回されたシノブの腕はひどくこわばり、彼の体に食い込んでいた。気絶していてもこれほどの力が入るものかと他人事のように驚く。ヴィルヘルムが手首をつかんで引き剝《は》がそうとしているが、命綱《いのちづな》を決して離すまいとするように、自分の腕は「誰か」に強く執着していた。

慌てて手を離し、上体を起こしたシノブの上から、黒の隊服を着た青年がずるりと崩れ落ちる。鮮やかな黄色の髪が目に入った瞬間、シノブは衝撃に身を貫《つらぬ》かれた。

『カミル……!!』

シノブが抱きしめて離さなかったのは、番であるガイド……カミルだった。

恐らく戦いの最中に魂濁し、死の淵《ふち》に瀕《ひん》する状態になったシノブを、浄化によって救おうとしたのだろう。いつもそうしていたように、シノブと抱擁《ほうよう》を交わすことによって。

しかしシノブの中にあふれた穢れは想像以上の量で、結果的にカミルまで意識を失う羽目になった。

それでもなお救いを求め、無意識に伸びた腕はガイドの体を離さなかった。そのせいで、余計にカミルの状態は悪化した。ヴィルヘルムが到着したときには、カミルはすでに昏睡《こんすい》状態に陥っていたという。

『嘘だろう……っ、嘘だと言ってくれ！　目を開けてくれよ、カミル……――！』

凍《い》てつくような雨の中、声が嗄《か》れるまで彼の名前を呼び続けても、大切な番は反応を示さなかった。

その事件をきっかけに、シノブはガイドによる浄化を拒むようになった。いかなる状況であっても誰も手を差し伸べてこないようにと、傲慢な振る舞いで隊員たちとの間に壁を作った。

死ぬときは一人でいい。もう誰も巻き込みたくない、と。

穢れを溜め込んだまま、上官の指示を無視して無茶な戦い方をする。自分が苦しんだとしても、他者への被害を最小限に留めようとする姿勢は、一見すると強い正義感を抱いているように思える。しかし実のところ、その行為がカミルを昏睡させた自分を罰しているだけに過ぎないことをシノブは自覚していた。

＊＊＊

宿舎の一階にある食堂は、廊下と同じ大理石《だいりせき》の床に長卓が五列並んでいる。一日に三回用意される食事は、まずは三種類の主菜が盛りつけられた皿から一つを選び、飾り棚に準備された様々なサラダとスープ、パンなどを、各自の好みで添えていく形式だ。

食堂を訪れる時間によっては目当ての主菜が終了している場合もあるが、食への関心が薄いシノブは、他の隊員のように「今日は肉の気分だったのに」「好きな料理が目の前で品切れした」などと落胆した経験がほとんどなかった。

そのため、可能な限り混雑時を避けて残った料理で食事を済ますのだが、任務日の昼は集合も早いためそうもいかない。他の隊員たちが雑談に興じながら昼食を取る中、シノブは入り口から一番遠い席につき、野菜中心の料理を黙々と口に運んでいた。

今日はまだヴィルヘルムも姿を見せておらず、シノブに話しかけてくる者はいない。彼らのそばで霊獣たちも思い思いに休憩していた。シノブもまた周囲の様子など気に留めていなかったが、食堂内にざわめきが起きたため、さすがに手を止めて視線を上げる。

食堂にやって来たのは、華やかな容姿と圧倒的な雰囲気を持つ男——不撓の両翼に一昨日入隊した新人、イグナーツだった。

彼は数名の隊員たちと楽しげに談笑している。昨日は自分と同様非番だったはずだが、いつの間に仲良くなったのだろう。

先に昼食を取っていた人々も、イグナーツに目を向けたまま口々に話し始めた。

「彼が例の、鳴り物入りの新人だろう？　S級ガイドとして入隊と同時に第一飛行隊に抜擢《ばってき》されたっていう」

「S級ガイド⁉　確かに霊獣は隠せているが……でもいくら最高階級だからって、いきなり第一飛行隊に配属なんてあり得るのか？」

「階級もさることながら、体術や剣術においてもずば抜けた才能を持っているらしい。普通なら一年間通う研修施設を、三ヵ月で卒業したって話だ」

「一昨日、緊急の任務としていきなり現場に送られたらしいんだが、第一飛行隊でも苦戦したカメレオンの能力者を、身一つで制圧したそうだぞ」

「うへぇ、とんでもない逸材《いつざい》が来たもんだな……」

熱のこもった称賛の声が、まったく耳に届いていないわけではないだろう。それでもイグナーツは得意になる様子もなく、かといって恐縮する素振りも見せなかった。長い脚《あし》でゆったりと歩きながら、透きとおるような金色の目で食堂内を見渡す。

その瞳がふいにシノブを捕らえた。イグナーツは愛想よく笑い、ひらりと手を振ってみせる。シノブは露骨に顔を歪めると、視線を外し無視を決め込んだ。

それでもイグナーツは気分を害した様子を見せず、周囲の隊員との会話を再開する。

「なあ、どれがうまいんだ？　おすすめの組み合わせを教えてくれよ」

人懐こいイグナーツに、隊員たちは「今日の献立なら主菜はこれかな」「付け合わせはこっちのサラダがおすすめ」などと言って、甲斐甲斐しく世話を焼き始めた。注目の新人で、なおかつ見目麗《みめうるわ》しい男に頼られれば、やはり嫌な気はしないのだろう。無自覚でやっているのか、イグナーツが己の魅力を自覚したうえであえてやっているのか、今となっては分からない。

だが、昼食を載せたプレートが完成すると、イグナーツは彼らの誘いを断ってシノブのもとへやって来た。おかげでシノブにまで視線が集まってしまう。

当然のように正面の席についたイグナーツを、シノブは鋭く睨みつけた。

「どういうつもりだ」

「番になったばかりなんだ。まずは交流を増やして、お互いをよく知ろうと思ってさ」

フォークを片手にあっけらかんと返され、ますます苛立ちが募《つの》る。

「僕は番だなんて思っていない」

「ヴィルヘルム隊長が言ってただろ？　シノブとの適合率が九割超えのＳ級ガイドなんて、この先絶対に現れない。俺以外のガイドがシノブの番になるなんてあり得ない、って。あ、このオムレツ、ふわふわでうまいな」

「適合率まで調べていたのか？　……用意周到さに舌を巻くな。なにも知らず、あなたの策に引っかかる僕は、見ていてさぞかし滑稽《こっけい》だっただろう。わざわざ道に迷った振りをして寮まで戻ったのも、あのめちゃくちゃな手描きの地図も、すべて仕組んだものだったのか？」

「俺が極度の方向音痴なのは本当だよ。強盗団捕縛の任務だって、宿樹に向かうつもりが迷子になったせいで出発が遅れたって隊長も言ってただろ？　現地まで送ってくれた隊員にこっぴどく怒られた」

首の後ろに手を当て、イグナーツはいかにもばつが悪そうに眉尻を下げる。確かに、シノブが別の場所にいると知りながら方向音痴の振りをする必要はない。その点に関しては本当なのだろう。

なにもかもがうさんくさく見えてしまうのは、一昨日交わしたやりとりの中で、シノブがすっかりイグナーツの手のひらで転がされていたことが分かったからだ。

ヴィルヘルムから「番になるガイド」としてイグナーツを紹介された際、シノブは、

『自分はセンチネルだと、僕に嘘をついていたのか？』

と食ってかかった。しかし彼は悪びれる様子を見せず、

『俺はセンチネルだなんて言った覚えはないんだがな』

と肩を竦めて苦笑した。

言われてみれば確かに、イグナーツは自らをセンチネルだなどと偽《いつわ》ったことは一度もない。ただ、シノブの勘違いを訂正しなかっただけだ。センチネルだと誤解されていると知りながら、否定しなか

った。それがすべての答えだった。

イグナーツは分かっていたのだ。自分が第一飛行隊に配属されることも、番となる相手が極度のガイド嫌いということも。――そして、そのセンチネルの名前も。

だから自身がガイドだという事実を隠してシノブと交流した。

（馬鹿みたいだ。人通りの多い道を歩くのはセンチネルにとってつらいだろうと、わざわざ遠回りの道を案内して寮まで送ったり、その経路を地図に書き起こしたりして）

なにより、彼と過ごす時間に、ほんの一瞬でも安らぎを得ていた自分に腹が立つ。イグナーツについて「裏表がない男」だと考えていたが、実際はとんだ策士《さくし》だったというわけだ。

警戒心を露わにするシノブに、イグナーツは困った様子で微笑んだ。それから小さく息をつく。

「悪かったよ、騙《だま》すような形になって。君に興味があったからどうしても話してみたかった。シノブと交流を持つよう誰かから指示をされたとか、懐柔《かいじゅう》する意図があったとか、そういうんじゃない」

シノブが疑いそうなことを、イグナーツは先回りして否定した。屈託《くったく》のない振る舞いをするが、その実、頭の回転が速い男だと思う。だからこそ、その言葉をすべて鵜呑《うの》みにすることができない。

「とにかく、僕はこの先も番を持つ気はない。あなたや隊長の意思など知ったことではない」

冷淡な口調で突き放し、シノブは機械的な動きで料理を口に運んだ。一刻も早く昼食を済ませ、彼の前から立ち去りたかった。

しかし「うーん」と唸《うな》るイグナーツは、口を閉ざす気配がなかった。

「キスをしてみて分かったけど、シノブ、相当な穢れを溜めてるだろ？　今のまま戦い続けるのはどう考えても危ないと思うんだけど」

自然な調子で語ったイグナーツに、周囲で聞き耳を立てていた隊員たちが「キス!?」と驚きの声をあげた。

「あの新人、アサギリにキスをしたのか!?」

「常駐ガイドにすら、手袋越しに手を触れさせることしか許さないことで有名なアサギリに？」

ざわめく彼らにイグナーツがたじろぐ。まさかこれほど大きな反応が来るとは思ってもみなかったのだろう。

「な、なあ……センチネルはガイドとの肉体接触によって浄化されるっての、能力者界隈《かいわい》では常識なんだよな？　穢れが重い場合は、キスだったりそれ以上の行為をする必要があるって、研修施設で教わったんだけど……」

周囲の様子をうかがいつつ、イグナーツは潜めた声でシノブに尋ねてきた。

彼の認識は正しい。ガイドとの相性にもよるが、手を握るくらいの軽度の接触では、浄化できる穢れはあまり多くない。そのため、衣服を脱いで触れ合わせる肌の面積を増やしたり、キスや口淫《こういん》などの粘膜《ねんまく》接触をしたりして浄化率を上げるのだ。中でも最も効果的なのは性交とされている。

もちろん不撓の両翼の面々にとっても常識なのだが、ガイドによる浄化を拒絶し続けているシノブが、誰かに唇を許している姿を目にした者は一人もいなかった。

耳の先まで赤く染め、わなわなと震えるシノブを見て、「まずい」と思ったのだろう。シノブを宥《なだ》めるように顔の前に両手を広げ、身を反らすイグナーツに、あと少しで怒声を浴びせるところだった。

それをしなかったのは、シノブたちが座る長卓のすぐ横に、厄介な人物が立ったからだ。第一飛行隊で、最もシノブと折り合いの悪い男……フォルカーだ。

「よっ、新人。一昨日は大活躍だったな」

食堂にやって来て、すぐにイグナーツのもとへ足を向けたのだろう。まだ昼食は手にしていない。

フォルカーはちらりとシノブに目を向けると、腕組みをして盛大な溜め息をついた。

「それにしても……いくらS級とはいえ、このじゃじゃ馬センチネルと組まされるなんて、隊長も酷《こく》だよなあ。新人くんにも、どうせ威嚇するばかりでろくに会話をしてねえんだろ」

最後の台詞はシノブに向けられたものだ。それを無視してシノブは空になった皿をまとめ始める。

その反応にフォルカーはカチンと来たらしい。鋭い目でシノブを睨みながら忌々しげに続けた。

「新人くんも、無理してこの魔性のセンチネルと組み続ける必要なんてねえからな。第二飛行隊時代に番だったガイドは、こいつに魅入られて無茶な浄化をさせられた結果、今も療養所のベッドで眠り続けてるって話だからよ」

嫌悪感を孕《はら》んだ、吐き捨てるような台詞。それに耐えきれず、シノブはガタンッと音を立てて勢いよく席を立った。食器類を所定の場所に戻すと、足早にその場をあとにする。

しかし食堂の扉が開け放たれているせいで、自室に向かって廊下を突き進む間も、ひそひそと囁《ささや》かれる侮蔑《ぶべつ》の言葉を鋭い聴覚が勝手に拾ってしまう。

「あいつ、番を植物状態にしておきながら、一度も見舞いに行ってないらしいぞ」

「アサギリの訪問記録、ないんだってな」

「ガイドへの思いやりの欠片《かけら》もないな。なんて非情なセンチネルなんだ」

自分への軽蔑が滲《にじ》む声に、胸の奥がじくじくと膿《う》んだように痛む。

好きなように言わせておけばいい。他の隊員から嫌われるように仕組んだのは自分なのだから、むしろ好都合じゃないか。

そう己に言い聞かせながらも、思わず抑感装具である耳飾りに触れずにいられない。

（もっとちゃんと効いてくれ。余計なことなど聞かずに済むように、なにも感じずに済むように……）

「俺は」

随分と遠くなった食堂の、いまだ続くざわめきの中で、イグナーツの深みのある声がはっきりと耳に届いた。

「シノブの話を他人から聞いても意味がない。俺の番の話は本人から直接聞く」

静かだが、強い意志を感じる言葉。

その一声に、シノブの噂であふれていた食堂が、水を打ったように静まり返るのが分かった。

予想していなかった展開に、シノブも思わず足を止めた。イグナーツは一見すると穏やかだが、人や場の空気をよく観察しており、腹の底が見えない。長いものには巻かれろの精神で彼らの話題に乗るか、そうでなくても適当に聞き流すだろうと思っていた。

こんなふうに空気が凍るのを承知のうえで、一刀両断するとは考えていなかった。

予想していなかった彼の誠実さに胸が震える。感動というより動揺していた。

（それともこれも、僕の耳に届いているのを想定したうえでの策なのか……？）

猛禽類特有の、王者の風格が覗く凛《りん》とした目が脳裏によみがえる。その奥にどんな考えがあるのか、シノブはまったく読めないでいた。


それからもイグナーツは、シノブがどれほど冷たくあしらっても、一切めげずに話しかけてきた。

訓練中は積極的にシノブの助言を求め、報告書の書き方も逐一シノブに聞き、挙げ句の果てに任務外の時間までシノブの部屋を訪ねてきて交流しようとする。これにはさすがにシノブも閉口した。

そうやってすっかり調子を乱されながら、イグナーツが第一飛行隊に加わって一週間が過ぎた。

「一体なにがしたいんだ……」

一日の任務を終え、いつもの丘に避難しようとするシノブの横には、当たり前のようにイグナーツがいた。人に見つからないようこっそり宿樹を抜け出したのに、なぜ気づかれたのだろう。とんでもなく聴覚が発達しているとしたら納得だが、生憎《あいにく》彼はセンチネルではない。

げんなりと肩を落とすシノブに、イグナーツが「ええ？」と首を傾げる。

「俺はシノブと距離を縮めたいだけだよ」

躊躇いもなくそんなことを言うイグナーツに、シノブは胡乱《うろん》な眼差しを向けた。しかし相変わらずにこにこするばかりのイグナーツを前にすると、もはや噛みつく気力も出てこない。

この一週間で、突き放しても嫌みを言ってもイグナーツにはなんの効果もないことを、シノブは嫌というほど実感していた。

外に出てしまったものは仕方ないので、イグナーツを連れたまま目的の丘に向かう。

「なんでシノブは俺を信用してくれないのかなあ。俺はシノブの役に立つために不撓の両翼に入ったってのに」

シノブに拒まれないと分かって幾分か安心したらしく、イグナーツは「やれやれ」とばかりに本音を吐露《とろ》した。隣に並ぶ長身の男をじろりと睨み、シノブは眉間の皺を深くする。

「あなたに騙されていたと知ってから、まだ一週間しか経っていないんだ。簡単に信じてもらえると思うほうがどうかしている」

「ま、俺が好かれていないのは仕方ないとしてもさ、せめて俺が浄化した抑感装具を身につけてくれないかなあ。適合率が高いガイドによる浄化だと、抑感装具の効果も桁違《けたちが》いらしいぞ」

「あなたの抑感装具を身にまとう姿を見られたら、番を受け入れたと言っているのと同じだ。僕にはまったくその気がないのに」

シノブがそう言って拒むと、イグナーツは「残念だな」と存外あっさり引き下がった。ヴィルヘルムのように、シノブが逃げ出すまで苦言を呈することはしない。そのことに肩すかしを食らいつつ、内心ほっとしていた。

カミルの昏睡後、片翼となったシノブに新たな番を宛《あてが》う話は幾度となくあがった。A級センチネルだった当時は、同階級のガイドがまったくいないわけでもなかったから。

けれど番の候補と引き合わされても、シノブは彼らに反発するばかりで、一度も浄化を受け入れなかった。徹底して交流を拒み、任務の最中も番候補を放置して独断で行動するシノブに、彼らは当然のごとく「とてもじゃないがアサギリとは組めない」と匙《さじ》を投げた。

やがて特A級に昇格し、浄化を行えるガイドの数がほぼほぼ零《ゼロ》になると、シノブは心の底から安堵した。自分の穢れにガイドを巻き込みたくないという思いもある。けれどそれと同じくらい、かつての番――カミルに対する思いが「変化すること」への罪悪感となってシノブを縛っていた。

（カミルの時間は六年前から止まったままなのに、僕だけが新たな番を得て、カミルとは違う道を歩き始めるなんて……そんなこと、許されるはずがない）

胸の奥で渦巻く思いに引きずられ、気を抜くとすぐに心が沈みそうになる。気持ちを切り替えるべく、シノブは顔を上げ、前方を睨むようにしながら歩を進めた。少なくともイグナーツの前では、弱い面を見せたくない。新たな番とされた男に、付け入る隙を与えたくないのだ。

（ひとまず丘に着いたら、日が沈むまではゆっくり休もう）

眠った振りでもすれば、イグナーツもきっと必要以上に声をかけてこないだろう。

そう考えていたシノブだが、目的地が近づく頃には、どうやら思いどおりにはならなそうだ……と悟った。丘の頂上に、この間見た三人の少年がいたのだ。今日はおもちゃらしきものは見当たらないが、前回と同様、木を囲うようにして頭上に顔を向けている。

ひょろりとした黒髪の少年と、気の強そうな茶髪の少年、それから小柄《こがら》でおっとりした雰囲気の少年だ。

（この丘を新たな遊び場にしてしまったのか？）

丘の麓で足を止めたシノブは、弱ったな……と表情を曇らせた。聴覚への刺激が少ないこの丘は、穢れを溜めたシノブにとっての癒《い》やしの場だったが、それはあくまでこちらの都合だ。彼らの出入りを拒むことはできない。

視界の端で、イグナーツがシノブの様子をうかがう姿が見て取れた。急に歩幅を大きくしたと思ったら、シノブのもとを離れ子供たちに近づいていく。一体なにをするつもりかと、シノブも慌てて丘を登っていった。

「面白いものでも見えるのか？」

大人の男に気さくな調子で声をかけられ、子供たちが驚いた顔をした。イグナーツを見る目が輝き、「不撓の両翼だ」「どこの飛行隊だろ」とそわそわした様子で言葉を交わす。

王国を護る不撓の両翼は、国民にとって憧れの対象とされていた。戦士としての勇ましさと、翼を生やして大空を舞う神秘的な姿が、特に男児の心を奪うのだと聞く。

やがて子供たちは木の枝を指差し、口々に言った。

「赤ちゃん、まだ生まれないのかなーと思って見てたんだ」

「赤ちゃん？」

「そう、鳥の赤ちゃん。この木に鳥の巣があるの。ちょっと前に枝におもちゃを引っかけちゃって、どうにかして取れないかなって思って見てたら、奥のほうに巣があったんだよ」

木の下にたどり着いたシノブが、イグナーツとともに目を凝《こ》らすと、確かにそれらしき小枝の塊《かたまり》が見えた。抱卵中なのか、その中心に親鳥らしき姿が確認できる。枝葉に隠れているせいで判然としないが、大きさから察するに鳩だろうか。

三人の中で一番小柄な少年が、おずおずと語り出す。

「街にいる占い師のおじちゃんが、もうすぐ嵐が来るって言ってたんだ。だから早く赤ちゃんが生まれて、お母さんと一緒にどこかに隠れてくれたらいいんだけど……」

いたいけな子供の言葉に、イグナーツが困った様子で微笑んだ。

鳩の抱卵期間は十八日前後、孵《ふ》化《か》から巣立ちまでは四十日ほどを要する。一方、占い師が空模様から天気を予測できるのは、最長でも一週間先までだろう。嵐までに孵化したとしても、この木から巣立つことは不可能だ。

「あっ、じゃあぼくたちで巣を引っ越しさせればいいんじゃない？」

「いいな！　嵐の間はおれん家に住まわせてやるよ！」

「えーっ、ずるい！」

盛り上がる子供たちにどうやって声をかけるべきかシノブが悩んでいると、彼らのやりとりを見守っていたイグナーツが「あのな」と切り出した。

「鳥の巣は移動できないんだ。人間が勝手に場所を変えると、親鳥が来なくなっちゃうからな」

予想外の言葉だったのだろう。子供たちは「えーっ！」と悲鳴をあげた。それでもなお諦《あきら》めきれない様子で、「お母さん鳥の目の前で引っ越しをするのは？」「お母さん鳥にご飯をあげて仲良くなればいいんじゃない？」とあれこれ提案してくる。

そのすべての意見に、イグナーツは首を横に振った。片膝を折って屈むと、子供たちと目線を合わせて語り出す。

「王都の中で今この瞬間、卵を温めているのはあの鳥だけだって言い切れるか？」

「それは……」

「たまたま巣を見つけた鳥の卵だけを助けるなんて、他の鳥たちに不公平だろ。彼らの世界のことは、彼らに任せなきゃいけない。自分たちの力で解決しようとしなくなったら、いつか自分の足で前に進めなくなる」

自然の摂理《せつり》について、イグナーツは真摯《しんし》な姿勢で説《と》いた。相手が子供だからと侮《あなど》ったり、適当な言葉で丸め込もうとしたりしない。その誠実な言葉に、いつしかシノブも真剣に耳を傾けていた。

「……、分かった……」

イグナーツの訴えは、子供たちにもきちんと届いたらしい。しょんぼりと肩を落としながらも素直に頷く。イグナーツも穏やかな表情で彼らを見つめ、おもむろに腰を上げた。

「ほら、もう夕飯の時間だ。気をつけて帰りな」

大きな手にぽんぽんと優しく背中を叩かれ、子供たちは「はーい」と丘を駆け下りていった。一番小柄な少年だけは、名残惜しげに何度も木を振り返っていたものの。

その後ろ姿をイグナーツと二人で見送りながら、シノブは先ほど見た横顔を思い出していた。

（やはり賢い人だ。それに多分、気配りもうまい）

子供たちは今後もこの丘で遊ぶつもりなのだろうか……と気にしながら、シノブは彼らに声をかけることができずにいた。イグナーツはそれを察して、彼らの目的を聞き出してくれたのだろう。

横目で彼をうかがうと、視線に気づいたイグナーツが体ごとシノブに向き直った。まっすぐにシノブを見据え、白い歯を覗かせて茶目っ気のある笑顔を浮かべる。

「柄にもなく真面目なことを言いすぎたか？」

砕けた調子で尋ねてくる姿は、いつもの屈託のない彼だ。相変わらずつかみどころがない男だと思う。そんな彼に、妙に惹《ひ》きつけられた。イグナーツは一体、いくつの顔を持っているのだろうと考え……その事実にシノブは胸を乱した。

（彼がどんな人物だろうと関係ない。今までどおり、僕の番になるのを諦めてくれるまで拒み続けるだけだ）

心の中で自分に言い聞かせ、シノブはふいと顔を背けた。

「……柄にもないと言えるほど、僕はあなたのことをよく知らないから」

素っ気ない調子で告げ、木の下に腰を下ろす。彼に興味を持ち始めている自分に気づきたくなくて、現実から目を逸らすようにまぶたを伏せた。

占い師の予測は当たり、五日後には空を分厚《ぶあつ》い雨雲が覆った。強風のため午後の飛行訓練は中止となり、十五時を過ぎる頃には土砂降りになった。

ゴロゴロゴロ……という雷鳴を聞きながら、シノブは廊下で足を止め、窓の外を眺めていた。

宿樹は、センチネルが一般人と変わらぬ暮らしができるよう設計されている。外から入り込む音や光の刺激を過剰に受け取らないよう、建物や窓ガラスに特殊な細工がされているのだ。天候によって体調が悪化しないのはセンチネルにはありがたい。

それでも、荒れた空を前に胸がざわめくのは、丘で出会った子供たちの姿が目に焼きついて離れないからだ。

(あの子たち……随分と鳥の巣を気にかけていた。この天気の中、様子を見に行くことがなければいいが……)

イグナーツの説得に納得した様子を見せたものの、この荒天を目にして心変わりをしていないとも限らない。鳥の巣を移動させようとして、木によじ登るような無茶をしていたらどうしよう。一度考え始めるとどんどん想像が膨らみ、悪い方向へ転がっていく。

湧き上がる焦りによって冷静さを失いかけていたのだろうか。いつの間にかアヤメが姿を現し、肩に留まっていた。『キュッ』と短く鳴く霊獣は、まるでシノブを戒《いまし》めているようだ。

「すまない、アヤメ。ちょっと見に行くだけだから」

そう言い訳して、シノブは宿樹を抜け出した。嵐が終わるまで丘を見張るわけではない。一目確認して、誰も来ていなければすぐに帰ろうと思った。

まだ夕刻にもなっていないのに、外はすでに薄暗い。吹き荒れる強風は聴覚を刺激し、横殴りの雨によって全身に鋭い痛みが走った。

その肩で、アヤメも苦痛に耐えるように身を縮こめていた。霊獣は雨風の影響を受けないものの、能力者の心身の状態がそのまま反映されてしまうのだ。

アヤメに「もう少しだ」と声をかけながら、シノブは苦痛を堪えて歩き続けた。やがて丘が見えてくる。雷光が目に入らないよう手で視界の一部を覆いながら、シノブは視覚に意識を集中させた。

焦点が合った丘は暴風雨に晒され、そびえ立つ木は枝葉を激しく揺らしていた。根元から葉先までの、ちょうど中間にあたる枝分かれの部分に黒い塊が見える。鳥の巣にしては大きすぎる……と考え、次の瞬間、シノブは目を見開いた。

（あれは子供だ……！）

枝の根元にしがみつくようにして、子供がうずくまっていたのだ。

強風に髪を乱しながらシノブはすぐさま駆け出した。風の抵抗を受けた足は思うように進まず、もどかしさに歯噛みする。

なんとか目的の木にたどり着くと、シノブは幹に足をかけて登り始めた。枝の根元に手足を絡《から》めて丸くなっていたのは、五日前に会った子供の一人だった。帰り際まで鳥の巣を気にしていた一番小柄な少年だ。

「大丈夫か!?　怪我《けが》はしていないか？　どこか痛いところは？」

丸まった背中に手を置いて声をかけると、少年がビクリと身を震わせた。おずおずと顔を上げた少年は、シノブを覚えていたらしい。呆然とした顔を浮かべ唇をわななかせる。

「ごめ……っな、さい！」

薄暗がりの中で、少年の目はみるみるうちに潤《うる》んでいった。顔を上げたことで、彼が胸の下に隠していたものが見える。

全身を使って少年が守っていたのは、親鳥が避難したあと、木に残された鳥の巣と卵だった。

「あ、危ないのに、外に出てごめんなさい！　木に登ってごめんなさい……！　で、でも、どうしても赤ちゃん鳥を助けたくて……っ」

ワアワアと大声をあげて泣き出す少年に、ぎゅっと胸をつかまれたような心地になる。彼は自分の行為がいかに無謀で危険かを、きちんと分かっていた。そのうえで、漲《みなぎ》る使命感に小さな体を突き動かされ、こうしてか弱い命を守りに来たのだ。

「君が助けた命と一緒に、今度は僕が君を助ける。さあ行こう、しっかり卵を抱いているんだよ」

少年の肩を抱いたシノブは、アヤメと同化して翼を生やし力強く告げた。その言葉に、少年は再び使命感を取り戻したらしい。手の甲で涙を拭うと、鳥の巣を両腕で抱きしめる。

少年を守るように腕に抱き、シノブは雨風が吹き荒れる空を見つめた。狙うのは追い風になる瞬間だ。風が弱まった一瞬を見逃さず、木の枝を蹴って飛び立った。

長時間の飛行をせず、最短距離で安全な場所への着地を目指す。そのつもりだった。

だが子供の重みが加わったことで、暴風雨の中、翼を制御することが難しくなる。気づいたときには視界が反転していた。鈍色《にびいろ》の空が視界いっぱいに広がり、シノブは空中に身を投げ出される。

（しまった、落ちる……――！）

背中から地面に叩きつけられる自分を想像し、シノブはひゅっと息を呑んだ。せめて少年だけでも助けなくてはと、彼を抱く腕に力を込める。

しかし落下しきる前に、真横から飛んできた巨大な鷲がシノブを力強く抱き留めた。よく見るとそれは鷲ではなく、茶褐色の翼を生やしたイグナーツだった。

「よくやった。俺の番は王国一いい男だ」

驚きのあまり声を出せずにいるシノブに、イグナーツがニッと口角を上げた。彼も少年の行動を予測し、確認しに来ていたのだろう。

薄暗い空の下でも、彼の金色の虹彩は輝いて見える。その美しい王者の目を、まるで嵐の中で旅人を導く星のようだ、とシノブは思った。

少年ごとシノブを横抱きにしたイグナーツは、嵐の中をものともせずに飛び、住宅地の外れに着地した。シノブの首にしがみついて大泣きする少年を宥め、なんとか自宅の場所を聞き出す。「嵐が治まったら僕が木に戻しておくよ」と言って鳥の巣を預かり、彼を自宅まで送り届けた。

知らぬ間に姿をくらませた息子が無事帰宅し、母親は安堵のあまり玄関先で泣き崩れた。嵐の中、外を捜し回っていた父親も報《しら》せを受けて戻り、息子を抱きしめて大泣きする。

少年も顔をぐしゃぐしゃにして泣き、「ごめんなさい」と繰り返した。

「どうか叱らないであげてください。どうしても譲《ゆず》れないものがあって危険を冒《おか》してしまったけれど、その結果多くの人に心配をかけたことを、彼はもう十分理解しているはずだから」

感謝の言葉を繰り返す両親に恐縮しつつ、シノブは静かな口調で告げる。それから、少年のそばに腰を落ろし、小さな肩に手を置いた。

「もう危ないことはしないと、約束してくれるね？」

シノブの言葉は、彼の胸にきちんと響いたらしい。少年は目に涙を浮かべたまま「はい」と答えた。

イグナーツが翼の内側にシノブを入れてくれて、彼に守られながら宿樹を目指した。その間にも徐々に雨風が弱まっていく。このまま嵐が過ぎ去りそうだったので、丘に立ち寄り、鳥の巣を木に戻してから帰宅することにした。

「これほど早く天気が回復するなら、あの子を宿樹で休ませてから送っていけばよかったな。雨に濡れたまま帰宅させてしまった」

水分を吸って重たくなったジャケットを小脇に抱え、シノブは丘を登りながら溜め息混じりに漏らした。雨はもうぱらぱらと落ちる程度だ。

同じ格好で斜め前を歩くイグナーツはすでに同化を解いていて、ハクトウワシのクニシュがシノブの横をゆったりと滑空《かっくう》する。興味津々な様子でシノブをちらちらと見る霊獣は能力者にそっくりだ。

「たとえ土砂降りの雨の中だろうが、全身ずぶ濡れだろうが、どこへ行ったか分からないよりはすぐにでも帰ってきてほしいと思うはずだ。大切な家族なんだから」

イグナーツの言葉は妙に説得力があった。似たような状況を、身を以て経験しているかのような口振りだ。思わず横目でうかがうと、シノブの視線に気づいたイグナーツが、

「九歳下の妹がいるんだ。やんちゃな子で、小さい頃は手を焼いた。蛙《かえる》を追うのに夢中になって迷子になったり、かくれんぼの最中に昼寝を始めて一人だけ帰ってこなかったりな」

と肩を竦めた。なるほど、だから彼は子供の扱いがうまいのかと納得する。

鳥の巣はイグナーツが元の場所に戻してくれた。木の下で待っていたシノブは、地面に降り立ったイグナーツがクニシュを隠したのを見計らい、改めて彼に向き直った。

「ありがとう、イグナーツ。あなたのおかげであの子を助けられた」

いつになく素直なシノブに、イグナーツがきょとんとする。

暴風雨に晒されたせいで、シノブもイグナーツも全身ひどいありさまだ。髪は乱れ、隊服もぐっしょり濡れている。今さら虚勢を張ったところで格好がつかないし、その必要性も感じなかった。どうせイグナーツ相手には、どんな強がりを言ったところで徒労《とろう》に終わるだけなのだから。

（それに……あの暴風雨の中、危険を承知で助けに来てくれた人に、恩知らずな態度を取り続けることはできない）

静かに佇むシノブの前で、イグナーツはなにか思案するように口を閉ざした。雫《しずく》が落ちる白髪を大きな手で撫《な》でつけると、「俺さ」と切り出す。

「故郷にいたときは妹にしょっちゅう小言《こごと》を言われてたんだよな。『兄さんは大雑把《おおざっぱ》だ。要領がよさそうに見せかけておいて、実際はすごく狭い範囲しか見えてない』ってさ」

「うん……、……うん？」

話の脈絡《みゃくらく》が読めず、シノブは首を傾げる。その様子に、イグナーツがふわっと表情をゆるめた。

穏やかで人好きのする笑顔に、知らず目を奪われる。

「今回だって、正直な話、俺はシノブしか見えてなかったよ。宿樹から飛び出したシノブを見て、卵を守りに行ったんだと思った。だから慌てて追いかけて……それで、シノブはもっと先を読んでいたんだって気づいたんだ」

腰に手を当てて語るイグナーツは、まっすぐにシノブを見つめ、目を眇《すが》めた。まぶしいものを前にしたときのような仕草だった。

「あの子を助けたのは間違いなくシノブだ。俺の番は賢くて思いやりがある、王国中に誇れる男だ」

力強く言い切る彼の、その快活な言葉がじわりと染みた。胸を絞《しぼ》られるような切《せつ》なさを覚え、シノブは思わずそこへ拳《こぶし》を当てる。固く握っていないと、手の震えを悟られてしまいそうだ。

気位が高く、傲慢な、ガイドを陥れる魔性のセンチネルだと言われてきた。そう仕向けたのは自分だから、彼らの言葉に傷つく資格などないと思っていた。

けれどこんなふうに優しくされ、憐れみではなく尊敬の念を向けてもらえて、自覚していた以上に自分がまいっていたのだと気づく。

瞳を揺らすシノブに、イグナーツがどんな感情を見出したのかは分からない。穏やかな眼差しを向けてくるイグナーツは、慎重に口を開いた。

「なあ、シノブ。やっぱり俺、シノブを浄化させてほしいな」

唐突な提案にシノブは戸惑った。これまでであれば反射的に嚙みつき、冷淡な物言いで拒んだはずだ。けれど今のイグナーツには、ひどい言葉をかける気になれなかった。

「どうしても譲れないものがあって危険を冒してしまった……って、あの男の子の両親にシノブが説明してるのを聞いてさ。もしかして、シノブもそうなんじゃないかなって思ったんだ。譲れないものや、守りたいものがシノブにもあって、だからガイドの浄化を嫌がるんじゃないか……って」

この六年間誰にも悟られなかったことを、入隊して二週間も経っていないイグナーツは鋭く見抜いた。どうして、と目を見開くシノブに、

「初めて会ったときからずっと、俺にはシノブが、誰よりも心優しい人に見えていたから」

と告げる。

「だから無理にとは言わない。苦しみを取り除いてあげよう、なんて独《ひと》りよがりな考えで、勝手にシノブを浄化したことは反省してる。今はシノブが『浄化をしたくない』って言うなら、その意思を尊重したいと思ってるし、俺のことをまだ信用できないって言うのなら、信用してくれるまでいくらでも待つつもりだ」

滑《なめ》らかな弁舌《べんぜつ》で語るイグナーツは、清々《すがすが》しい表情を浮かべていた。人々を魅了する太陽のようでもあり、温かく見守る月のようでもある、不思議な魅力を持つ人だと思う。

そんな彼から、シノブもまた目が離せなくなっている。

「でもこれだけは覚えていてほしい。穢れを溜め続けるシノブを心配する気持ちは本当だし、その思いをないがしろにするのは、相手を否定して傷つけるのと同じだってことを」

イグナーツの口調は穏やかなのに、その言葉はずしんとシノブの胸に響いた。彼が告げた「傷つく」人の中に、イグナーツだけでなく、他の人の存在もあると気づいたからだ。

(心配する言葉をかけ続けてくれた隊長は、自分をぞんざいに扱う僕を見て傷ついていたのだろうか。医務室の室長や、常駐ガイドのみんなも)

ガイドの身を守ることばかりを考え、彼らの心は二の次になっていた。自分が誰かを傷つけている可能性を指摘され、傷つく痛みを自覚した今は、同じ行為をすることに抵抗を覚える。

きゅっと唇を噛みしめ、シノブは視線を落とした。迷いはまだ強い。助けを求めて無意識にカミルを抱きしめ、結果的に彼を昏睡状態にさせた記憶は、思い出すだけでシノブの足を竦ませる。

葛藤《かっとう》するシノブを、イグナーツは急《せ》かさず待ち続けた。

「イ……イグナーツを、番だと認めたわけじゃない」

カミルを置き去りにして、他のガイドと新たな景色を見たいわけではない。

躊躇いがちに口を開いたシノブは、「でも」と続ける。

「手袋を、着けたまま、なら……浄化を受けてもいい……」

消え入りそうな声で承諾《しょうだく》するシノブに、イグナーツがぱっと表情を輝かせた。「よし！」と嬉しそうに言って両手を差し出す。健康的な肌色の手のひらの上に、シノブは黒の革手袋に覆われた手を恐る恐る重ねた。

分厚い手袋越しの浄化は、ガイドの身に危険が及ばない反面、祓《はら》える穢れは微々たるものだ。そう思っていた。

しかしイグナーツと手を触れ合わせていると、まるで暖炉《だんろ》に手をかざしたときのように、重なった箇所がすぐに温《ぬく》もっていくのが分かった。心地よさを感じるのは、シノブの中にある穢れが溶け出ている証拠だ。

予想よりずっと順調に浄化されていると分かり、急激に恐怖が込み上げる。

（イグナーツに穢れを与えてしまう……！）

咄嗟に引っ込めようとした手を、イグナーツがぎゅっと握った。

「大丈夫」

臆病《おくびょう》なシノブに寄り添うような、端的だが力強い言葉。その一言が不思議なほどシノブを落ち着かせた。イグナーツがそう言うならきっと大丈夫なのだろうと、素直に信じることができた。

互いの手をじっと見つめ、イグナーツがおもむろにまぶたを伏せる。浄化に意識を集中させているらしい。繋がった箇所がどんどん温かくなっていく。

（気持ちいい……まるで陽だまりの中で微睡《まどろ》むようだ）

適合率九割超えのＳ級ガイドによる浄化は、シノブが今まで経験した浄化とは比べものにならなかった。蓄積した穢れがどんどん薄められていく感覚と、それによってもたらされる快感。

なにより、圧倒的な力を持つイグナーツなら、少なくとも手袋越しの浄化で自分の穢れに飲まれることはないだろうという安心感が、シノブの凝り固まった心を解していく。

酒に酔ったときのように意識がとろりと溶けて、シノブは堪らずよろけてしまった。「おっと」とイグナーツが声を漏らし、前方に傾いた体を抱き留めてくれる。

繋いでいた手が離れ、代わりに広い肩が頬に触れた。

「今日はこのくらいにしておこうか」

焦点が合わない状態で宙を眺めていたシノブだが、すぐそばから降ってきた声にはっとした。

「す、すま……いや、ありがとう」

咄嗟に謝罪の言葉が漏れそうになり、違うな、と思い直す。厚い胸板に手を当ててイグナーツを見上げると、予想よりずっと近い場所に顔があった。

蜜を固めたような澄んだ金色の目。その奥になにか別の企《たくら》みがあるのではないか……などと疑ったこともあるが、今はただ素直に「綺麗だな」と思った。

イグナーツの華やかな顔をまじまじと観察していると、彼は戸惑うように視線を泳がせた。目許をほんのりと赤らめ、焦った様子で顔を背ける。入隊初日から強引にキスをしてきたくせに、今さらこんなことで照れるなんて変な男だ。

「あー……あれだ。長い間まともに浄化を受けていないから、シノブは浄化酔いする可能性があるってヴィルヘルム隊長が言ってたぞ。長く蓄積した穢れは、時間をかけて少しずつ浄化していったほうがいいかもしれないな」

身を離しつつ、イグナーツが取り繕《つくろ》うように咳払《せきばら》いをした。「宿樹に戻ろう」と促《うなが》され、シノブも頷く。いつの間にか雨はすっかり上がっていた。

（繰り返していけば、いつかイグナーツの浄化にも体が慣れるのか）

斜め前を歩くイグナーツの背中をぼんやり見つめ、そんなことを思う。

イグナーツに浄化してもらったことで、雨風の影響で溜まった穢れは消えてくれた。慢性的な目眩も今は感じず、体も心なしか軽い。彼の前で虚勢を張ることを諦めたら、肩の力が抜けた。

端《はた》から見れば、それらはすべてよい変化のはずだ。けれど、暗い沼の底に沈むようだった心と体が変わっていくことに対し、胸の内に不穏《ふおん》なざわめきが生まれる。

足元が揺らぐような心許なさを覚え、シノブは下唇を噛みしめた。


橙色の空が広がる中、シノブは樫《かし》の木の枝に腰かけていた。

背中に翼を生やしたまま、ゆったりとした調子で歌を口ずさむ。片膝を立て、もう一方は木の下に垂《た》らしてゆらゆらと揺らしながら、穏やかな旋律を奏《かな》でる。歌っているのは、かつてカミルが愛した童謡《どうよう》だ。

「眠れない夜でも、この歌を聞かせるとすぐにカミルは夢の中に行ってしまうんだよな」

シノブはふっと口許を綻《ほころ》ばせ、枝葉の間から白い建物に目を向けた。療養所の二階では、カミルがベッドに身を横たえ、長い夢を見ている。

自分のせいで番が植物状態になったのに、見舞いにすら行かない非情なセンチネル――。そう陰口を叩かれているシノブだが、実のところ、郊外にある療養所へ月に二回は訪れていた。

訪問記録がないのは、療養所の中にまで足を踏み入れないせいだ。どんなに見舞ったところでカミルの意識が戻ることはないのだと思うと、その行為が胸の内に抱える罪悪感を軽くしたいだけの自己満足に思えてしまい、堂々と顔を見に行くことが躊躇われた。

カミルが倒れてからの六年間、シノブはこうして、窓ガラス越しの面会を続けている。

「また君の歌が聞きたいよ、カミル」

鮮やかな黄色の髪を枕に広げ、眠り続けるかつての番にシノブは囁く。オオルリの霊獣を持つシノブと、カナリアの霊獣を持つカミルは、どちらも歌が得意だった。

目を伏せると、西へ沈む太陽の光がまぶたの裏を赤く染めた。こんな些細な刺激ですら、以前は鋭い痛みを伴った。イグナーツの浄化を受けた今は、気になるほどの苦痛は感じない。

その事実は、新たな罪悪感を生んでシノブの胸にのしかかる。

シノブの心は今も、カミルと過ごした日々に捕らえられているのだ。

「……僕の番はカミルだけだよ」

自分に言い聞かせるように独白《どくはく》し、シノブは枝に手をついて腰を上げた。王都に続く空を見上げ、木肌を蹴って飛び立つ。

抜け落ちた青色の羽根がふわりと宙に舞うが、シノブの魂の痕跡《こんせき》であるそれは、やがて空気に溶けて消えた。

不撓の両翼では、複数の番によって毎日王国内の巡視が行われる。不法に侵入する者や、犯罪の痕跡がないかを確認し、王国の危機を未然に防ぐのが狙いだ。

イグナーツの入隊から一ヵ月が過ぎた頃、シノブたちに巡視の順番が回ってきた。シノブが片翼だったときは、隊長の指示によって不特定の隊員と二人組になり、巡視を行っていたため――フォルカーと組まされたときは恐ろしく大変だった――特定の人物と巡視を行うのは六年ぶりだった。

「いいか？　僕のそばに立っている間は絶対に手袋を外さないでくれ」

宿舎の玄関先で、シノブは目の前に立つイグナーツの胸に人差し指を突き立てた。

「分かってるって。もう耳にたこができるほど聞いたよ」

とイグナーツは肩を竦めるが、その顔は妙に締《つぐ》まりがない。だから不安になるのだ、と嚙みつこうかと思ったが、さすがにしつこいかと口を噤む。

自分が浄化した抑感装具をシノブに身につけてほしい、とイグナーツが主張してきたのは、昨夜のことだった。いつもどおり遅めの夕飯を食べ、食堂から出たところを彼に捕まった。

『適合率が高いガイドが浄化した抑感装具は、効き目が長持ちするって聞いたからさ。シノブだって、穢れが溜まって思うように動けなくなるのは困るだろ？』

イグナーツに請《こ》われ、シノブは悩んだ末に了承した。『俺の抑感装具をシノブに移すときは、ちゃんと俺も手袋をして肌に触れないようにするからさ』と熱心に懇願《こんがん》する姿に、そこまで言うなら……とうっかり心を動かされてしまったのだ。

イグナーツに初めて浄化された日から、自分の中で、彼への反発心が随分と薄れているのが分かる。「シノブの意思を尊重したい」という宣言どおり、イグナーツは決して強引な浄化はせず、不用意な接触もしないように気をつけてくれていた。

自分を丁重に扱ってくれる人の願いは、できる範囲で叶えてやりたい。そう考えるのが自然だ。イグナーツと番になったと認めたわけではないが、譲れるところは譲ってもいいか、と思うようになっていた。

イグナーツは自身が装着している首飾りを外し、正面からシノブの首の後ろに手を回した。そのままの体勢でシノブに首飾りを装着する。

手元が見えない分、イグナーツは留め具の開閉に少しばかり苦戦している様子だった。

「やっぱり手袋をしたままだと細かい作業がしづらいな」

「前からつけなくとも、僕の後ろに立てばいいだろう」

「えー。だってこういうの、男の夢だろ？」

シノブを腕の中に閉じ込めたまま、イグナーツが悪戯めいた調子で告げる。どういう意味かさっぱり分からない、とシノブは呆れるが、彼は涼しい顔だ。間もなくして、「できた」の一言とともに腕が離れていく。

黒のネクタイの上に載った銀色の首飾りは、イグナーツの目と同じ金色の石がはめ込まれていた。続けて耳飾りを取り外したイグナーツは、首飾りと揃いの意匠のそれをシノブの耳につけていく。

金具を耳介に引っかける際、彼の指が耳の縁に触れた。

「んっ……」

くすぐったさに堪らず息が漏れる。思わず身を竦めると、イグナーツと視線がかち合った。

彼はシノブの耳に手を伸ばしたまま硬直していた。

「どうしたんだ、早くつけてくれ」

きょとんとして先を促すシノブに、イグナーツは気まずげに視線を泳がせ、「いやあ……その……」

と口ごもった。その目許は微かに赤らんでいる。

イグナーツの反応の意味が分からず、シノブは訝《いぶか》しんだ。

「驚きました。この一ヵ月で随分親しくなったんですね！」

直後に、真横から弾《はず》むような声がかけられる。視線を向けた先にいたのはクラウスだった。後ろにいるフォルカーは話しかけるつもりがなかったようで、面白くなさそうに顔を顰《しか》めている。

イグナーツが浄化した抑感装具をつけていることに、いずれは他の隊員が気づくかも……とは思っていた。しかしまさか、身にまとう瞬間を目撃されるだなんて。

「べ……別に仲良くなどなっていない。彼に頼まれたから、その……仕方なく応じただけだ」

内心慌てふためきつつ、シノブはいつもの淡々とした調子のつもりで答えた。その言葉に、クラウスが不思議そうに目を瞬かせる。

「そうなんですか？　でも、わざわざイグナーツにつけてもらっているじゃないですか」

「な、なにかおかしいのか……？」

「うーん。よほど心を許していない限り、基本的に抑感装具は自分でつけるものなんじゃないかな」

クラウスがにこにこと告げた言葉で、シノブは思わず真顔《まがお》になった。イグナーツに目を向けると、彼が瞬時に顔を背ける。あまりにすばやい。まるで都合の悪い話を聞かれたかのような反応だ。

それでようやく、彼に言いくるめられていたのだと察した。

クラウスがフォルカーに抑感装具をつける姿を度々目にしていたため、イグナーツの提案にも疑いを持たなかったが、考えてみれば彼らは公私をともにする番なのだ。任務上のみの番である自分たちが手本にするべき相手ではない。

「そ……っ、そうだ！　イグナーツが外した装具を僕に渡せばいいだけじゃないか！　手袋を着けて肌に触れないようにするから、などと殊勝《しゅしょう》な物言いで僕を騙して！」

シノブは頭の天辺《てっぺん》から湯気が出そうなほど赤面《せきめん》し、イグナーツを責め立てた。彼は「男の夢だって言っただろ～？」と調子よく誤魔化《ごまか》そうとする。やはり油断ならない男だ。

取り乱すシノブが珍しいのか、フォルカーは少々面食らった様子だった。クラウスはいかにも微笑ましいものを見るような眼差しをこちらに向けている。

居たたまれなさが募り、シノブはイグナーツの手から抑感装具を奪うと、慌ただしく身につけた。

「もう行くぞ！」と促し、逃げるように宿樹をあとにする。

今日の巡視では、シノブたちはカニチフール公国との国境付近を担当することになっている。アヤメとクニシュを呼び出して各々同化し、王国の中央部にある王都から南方に向かい飛び立った。

渡りを行うオオルリは、長時間の飛行を得意とする鳥だ。入隊して八年のシノブと、一ヵ月のイグナーツでは、飛行隊員としての経験の差もある。彼の様子をうかがいながら飛び、こまめに休憩するつもりだった。

しかしイグナーツの飛行は力みがなく、余裕があって、いくら飛んでも疲れた様子を見せなかった。

（中途発現者がこの短時間で長距離飛行のコツを覚えるなんて、そうできることじゃない。さすが、

いきなり第一飛行隊に配属されるだけのことはある）

イグナーツが浄化した抑感装具の調子もよく、無意識下でも常人と同じ程度に五感への刺激を抑えられていた。他のガイドとは桁違いの能力に、ただただ感心させられる。

眼下《がんか》に広がる景色に注意を向けつつ、シノブは隣を飛ぶ男にちらりと目をやった。シノブの動向にやたらと敏感なイグナーツは、今回もその視線を察し顔を向けてくる。

「どうした？　変な人影でも見つけたか？」

「いや……イグナーツは格好いいなと思って」

「へっ？」

頭に浮かんだままの言葉を口にすると、彼は金色の目を丸くした。

「大きな翼で悠々と飛ぶ姿が様《さま》になっている。僕が飛行隊に入隊した直後なんて、やたらと肩に力が入ってしまったせいで、巡視の際もすぐにへとへとになっていた。根本的な体力が違うのだろうな。体格にも恵まれていてうらやましい」

他の隊員と接するときとは違い、イグナーツの前では虚勢を張る必要がないと思うと、褒め言葉がするすると出てくる。本来、シノブは自己主張するより、他人を立てるほうが性《しょう》に合っているのだ。

幼少期は特に、勝ち気で自信に満ちた弟の後ろに隠れているような、引っ込み思案な性格だった。自分とは正反対の弟を褒めるたび、彼は嬉しそうにしていたから、いつの間にか相手の長所を口にするのが癖になっていた。

ガイドを遠ざけるという目的のため、強気な振る舞いをするようになってからは、そういった面が出ないよう常に気を張っていたのだが。

（彼といるときは気難しい顔をする必要もないから、眉間に力を入れなくて済むな）

などと思いながら、目の前に広がる森に視線を走らせる。

もう一度、イグナーツの様子を確認するため顔を向けると、彼は口許を右手で覆っていた。

「ぐっ、具合でも悪いのか!?」

動転するシノブに、イグナーツが首を横に振る。

「違う。そうじゃなくて……だあっもう、事前情報とあまりに違いすぎだろ！　破壊力についていけない」

悶《もだ》えるようにこぼれた台詞がなにを指しているのか、シノブはちっとも理解できなかった。どこか破壊されているのか？　と目を凝らすものの、それらしい場所は見当たらない。

忙《せわ》しなく周囲を見回すシノブの隣で、イグナーツはようやく口許から手を離した。無言でシノブを見つめたのち、ふっと表情をゆるめる。

「シノブのそういう純粋で素直なところを、他の隊員の前でも見せたらいいのに」

「……そんなこと、できるわけない」

のんびりした調子で語るイグナーツに、シノブは困ったように眉尻を下げた。イグナーツはそれ以上助言を重ねることもなく、「うん」と穏やかに頷く。

「ま、俺としては、まだ独り占めしておきたい気持ちもあるけどな。……ん？」

巡視を続けていたイグナーツが、なにかに気づいた様子を見せた。大きな翼を羽ばたかせて空中で止まる。シノブもそのことに遅れて気づき、すぐに彼のもとへ戻った。

「なにか見つけたのか？」

「あそこが光ったように見えたんだけど……」

イグナーツが指差したのは、木が密集する森だった。シノブも同じ場所を凝視するが、通常状態の視覚では彼が語る光とやらを捕らえられない。

状況を察したイグナーツが手を差し出してくる。シノブも素直にそこへ手を乗せた。穢れを溜めないよう彼に浄化してもらいながら、抑えていた視覚を強化していく。

一般人と同等程度だった視力が急激に発達し、生い茂る枝葉の隙間から地面が見えてくる。明け方まで雨が降っていたこともあり、地表はぬかるんでいた。

そこに残っていたのは、五本指の獣の足跡だった。

（この足跡、見覚えがある。重要な手がかりだから覚えるようにと、命令が下った時期があったはずだ。確かあれは……）

記憶をたぐっていたシノブは、ふいにとある光景が脳裏によみがえり、息を呑んだ。背筋に冷たいものが走る。縋るものを求め、イグナーツと繋いでいた手にぎゅっと力を込めた。

「シノブ？」

顔を覗き込んできたイグナーツは、ぎょっとしてシノブの腰に手を添えた。今にも気を失いそうに見えたのだろう。

「大丈夫か？　ひどい顔色だ。どこかで休んだほうが……」

「イタチだ」

震える声で漏らすシノブに、イグナーツが「え？」と聞き返してくる。

雨の中で倒れていた自分。その腕の中で意識を失っていたカミル。普段は頭の隅に追いやっている記憶が勝手によみがえり、シノブを追い詰めていく。

「あれはイタチの足跡だ……」

その言葉にイグナーツも息を呑んだ。

六年前、辺境の地に突如として乗り込んできた異国の能力者たち。獰猛《どうもう》で狡猾《こうかつ》な彼らは、フォグネス王国の侵略を目的として国境付近の町を占拠《せんきょ》した。その町を奪還するべく、不撓の両翼は多くの犠牲を払いながらも戦い――当時第二飛行隊に所属していたシノブも、カミルを失う結果となった。

暴力による支配を行う、恐怖主義の侵略組織「ナデラス」。彼らはイタチの霊獣を従える能力者集団だった。


宿樹に戻ったシノブたちは、ヴィルヘルムの執務室を訪ね、イタチの足跡について報告した。

五感のすべてを解放し、辺り一帯の様子をうかがってみたが、身を潜めている敵は存在しなかったこと。ぬかるみを歩いたために偶然ついた足跡というよりは、その一箇所にのみ意図的に残したように見えたこと。

それから、森に降り立った際に判明した、イグナーツの特殊能力についても。

「異国の霊獣の痕跡が光って見える能力か。恐らく、鷲の優れた視力に由来する力なのだろう。後日、第一飛行隊を中心に本件の大規模調査を行う予定だが、その際に是非とも役立ててもらいたい」

ヴィルヘルムのその言葉で解散となり、シノブとイグナーツは執務室をあとにした。巡視の担当は午前で終了したため、午後は報告書の作成に勤《いそ》しむことになっている。

「まさか、イグナーツにこんな特殊能力が備わっていたとはな」

自室に向かって廊下を歩きながら、シノブはしみじみと言った。

「俺にとっては当たり前の光景だったからなあ。他の隊員には見えていないってことに気づいてなかったんだよ」

隣に並んだイグナーツは、いまだ戸惑っている様子で後頭部を掻く。「光が見える」というイグナーツの証言を詳しく聞くうちに、彼が特殊能力持ちだと気づいたのはシノブだった。特殊能力は一部の上位能力者しか持っておらず、第一飛行隊にもそういった力がない隊員もいる。

彼が上位能力者であることを考えれば、研修中に特殊能力の顕現について心当たりがないかを尋ねるのが普通だ。

しかし、なにせイグナーツの研修は三ヵ月という短期間だった。特に実技については、指導の必要がないほどの実力を身につけていたという。あっという間に実技課程を修了したため、入隊に向けて駆け足で知識を詰め込むことになり、特殊能力についての説明が漏れたのだろう。

「ちょっとはシノブの役に立てばいいんだけど」

「役に立つに決まっているだろう。侵入者の痕跡をより見つけやすくなるのだから、不撓の両翼全体で重宝《ちょうほう》される力だ」

シノブが力強く主張すると、イグナーツも嬉しそうに頰をゆるめる。それと同時に総務の補佐官がやって来て、「二人とも」と声をかけてきた。

「客人が訪ねてきていますよ」

思いがけない言葉にシノブとイグナーツは顔を見合わせる。不思議に思いつつ正面玄関に向かった二人は、そこにいた人物に目を丸くした。

落ち着かない様子で周囲を見回しているのは、丘で度々見かけていた子供たちだった。

「おお？　三人揃ってどうしたんだ？」

先に声をかけたのはイグナーツだった。初めて訪れたであろう施設に三人はもじもじしていたが、あの小柄な少年が意を決した様子で口を開く。

「あのね、隊員さんたち、ぼくを助けに来てくれたでしょ。そのお礼がしたくて来たの」

「今日は広場に楽しいお店がいっぱい来る日だから、それを見せたらきっと喜ぶと思って！」

「一緒に行こうよ、ぼくたちが案内してあげるから！」

茶髪の少年と黒髪の少年が、援護《えんご》するように続けた。どうやら「王都の中心街で開かれる市《いち》を一緒に見に行こう」という誘いのようだ。

無言でイグナーツと視線を交わしたシノブは、膝に手を置いて上体を倒し、目線を下げた。

「ありがとう。君たちの気持ちはとても嬉しい。でも、僕たちはみんなを守るためにいるから、お礼なんて気にする必要は……」

「隊員さん、風船屋さんを見たことある？」

「ん？　風船屋さん？」

子供たちの提案を遠回しに断るつもりだったのに、すかさず茶髪の少年に口を挟《はさ》まれる。

「見たことないでしょ。見たことあったら絶対『行く』って言うはずだもん！」

「飴《あめ》屋さんは？　ぴよーんってなる飴食べたことある？」

「蜂蜜《はちみつ》味のふわふわは？　ある？　ある？　ねえねえ、行こうよー！」

いつの間にかシノブは三人に囲まれ、「ねーえー！」と詰め寄られていた。あわあわと視線を泳がせていると、なりゆきを見守っていたイグナーツが堪らずといった調子で噴《ふ》き出す。

「報告書は帰ってきてから片づければいいだろ。事務仕事のときは、期限までに書類を提出できるなら休憩は自由な時間に取っていいって言ってたよな」

「なっ……イグナーツ！」

思いがけない発言にシノブは慌てふためいた。弁の立つイグナーツが子供たちに加勢してしまうと、シノブはとてもじゃないが太刀打《たちう》ちできない。

（非番でもないのに市に行くなんて……。それに、いくら抑感装具を身につけているとはいえ、人混みの中を歩いても本当に大丈夫なものか……）

カミルと番だったときは、彼に手を繋いでもらって中心街を散策することもあった。しかし片翼となってからは、穢れを溜めないよう賑《にぎ》やかな場所へは近づかないようにしていた。

イグナーツは躊躇するシノブを見つめたのち、明るい笑みを見せる。

「いいんじゃないか？　たまには息抜きしたって。それにすっかり忘れられているみたいだけど、俺だって子供たちから招待されている側なんだぞ？」

イグナーツが言わんとする意味に気づき、シノブはぱっと顔を上げた。少しばかり思案したのち、よし、と頷く。なにかしらの理由をつけて強引に断ることもできたが、今この機会を逃したら、自分はずっと外の世界に踏み出せない気がした。

「分かった。みんなのおすすめのお店に連れて行ってくれ」

力強く告げたシノブに、子供たちが「やったー！」と歓声をあげた。

シノブとイグナーツを連れ出した三人は、ひょろりとした黒髪の少年がベンノ、気の強そうな茶髪の少年がオットマー、卵を守っていた小柄な少年がヨハンという名前だった。雛鳥《ひなどり》のようによくしゃべる三人を微笑ましく見守りながら歩いていると、やがて賑やかな中心街が見えてくる。

ベージュや白、黄といった明るい色の壁に、赤茶や緑の屋根が載る建物は、その多くが出窓に花を飾っていた。食堂や酒場などの飲食店の他、生活雑貨を取り扱う店や華やかな服飾店、大きな宿屋が所狭しと軒《のき》を連ねる。

フォグネス王国の名産である宝飾品を扱う店もあちこちに見られた。社交の場に身につけていくような格式高い店から、気軽に手に取れる庶民向けの商品が並んだ店まであり、男女問わず客が出入りしている。

秋空の下、石畳を歩く人々は皆晴れやかな表情を浮かべていた。特に大通りはかなりの賑わいを見せていて、六年ぶりに中心街を訪れたシノブはただただ圧倒される。

「すごいな。いつもこんなにたくさんの人がいるのか？」

「今日は市が立つ日だから、特に人通りが多いな」

隣に並ぶイグナーツが緩慢《かんまん》な調子で答える。それから、「はい」と左手を差し出してきた。

「お手をどうぞ、お姫様」

「姫君になったつもりはないが、気障《きざ》な台詞も似合ってしまうのがイグナーツの恐ろしいところだな」

仰々《ぎょうぎょう》しい仕草に、シノブもつい口許が綻ぶ。素直にその手を取ると、厚い革の手袋越しとは思えないほど、すぐに温もりが伝わってきた。

人知れず安堵の息を漏らすシノブを、振り返った三人が見つめる。

「大人なのに手を繋いで歩くの？」

オットマーに不思議そうに尋ねられ、シノブは言葉に詰まった。不撓の両翼という組織について、彼らもおおよそは理解しているはずだ。しかしこの様子だと、能力者の特徴についてまでは知識がないのだろう。

センチネルの事情を伝えてしまえば、親切心で誘ってくれた子供たちが「余計なことをしてしまった」と落ち込むのではないか。

「俺、道を覚えるのが苦手でさ。大人なのにすぐ迷子になっちゃうんだよな。だから人混みを通るときはこうして手を繋いでもらわなきゃ駄目なんだ」

戸惑うシノブの代わりに明るく答えたのはイグナーツだ。状況を見てシノブの身代わりになってくれたようだ。とはいえ、イグナーツが極度の方向音痴なのは事実だとしても、さすがに言い訳としては苦しい気がする。

……そう思っていたものの。

「王都でしょっちゅう迷子になってる研修生って、イグナーツさんのことだったのかあ」

「そういえばうちの母さんも言ってた。とんでもない方向音痴で、何度教えても街外れの丘に一人で行けないって」

「二十日……一ヵ月だっけ？　とにかく長い間、毎日丘に通う練習をして、ようやく迷子にならずに丘に行けるようになったんだよね。イグナーツさん、頑張りやさんだねえ」

三人は口々に言うと、うんうんと頷き合う。思いがけない話にシノブはきょとんとした。

「一ヵ月……？　そんなに長い間あの丘に通っていたのか？　一体なんのために？」

イグナーツと出会った日、彼は「これから毎日この丘に来る」と言った。偶然遭遇《そうぐう》したシノブが自分の番になるセンチネルだと察し、交流を深めるために。しかしそこから数えてもせいぜい一週間だ。一ヵ月という数字は一体どこから出てきたのだろう。

首を傾げるシノブの隣で、イグナーツは珍しく焦った様子を見せた。

「いや、まあ、いいだろその話は。ほら、みんなが言ってたおすすめの店に早く行こうぜ！」

慌ただしく話を終わらせ、広場に続く道を指差す。子供たちは「うん、行こう行こう！」とはしゃぐが、シノブは釈然としなかった。

子供たちに案内されてやって来た中央広場は、レンガ造りの時計塔を中心に円形に広がっていた。そこでは、珍しい食材や雑貨、木製のおもちゃを販売する店など、様々な屋台《やたい》が並んでいる。

客引きをする店主や、買い物客の声であふれた広場を、シノブはイグナーツに手を引かれて進む。

「どうだ？　結構人がいるけど、苦しくないか？」

こっそり耳打ちしてくるイグナーツに、シノブも「ああ」と首肯《しゅこう》した。

「イグナーツと手を繋いでいるとまったく穢れが溜まらない。すごいな……、人々の賑わいや熱量、漂ってくる匂いで胸が躍《おど》るなんて随分久しぶりだ」

広場を見回して感嘆の声を漏らし、シノブは目を輝かせた。

様々な色で塗装された屋台に、以前であれば強い目の痛みを覚えたはずだ。老若男女の声が入り乱れる場所など、少し立ち寄っただけで聴覚を過剰に刺激される。客を引き寄せる香ばしい肉の香りも、焼き菓子店の甘い香りも、ただただ苦痛だったのに。

けれどイグナーツと手を繋いでいると、湧き出る穢れを感じるより早く、触れ合った箇所から浄化されてしまう。自身を苛む苦痛が取り払われるだけで、当たり前にあった景色がこれほど美しく見えるようになるとは思っていなかった。

「あっ、蜂蜜味のふわふわだ！　あれ食べようよ！」

ベンノが目当ての店を見つけ、シノブたちも案内されるがまま彼に続いた。彼の言う「蜂蜜味のふわふわ」とは、蜂蜜飴を使った綿菓子のことだった。

蜂蜜味以外にも多くの種類があり、人気が高いのはリンゴやイチゴといった果物《くだもの》の果汁から作った綿菓子らしい。「おすすめは蜂蜜だけど、どれもおいしいよ」とベンノは得意げに語った。

「悩んでしまうな。イグナーツはどれにするか決めたか？」

そわそわと落ち着かない様子のシノブに、イグナーツがクスクスと笑い声を漏らす。

「シノブはなにで迷ってるんだ？」

「蜂蜜とリンゴ、かな」

「じゃあ両方買って半分ずつ食べよう」

イグナーツの提案に乗り、店主に注文する。先に蜂蜜味の飴が専用の器具に投入され、熱で溶かされ綿となって現れた。それをすばやく棒に巻きつけ、綿菓子が完成する。同じ要領でリンゴ味の綿菓子も作っていく。

蜂蜜味の綿菓子を受け取ったシノブは、ところどころに金色の砂糖の塊が混ざっていることに気づいた。それはまるで雲の中から見え隠れする星のようで、眺めているだけで楽しい。

食べるのがもったいないな……と思いつつ、側面を小さく齧《かじ》る。綿菓子は口の中であっという間に溶け、あとから蜂蜜の優しい甘さが広がった。

「……！　おいしい……！」

ぱあっと表情を輝かせるシノブに、子供たちも「でしょー！」と嬉しそうに言った。

食べ物の好き嫌いは元々ないが、他人を拒絶し不撓の両翼内で孤立してからは、食事などただ腹が膨れればなんでもいい、という考えに陥っていた。嗜好品《しこうひん》など久しく口にしていなかったと、綿菓子を口の中で溶かしながら実感する。

子供たちもお気に入りの味を注文し、綿菓子を頬張る中、イグナーツが「俺にも食わせてくれよ」と上体を傾けてきた。互いの肩が触れ合い、顔が近づく。

シノブが持つ綿菓子に、イグナーツは大きな口を開けて噛みついた。顔を上げたイグナーツは、もぐもぐと咀嚼《そしゃく》したのち、唇についた綿菓子を赤い舌で舐《な》め取った。その野性的な仕草に、シノブはなぜか落ち着かない気持ちになる。

「んっ、確かに。これはうまいな」

「た、食べすぎだ」

動揺を隠すべく、イグナーツをじろりと睨んで抗議した。事実、蜂蜜味の綿菓子は上部から三分の一がなくなっている。

「半分ずつ食べるって約束なんだからいいだろ。ほら、俺のもやるから」

イグナーツは叱られてもまったく動じる様子がなく、シノブの口許にリンゴ味の綿菓子を差し出す。

それを齧っていると、少し離れた場所に立つ二人組の女性が、ちらちらと視線を寄越していることに気づいた。

「不撓の両翼の隊員よね？　どちらも素敵～。手を繋いでるけど、番なのかしら」

可愛らしく着飾った年若い女性が、黄色い声をあげる。広場にいる人の中で、不撓の両翼の隊服を着ているのはシノブとイグナーツだけだ。

「ただの番じゃなくて、あの二人はどう見ても〈比翼《ひよく》〉でしょ。割り込む隙なんてないわよ」

隣にいる女性に窘《たしな》められ、はしゃいでいた女性も「そうよね」と肩を落とす。人目を引く容姿のせいで男女問わず好意を寄せられることがあるが、本来は内向的な性格のため、相手をかわすのに毎度苦心する。声をかけられずに済んだことに、シノブはほっと胸を撫で下ろした。

その一方、彼女たちの会話から、自分とイグナーツが比翼と勘違いされるほど仲睦《むつ》まじく見えていると知り、今さらながら気恥ずかしさが込み上げてきた。

フォグネス王国のセンチネルとガイドは、自分の羽根を贈る〈求愛行動〉を受け入れられたのちに性行為を行うことで、比翼と呼ばれる特別な契約関係が結ばれる。比翼による浄化は、ただのガイドから受けるものとは桁違いの効果があった。

反面、センチネルは比翼以外の浄化を受けつけず、ガイドは比翼以外への浄化能力がなくなるという欠点もある。まさに諸刃《もろは》の剣《つるぎ》であるため、不撓の両翼では番と比翼になることを禁止していないものの、決して推奨もしていなかった。

番と恋仲になった場合、自分以外の人間と性行為をしてほしくないというのが本音だ。しかし命を危険に晒して戦う隊員である以上、貞節を守り続けることは難しい。番がその場にいなければ、他のガイドが浄化を行うこともあるだろう。

それゆえに比翼という契約関係は、ガイドの力を最大限に高めるものであり、同時に「どんな状況であっても愛する人以外に決して体を許さない」という、命を懸けた誓いでもあった。

第一飛行隊ではフォルカーとクラウス、ヴィルヘルムと彼の番が比翼として契約を結んでいる。彼らは自然と、周囲から伴侶《はんりょ》として扱われていた。

（知り合って間もないのに、僕と公私をともにする関係だと思われて、イグナーツは嫌ではないだろうか）

そんな心配をしている自分にシノブは戸惑った。今までは他人からどんなふうに見られようと気に留めなかったし、そのことが原因でそばにいる人間が気分を害したとしても、仕方のないことだと思っていた。他の隊員に嫌われるように仕向けてきたのだから、むしろちょうどいいと考えただろう。

しかし今はその心持ちが変化している。イグナーツと正式な番になることを受け入れられない……そう思う一方、彼を傷つけたくないと考えている自分もいるのだ。

「……こっちはあまりお気に召さなかったか？」

浮かない表情をしていたのだろう。店主や子供たちに聞こえないよう、イグナーツが声を潜めて尋ねてきた。その気遣わしげな表情に、沈んでいた心があっという間に晴れていく。

「いや、リンゴ味もとってもおいしい。ありがとう、イグナーツ」

自然と微笑みを浮かべるシノブに、イグナーツも嬉しそうに目許を綻ばせた。

（イグナーツと一緒にいると、穢れだけでなく、心の中に溜まっていた澱まで取り除いてもらえるような気がする）

少なくとも彼と出会わなければ、こんなふうに中心街に出かけたり、子供たちと交流を持とうと考えたりしなかったはずだ。変化など望まない、誰とも心を通わせたくないと、近寄ってくる人間を頑《かたく》なに拒んでいたに違いない。

常に張っていたはずの気がゆるんだせいか、いつの間にかアヤメが姿を現し、石畳の上をちょんちょんと跳ねていた。そのそばにはクニシュもいて、頭を下げてアヤメに嘴を寄せ、好奇心を隠しもせずじっと見つめている。

以前、「猛禽類を怖がるかも」とイグナーツに誤解されたことがよほど気に食わなかったのだろうか。アヤメは怯む様子もなくクニシュを見つめ返すと、黄色い嘴の上にぴょんと飛び乗った。

その肝《きも》が据《す》わった行動に、クニシュは頭を下げた体勢のまま硬直し、身動きが取れずにいる。霊獣たちの思いがけない姿に、シノブとイグナーツは堪らず噴き出した。

「……？　どうしたの？」

霊獣が目に映《うつ》らないミュートの子供たちが、不思議そうに二人を見上げた。肩を震わせて必死に笑いを噛み殺しつつ、シノブはイグナーツの手をぎゅっと握り、

「みんなと一緒に過ごすのが楽しくて」

と答えた。誤魔化すために咄嗟に出た台詞だが、それもまたシノブの本心だ。

穏やかな心地で笑みを浮かべるシノブに、イグナーツが優しい眼差しを向けていた。

ヴィルヘルムの指示により、イタチの足跡が見つかった森の調査が実施されたのは、一週間後のことだった。

例の国境付近に向かった第一飛行隊は、敵の気配がないかセンチネルが調べたのち、イタチの足跡がある場所へ降り立った。その地点を示したのはもちろんイグナーツだ。

「なんだよ、結局イグナーツも特殊能力持ちかよ」

フォルカーが地面に屈み込んでイタチの足跡を確認しながら、悔《くや》しげに舌打ちする。

「第一飛行隊には特殊能力を持たない隊員が四人いて、フォルカーもその一人なんです」

そうイグナーツに説明するのはクラウスだ。特殊能力がないにもかかわらず第一飛行隊に配属されたのは、それだけ他の能力が優れている証拠なのだが、フォルカーは時折こうやって拗《す》ねた態度を取る。比翼であるクラウスは特殊能力持ちなので、余計に劣等感を刺激されるらしい。

「シノブにもなにか特殊能力があるのか？」

他にも怪しい痕跡がないか確認していたイグナーツが、背後にいたシノブを振り返る。周囲に他の隊員がいるため、シノブは淡々とした調子で答えた。

「センチネルを攪乱させる歌を歌える」

「へえ。敵と戦う際によく使うのか？」

「いや……」

言い淀《よど》むシノブに、フォルカーが苛立った様子で眉を顰める。

「シノブの特殊能力は穢れを多く溜めちまうんだ。だから片翼の状態じゃ使えなかった」

フォルカーの言うとおりだ。第二飛行隊に所属していたときは、カミルに浄化してもらいながら、センチネルとの交戦時に特殊能力を使用する場合があった。

聴覚を発達させた者に強く作用する特殊能力なのだが、不撓の両翼のセンチネルにも作用してしまうのが欠点だった。そのため、使用時には聴覚を抑えるための合図を事前に送る。第一飛行隊の面々にも、万が一の事態に備えて合図は周知されていた。

フォルカーはちらりとイグナーツに目をやると、もどかしげに顔を歪めた。

「いい加減、意地を張るのはやめろよ、シノブ。せっかくお前の階級に見合う番ができたんだ、長年溜め込んだ穢れをさっさと全部浄化してもらえ。一番効率のいい浄化方法はお前だって研修施設で学んだだろ」

イグナーツと体の関係を持て、と暗に言われ、シノブはカッと頬を燃やした。さすがに言い過ぎだと思ったようで、クラウスが「フォルカー！」と声に怒気《どき》を孕ませ、非難する。

それでもシノブに対する不満を募らせていたフォルカーは、あふれ出る思いを止められなかったらしい。

「前の番に操《みさお》を立ててるのか知らねえが、お前のつまらねえ意地のせいで現にこうやって任務に支障が出てる。ガイドの浄化を嫌がった結果、特殊能力の使用も諦めざるを得なくなってんだろ。番の浄化を拒むなんて、信用してねえと言ってるようなもんだ。お前、イグナーツの気持ちを考えたことあんのかよ！」

せき止めていたものが溢れるように、シノブへの批判はどんどん熱を帯びていく。彼の肩に留まったハリスホークもまた、シノブに鋭い眼差しを向けた。

いつもの言い合いとは様子が異なるようだ、と他の隊員も察したらしい。地面に屈み込んだり木の枝を確認したりしていた隊員たちが、なにごとかとこちらに目を向ける。騒ぎの中心にいるシノブは、震えそうになる手を太股の横で固く握りしめた。

今まではどんな暴言を吐かれても平気だった。嫌われることを選んだのは自分なのだから。

しかしイグナーツの優しさに触れ、シノブは気づいてしまった。鋭い言葉によって引き裂かれた胸が、傷を負っていたことに。痛みを感じていたことに。

「大体、前の番だってお前のせいで……――」

フォルカーが勢いのまま告げるはずだった台詞は、最後まで言い切る前に途切れた。

彼の前に飛び出したイグナーツが、乱暴な動作でその胸ぐらをつかんだからだ。

「いい加減にしろよ」

地を抉《えぐ》るような低い声に空気が凍る。どれほどシノブに失礼な言動をされても気に留めなかったイグナーツが、燃え盛るほどの怒りを見せていた。王者の風格漂う猛禽類の目が、今にもフォルカーを射殺そうとしている。

「シノブの浄化については俺たちの問題だ。他人に口出しする権利はない。ましてやシノブを傷つけていい権利などあるはずがない」

いつもの温厚な面影が消え去ったイグナーツの、背筋が凍るほどの殺気に、フォルカーも反論の言葉を失っていた。イグナーツの肩に留まったクニシュが、その巨大な翼を見せつけるように広げて相手の霊獣を威嚇する。

「なにをやってるんだ！」

直後に血相を変えたヴィルヘルムが駆けつけ、イグナーツとフォルカーの肩をつかんで強引に引き離した。

「一体なぜこんなことに……」

こわばった表情でヴィルヘルムが事情を聞こうとした――そのときだった。

森の奥から前触れなく隊員の悲鳴があがる。シノブたちは咄嗟に剣を抜くと、声が聞こえた方向へ一斉に顔を向けた。

木の陰から飛び出してきたのは、緑を基調にした民族衣装風の衣服に身を包み、額に巻いた布を顔の横に垂らした三人の男だった。その特徴的な格好と、猫のように目尻が吊り上がった顔に覚えがある。イタチの霊獣を従える能力者による侵略組織・ナデラスの構成員だ。

彼らは刀身が短い片手剣を手にしていた。湾曲した刃から鮮血が滴《したた》り、向こうには肩を斬りつけられた隊員がうつ伏せで転がっている。人質のつもりらしく、奥にいる男が隊員の背中に足を乗せた。

(どういうことだ!?　森に下りる前にセンチネルの隊員たちで調べたときは、人がいる気配など感じられなかったのに)

混乱するシノブたちに、別の男が顎《あご》をしゃくってみせる。武器を捨てろということらしい。ぐりっと背中を踏みつけられた隊員が、「ううっ」と苦痛に呻く。

第一飛行隊の面々は、悔しさに顔を歪めながらも剣を投げ捨てた。シノブのそばにいたイグナーツもおとなしく地面に長剣を落とす。

次の瞬間、イグナーツが力強く右腕を振った。隊員を人質に取っている男目がけて短刀を投げつける。目立たない場所に隠していたのだろう。ドッと鈍い音をたて、男の喉に刃が突き刺さった。

男は目を見開いたまま、ぐらりと後方へ倒れた。油断していた構成員たちが反射的にそちらへ目をやる。

その一瞬の隙をついて、翼を生やしたフォルカーが彼らの懐《ふところ》へ一気に飛び込んだ。これほどの速さで突入する隊員がいるとは思わなかったらしく、構成員たちが息を呑む。特殊能力などなくとも、フォルカーは今までも群を抜く瞬発力で敵を圧倒してきた。

一番近い場所にいる構成員に狙いを定めると、フォルカーはその頬に拳をめり込ませた。そばにいた男が剣を振るが、すぐさま飛び退《の》いて刃をかわす。

「フォルカーに続け！　仲間を救出し、奴らを捕らえろ！」

ヴィルヘルムの合図で他の隊員も一斉に駆け出した。フォルカーの殴打を受けた一人と、残りの二人がシノブたちを睨みつける。

直後、彼らの動きが急激に俊敏になった。視力と聴力に長《た》けたセンチネルは、微かな動作を察知する攻撃予知を得意とする。三人ともまさにその能力を持つセンチネルなのだろう。

ましてや敵は戦闘に長けたナデラスの構成員だ。隊員の剣を巧みに避けながら、彼らは枝葉が茂る森の奥へ入っていく。このまま逃げるつもりに違いない。障害物が多い場所での戦いは、空中戦を得意とする飛行隊には不利だ。

しかしイグナーツは違った。あえて同化の翼を消すと、丈夫な主枝を飛び移りながら木の間を進む。そのまま敵の進行方向へ先回りし、空中で男の頭を力強く蹴り飛ばした。勢いよく吹き飛んだ男は木に背中を打ちつけ意識を失う。

すぐさま他の男が剣を振り上げるが、着地したイグナーツはすばやく身を低くして足首に蹴りを入れた。男の重心が傾いた瞬間、下方から鳩尾《みぞおち》に拳をめり込ませる。

「すごい……」

イグナーツの卓越した身のこなしに、シノブは思わず感嘆の声を漏らした。

戦闘に特化した特殊能力を持たない限り、空を飛べること以外、ガイドは基本的に一般的な兵士と変わらない。どの番を見ても、五感を駆使して戦うセンチネルが戦闘の中心となる。

しかしイグナーツの優れた戦闘力は、並のセンチネルをも凌《しの》ぐほどだった。敵も視覚や聴覚を使ってイグナーツの動きを読んではいるのだろうが、彼の動きが速すぎて避けることができないでいる。

研修施設での戦闘訓練だけで身につく体術ではない。元傭兵《ようへい》だと言われれば納得するのだろうが、そんな話は聞いたことがなかった。

（彼は一体何者なんだ……？）

イグナーツの足元に崩れ落ちる男を見て、今さらそんな疑問が頭に浮かんだ。

「もう一人はどこへ行ったのでしょう？」

クラウスの戸惑った声が聞こえ、シノブは現実に引き戻された。目の届く範囲に倒れているのは、喉に短刀を受けて絶命した一人と、イグナーツによって気絶させられた二人だけだ。フォルカーに頬を殴打された男の姿が消えている。

「まだ遠くへは行っていないはずだ！　センチネルは奴の気配を探《さぐ》れ！」

ヴィルヘルムの指示により、シノブやフォルカーは抑えていた五感を解放した。しかしどれほど聴覚を研ぎ澄ませても身じろぐ音すら聞こえない。疾走することで発生する空気の揺らぎも、不自然な茂みの動きも捕らえることができない。

（その姿を認識していたときは探知できたのに、視界から消えた途端に五感で察知できなくなる。一体どうなっているんだ？）

懸命に目を凝らしていたシノブは、とある木に視線を留めた。フォルカーのそばに生えている木の枝が、奇妙な揺れ方をしていたのだ。

「上だ、フォルカー！」

シノブの叫びにフォルカーが頭上を見た直後、右頬を腫らした男が剣を手に飛び出してきた。

助けないと。そう思った瞬間、シノブのそばで羽ばたくアヤメが『ピルルッ』と鳴いた。「聴覚を抑えろ」という合図だ。その声に、フォルカーは咄嗟に右耳に手を置く。了解の合図だった。

フォルカーに襲いかかろうとする男を見据え、シノブは美しいオオルリの声で歌った。聴覚が優れたセンチネルに作用する、攪乱の歌だ。

「……――ッ！」

男は空中で瞠目《どうもく》し、握っていた剣を落とした。体勢を崩し、ドサッという音を立てて落下する。耳を手で塞《ふさ》いで「あぁぁっ！」と悶える男の頭を、フォルカーが容赦《ようしゃ》なく蹴り飛ばした。それで男も意識を失い、戦いは終わりを迎えた。

辺り一帯に安堵の空気が広がる。直後、シノブの体がぐらりと揺れた。

久しぶりに使った特殊能力の負荷が、穢れとなって一気にあふれてくる。あっという間に魂が黒く濁るのを感じ、急激に意識が遠のいていく。

「シノブ!!」

フォルカーの焦った声が耳に届く。シノブは前方に倒れかけるが、すぐさま厚い胸板に受け止められた。膝に力が入らずくずおれそうになる体を、腰に回された腕が支えてくれる。

重なった胸から温もりが流れ込み、相手がイグナーツだと察した。

たくましい腕に抱かれたことで穢れが浄化されていく。しかし、穢れの湧き上がる勢いは増すばかりで、衣服越しの触れ合いでは浄化が追いつかない。

脳を直接揺さぶられるような感覚がする。目が霞《かす》み、耳を覆われたように周囲の音が不明瞭になっていく。

「君に触らせてくれ、シノブ。君の命を繋ぐため、素肌に触れることを許してほしい」

力強くシノブを抱きしめたまま、イグナーツが切迫した声で懇願した。

「悠長に許可なんて取ってる場合じゃねえだろ！　早く浄化しないと魂濁しちまうぞ！」

シノブの後ろからフォルカーが怒声を飛ばす。それでもシノブは、イグナーツの胸に縋りふるふると首を横に振った。自分がこれまでになくひどい状態なのは分かっている。抱擁によって辛うじて意識を保っているだけで、少しでも彼が身を離せば瞬時に気絶するだろう。

――けれどやはり怖い。

「まだ、俺を信用できないか……？」

シノブの頭をぎゅっと抱き、イグナーツが苦しげに尋ねた。シノブは再度弱々しく首を横に振る。

「信用、できないのは……自分自身だ」

絞り出すように漏らした言葉に、フォルカーの怒声がやんだ。

「イグナーツを……僕を救おうとしたガイドを、僕の穢れに巻き込みたくない……」

震える唇でそれだけ言って、シノブはまぶたを伏せる。

もうシノブを責める声も、イグナーツを急かす言葉も聞こえなかった。シノブの真意を知った彼らが絶句したからか、聴覚が機能を失ってしまったからなのか、シノブには判断がつかなかった。

ふいに、頬に温かいものが触れる。そっと目を開けると、イグナーツの右手が頬を包んでいた。手袋を着けていない手が、シノブの頬に触れている。

「あ……」

「シノブの意思を尊重するって約束したのに、破ってごめん。でも……ほら、俺は平気だ」

イグナーツは困ったように眉尻を下げながらも、穏やかな眼差しを寄越す。人肌の心地よさに、シノブは浅く息を漏らした。

「俺は絶対にシノブの穢れに巻き込まれない。なあ、見てただろ？　俺、結構強いんだよ」

冗談めかした口調なのは、シノブの気負いをなくすためだろう。どこまでも優しいイグナーツに、シノブも思わず口許をゆるめる。浄化の力だけでなく、彼の気持ちが温かくて心地いい。

一呼吸置き、イグナーツは力強く告げた。

「俺はシノブを守るために不撓の両翼に入ったんだ。シノブを助けられないなら、俺の人生の意味がなくなってしまう。……頼むよ、シノブ。君を浄化させてくれ」

切々と紡《つむ》がれる言葉に胸が震える。大袈裟だな、と笑うことなどできなかった。

だって嬉しい。根気強くシノブに接し心を解してくれたことも、くすんで見えていた景色の本当の美しさを教えてくれたことも、シノブを庇いフォルカーに怒ってくれたことも、どこまでもシノブを優先しようとする姿勢も。全部嬉しかった。

彼にならら、身を委《ゆだ》ねてもいいと思えた。イグナーツにならら安心して背中を預けられる。

「分かった。……イグナーツに全部任せる」

彼の肩に頭を預け、シノブは静かに言った。あふれる穢れのせいで苦しくて仕方ないのに、不思議と穏やかな心境だった。

肩と膝の裏に腕を回され、イグナーツに横抱きにされる。「人目につかない場所に移動しよう」と潜めた声で告げ、翼を生やしたイグナーツが空へ飛び立った。

穢れが溜まり暴走した五感でも、周囲に人気がないのが分かる。シノブは目を伏せていたのでどれくらい飛んだのか分からないが、完全に二人きりになれる場所まで移動したのだろう。

森の中で、イグナーツは木の下に腰を下ろしてあぐらをかいた。向かい合う体勢で膝の上にシノブを座らせる。

シノブに肩をつかませると、イグナーツは自身のネクタイをゆるめ、ジャケットとシャツのボタンを外した。同じようにシノブの前も開いていく。上半身を晒しただけでも二人の体格の差は歴然だった。

イグナーツの胸板は張りがあり、腹筋は六つに割れていた。隠された下半身から伸びる腹斜筋《ふくしゃきん》が、艶《なま》めかしい雄の色香を放っている。分厚くてたくましい男の体は同性のシノブから見ても魅力的だ。

シノブも戦闘員のため締まった体をしているが、彼と比べると全体的に薄く、肌が白いせいで余計に細く見えてしまう。

「おいで」

蜂蜜味の綿菓子のように、じんわり染み入るような甘さを孕んだイグナーツの声。いまだひどい目眩と倦怠感《けんたいかん》に襲われていたシノブは、言われるがままイグナーツに身を寄せた。

彼の首に腕を回して胸を密着させると、素肌がしっとりと触れ合った。彼の隆起した筋肉を剝《む》き出しの肌で感じ、そこから温もりが伝わってくる。手袋越しの浄化とは比べものにならないほどの、圧倒的な癒やしの力がシノブの体をとぷとぷと浸《ひた》していく。

「あ……っ、はあぁ……っ」

体の中心を甘い痺《しび》れが走り、シノブは堪らず背筋をしならせた。背中に腕を回してきたイグナーツが、互いの体が離れないようシノブを引き戻す。

「あ、ぁっ、すごい……」

「余さず感じてくれ。君のための力だ」

陶酔《とうすい》した表情を浮かべるシノブに、イグナーツが熱っぽい声で言った。それから腕を腰に下ろし、シノブの首筋へ唇を這《は》わせる。やわやわと皮膚《ひふ》を食《は》み、ときには軽く吸いつきながら、シノブの肌のきめを堪能《たんのう》していた。イグナーツの唇の熱さに、シノブは艶めかしく身を捩《よじ》る。

「あぅ……っん、んん」

イグナーツに触れられるたび、穢れによる苦しさが少しずつ快感に上書きされていく。それはひどく淫靡《いんび》な感覚だった。浄化酔いの影響もあるだろうが、穢れを取り払われる気持ちよさは性感とよく似ていて、素肌を重ねているだけなのに上擦《うわず》った声が漏れてしまう。

(恥ずかしい。イグナーツは僕を浄化してくれているだけなのに)

息苦しさと羞恥《しゅうち》でシノブの目が潤む。

イグナーツが顎に手を添えてきて、顔の輪郭《りんかく》をゆったりとなぞる。ぞくぞくとした痺れを感じながら、シノブは肩に手を置き直し、おもむろに彼に目をやった。そのまま身動きが取れなくなる。

イグナーツの目は、鮮やかな虹彩に対し中央の瞳が黒く、彼の意思の強さを感じさせた。空を支配する猛禽類の、王者の風格が漂う双眸。そこには今、シノブだけが映されている。

ごく自然に顔を寄せ合い、二人は唇を重ねた。ちゅ、ちゅ、と音を立てながら、シノブを甘やかすようにイグナーツが啄《ついば》んでくる。やわらかな膨らみを触れ合わせるのが気持ちいい。体の芯がむずむずするような、くすぐったい心地になる。

イグナーツは両手でシノブの手首をつかむと、革手袋の裾からそっと中指を差し入れた。彼の長い指がもぞもぞと侵入し、大きさの違う手を触れ合わせていく。ただ手袋を脱がせるだけだと分かっているのに、その動作が妙に官能的に感じてしまい、シノブは「あっ……」と息を濡らした。

革手袋が外れ、やがて裸の指が絡み合う。それとともにイグナーツがそっと唇を離した。鼻先がぶつかるほどの距離で、互いに一言も発さず見つめ合う。

金色の虹彩に捕らわれていたシノブの目が、覚えずイグナーツの唇へと移る。足りない……という言葉は漏れていないはずなのに、シノブの懇願をイグナーツはきっちり読み取り、再び唇を繋げた。今度は表面を触れ合わせるだけでは終わらず、唇の隙間から舌先が差し込まれる。

肉厚な舌がシノブのそれにぬるりと絡んだ途端、再び快感があふれた。

「あふっ……、んぅ……っ」

素肌の触れ合い以上に浄化率を上げるのが、ガイドの体液の摂取や粘膜接触だ。唇を深く嚙み合わせ、口腔の粘膜をイグナーツのもので擦られると、これまで以上に体が熱く火照《ほて》っていく。

繋がった箇所からイグナーツの力を注がれ、体の内側から直接穢れを浄化される悦《よろこ》びに、シノブはぴくんっと腰を跳ねさせた。

（最初にされたキスとまるで違う……っ）

入隊初日も、イグナーツは魂濁したシノブを救うため唇を重ねた。同じ行為で浄化を受けたはずなのに、あのときとはまったく感覚が異なる。心からイグナーツを受け入れたことで、浄化力も、そこから得られる快感も、段違いに跳ね上がっていた。

我慢が利かず、シノブは繋いでいた手を解くと、イグナーツの両頰を手のひらで包んだ。顔の角度を変えながら夢中で唇を味わう。もっと全身で彼を感じたくて、少しでも多く肌が触れるよう身を擦り寄せた。

「……ッ、シノブ……」

切なげに眉を寄せ、イグナーツが顎を引く。もっと欲しくてシノブは再び唇を合わせようとするが、視線を下げた彼がなにかを見つめながら、

「これ……どうする？」

と言うので、同じように下に目をやった。

視線の先にあったのはシノブの下肢だった。白のスラックスの前は固く張りつめている。それをシノブは無意識のうちに、腰を揺らしてイグナーツの腹に擦りつけていたのだ。

「……っ！」

興奮による熱が一気に引き、シノブは慌てて上体を離した。後ろに転がりかねない勢いで仰《の》け反ったため、イグナーツが慌てて腰に腕を回して抱き留める。

急激に熱が冷めたと思ったら、今度は耐えがたいほどの羞恥が込み上げ、シノブの顔を真っ赤に染めた。鼻から口を両手で覆い、シノブは全身をわななかせる。

「ごめ……ごめんなさ……っ……！　イグナーツは僕を助けようとしてくれたのに……こ、こんな……はしたない姿を……」

浄化の力に性感を覚え、淫《みだ》らに腰を振っていたのだと思うと、恥ずかしすぎて今すぐ消えてなくなりたくなる。

シノブの言葉にイグナーツは目を瞬かせた。それから安堵したように表情をゆるめ、細く息をつく。

「俺の力で気持ちよくなってくれたのなら、むしろ嬉しいけどな。だからそんなふうに落ち込まないで、全部見せてくれよ。番なんだから俺にはなにも隠さないでほしい」

手の甲に何度もキスをされ、その優しい感触に胸がトクトクと音を立てた。唇にしてほしくて恐る恐る手を退けると、すぐにシノブの意を汲《く》んでイグナーツが口づけてくる。慈《いつく》しみが込もったキスに、シノブの表情も解けていく。

「……触っていいか？」

耳元で囁かれ、体に熱が戻ってくる。両手を彼の胸に置き、シノブはこくりと頷いた。

スラックスの前がくつろげられ、イグナーツがそっと手を差し入れてきた。そこはすでに恥ずかしいくらい濡れていて、長い指に包まれるとくちゅりと淫猥《いんわい》な音を立てた。下着とスラックスを太股の中間まで下げられ、薄い下生えとともに勃起《ぼっき》した性器が顔を覗かせる。

上向く幹に指を絡めると、イグナーツが手を上下に動かして扱《しご》き始めた。

「あっ、ぁ、んっ」

その手から与えられる快感は強烈で、シノブは頬を紅潮させて喘《あえ》いだ。イグナーツは指で作った輪にシノブの張り出た部分を出入りさせ、鈴口から漏れる蜜を茎に塗り広げるように根元まで大きく手を動かす。ちゅくちゅくと漏れ出る水音がいやらしい。

その間にもイグナーツの手がシノブを浄化するので、様々な快楽がごちゃまぜになってより一層溺《おぼ》れていく。己の浅ましさに動揺したことも忘れ、シノブはイグナーツの手に自身を擦りつけるように腰を揺らした。

シノブの痴態《ちたい》を観察しながら、イグナーツは腰に回していた左手を胸の横へ移動させた。親指の腹を小さな突起に添えるので、シノブの淫らな動きに合わせそこが擦られてしまう。さらに反対側を口に含まれ、吸いついたり舌先で捏《こ》ね回したりしながら嬲《なぶ》るので堪《たま》らない。

「あ、ぁあっ、もう、出る……っあ、ぁっ」

半開きにした口から絶えず喘ぎ声を漏らしながら、シノブは愉悦《ゆえつ》の波に身を任せた。ぱんぱんに膨らんだ袋に穴が開いて、中から液体があふれ出すように、熟した快楽物質がとぷりとこぼれて脳を満たしていく。

「……〜〜ッ！」

全身を細かく震わせながら、シノブは鈴口から精を漏らした。白濁したそれはとろとろと垂れてイグナーツの手を汚し、割れた腹筋にまでこぼれ落ちていく。

「はあ……っ、ん、……は……」

額に汗を浮かべながら恍惚《こうこつ》の表情を浮かべたシノブは、そのままぐったりとイグナーツに身を預けた。特殊能力の反動で溜まった穢れだけでなく、長く蓄積していたものまで随分と薄くなった気がする。まるで精液とともに外に吐き出されたように。

「大丈夫か……？」

焦点が合わないまま肩を上下させるシノブに、彼が気遣わしげな声をかけてくる。頭頂やこめかみにいくつもキスをしてくれるので、もう十分浄化してもらったのに、心地よくて離れがたくなってしまう。カミルとはまた違う、こんなふうにすべてを預けられる人と出会ったのは初めてだから。

裸の胸に手を置いてもぞもぞとシノブが身じろぐと、イグナーツが「うっ」と低く呻いた。一体どうしたのかと顔を上げかけたシノブは、剝き出しの臀部《でんぶ》に固いものが当たることに気づく。

躊躇いがちにイグナーツをうかがうと、彼はこめかみに汗を浮かべ、真っ赤になった顔を隠すように左手で口を覆っていた。

「……シノブが目の前で乱れてるのに、勃《た》たないわけがないだろ」

実を言うとキスだけで勃ってた、と半ば自棄になって打ち明けるイグナーツに、シノブはきょとんとした。熱い気持ちがじわじわと胸を浸したのはそれからだ。

シノブはなんだか堪らなくなり、再びイグナーツに腕を伸ばす。自身の精で腹が汚れるのも構わず、ぎゅっとイグナーツに抱きついた。

「あ、もう、こらっ。離れてくれないと治まらないだろ！」

いつも余裕綽《しゃくしゃく》々のイグナーツが見せる焦った姿に、無性にほっとしている自分がいる。彼もまた、自分と触れ合うことで昂揚《こうよう》していたのだと思うと、シノブは心の底から安堵した。

（イグナーツだけだ。僕に安心をくれるのは）

「番だなんて思っていない」などと、冷淡な態度で彼を拒絶することはもうできない。浄化を受け入れたという単純な事実だけでなく、シノブの日常がイグナーツに侵蝕《しんしょく》されることを、心が許してしまっている。……たとえカミルへの罪悪感で、胸の奥が鈍く痛んだとしても。

穢れが抜けたせいか、あるいは絶頂に達して満足したのか、イグナーツの肌に触れていても性的な衝動は起こらなくなっていた。今はただ、陽だまりの中にいるように心地いい。

シノブは彼から離れるどころか、その首筋に頭を擦り寄せて甘えた。シノブの後頭部に手を置きながらも、イグナーツは「勘弁してくれ……」と弱りきった声を漏らしていた。

気持ちよく眠れた、と実感できたのは何年ぶりだろう。肌触りのいい布団《ふとん》の中で、シノブはゆっくりとまぶたを上げた。視界が霞み、自分が寝ぼけているのを実感する。

（今日は非番だったはず……まだ起きたくないな）

もぞもぞと身じろぎ、シノブは隣に横たわる男に身を寄せた。以前のように、いくら眠っても消えない気怠さのせいで起床を渋っているわけではない。頭の天辺から爪先まで心地よく、その幸福を手放すのが惜しくて布団から出られずにいる。

ん？　……男？

微睡んでいたことも忘れて目を開けたシノブは、目の前に裸の上半身があることに動転した。慌てて己の体に目をやると、シノブ自身はきちんと寝間着を身に着けていた。すぐに体を離そうとするが、たくましい腕に抱き竦められ、身動きが取れなくなる。

そうやって体を密着させていると、彼のガイドの能力により、ぬるま湯に浸されるかのごとくとろとろと気持ちよくなってしまう。まあいいか……と胸板に頬を寄せたところで、シノブは我に返った。

「も……っ、離してくれ、イグナーツ！」

腕の中で暴れるシノブに、イグナーツが「ふふっ」と笑い声を漏らす。起きていたくせに眠っている振りをしていたのか。相変わらずずるい男だ。

ひっそりと唇を尖《とが》らせつつ、ようやく解放されたシノブは体一つ分距離を取った。宿舎の個室に備えられたベッドが大きいことに心の底から感謝する。それが番と夜をともにしてもいいように……という理由なのはさておき。

「おはよ、シノブ」

シノブを見つめるイグナーツは、折り曲げた自分の腕を枕代わりにしていた。一見すると穏やかな表情だが、向けられる視線は甘さを孕んでいる。気恥ずかしさを悟られまいと目を逸らしたものの、頬が赤くなっているはずなので意味はないだろう。自覚できるほどに顔が熱を持っているから。

以前はシノブの意思を尊重し、一線を引いた行動を取っていたイグナーツだが、先の任務で本格的な浄化を行ってからというもの、なにかにつけてシノブに触れるようになった。さりげなく腰を抱いたり髪を撫でたりと、人目がある場所でもない場所でも、すぐにシノブに手を伸ばしてくる。

一週間前からは、シノブの中に蓄積した穢れを完全に浄化するため……という名目で、シノブの部屋で一緒に眠るようになった。もちろん、イグナーツの提案によって。彼が上半身裸なのは、少しでも素肌を触れ合わせて浄化効率を上げるためだ。

（本当は、最後まで体を繋げてしまえば手っ取り早いのだろうが……）

シノブだって頭では理解している。けれど彼の前でひどく乱れてしまっただけに、それ以上の行為に及ぶことに抵抗があった。イグナーツもそのことを察してくれているのか、回りくどい方法だと分かっていても、軽い触れ合いを重ねることで地道に穢れを浄化してくれているのだろう。

「よく眠れたか？　最近は顔色もだいぶよくなったな」

「ああ、イグナーツの手が伸びてきて、頬に触れる。親指の腹で優しく撫でられ、心地よさに力が抜けた。

「それはよかった。俺も毎日可愛い寝顔を見られるし、いいことずくめだな」

「可愛いって……なにを馬鹿な」

苦笑するシノブに、イグナーツは悪戯っぽく片眉を上げた。

「なんだ、謙遜《けんそん》してるのか？　それとも本当に自覚がないのか？」

肘《ひじ》をついて上体を起こすと、そのままベッドの上を移動してくる。あっという間に距離が縮まり、イグナーツがすぐ隣に身を寄せた。無言で見下ろされ、シノブはトクトクと胸が高鳴るのを感じながら視線を返す。

精悍でありながら色香のある顔。筋肉の隆起が美しい体。第一飛行隊の中でも目を見張る活躍をするS級ガイド。誰もが心を奪われるほどの男が、その蕩けそうな蜂蜜味の目にシノブを映し、焦げてしまいそうな視線を寄越してくる。

（心臓が苦しい……）

イグナーツのおかげで随分穢れは薄くなったのに、こんなときシノブは、押し寄せる切なさに溺れきゅうっと胸を絞られるような心地になる。

ベッドに肘をついたまま、イグナーツが上体を倒してきた。シノブは咄嗟にまぶたを伏せるが、唇が落ちてきたのは額だった。左右の頰や、まぶたの上、鼻先などに次々キスを降らせるものの、肝心な場所には一向に温もりを与えられない。

堪らずシノブが左手を伸ばすと、イグナーツがふっと目許をゆるめた。彼の頰に触れる前に手を取られ、指を絡められる。それをシノブの顔の横に置くと、今度こそイグナーツが唇を重ねてきた。

表面を啄み、やわやわと食んで、端に軽く吸いつく。戯《たわむ》れのようなキスを繰り返しながら、時折唇の隙間をつうっと舌先でなぞった。シノブが微かに舌を覗かせると、挨拶《あいさつ》でもするかのように軽く舐めて、またじゃれるばかりのキスに戻るのだ。

（気持ちいい……）

このままずっと彼とキスをしていたい。そんなふうに思う。

しかしその気持ちが一体どこから来るものか、シノブには判断がつかなかった。

長く片翼でいたせいで、シノブの体は浄化の力にひどく溺れてしまう。肌に触れられるだけで力が抜けるほど気持ちいい。そのせいで、イグナーツに触れられる喜びになにか特別な意味があるのか、ただ快感に流されているだけなのか分からなくなる。

そしてイグナーツがなにを思ってこれほど自分によくしてくれるのかも、シノブには今一つ分からなかった。

恋情なのだとしたら、その理由が思いつかない。二ヵ月前に出会ったときから、彼はずっとシノブに優しかった。まだ博愛主義だと言われたほうが納得する。……番だからという理由だけでこれほど一途《いちず》に尽くせるのだとしたら、それは少し残酷な気もするのだけれど。

「なあ……これは浄化か……？」

とろんとした目でイグナーツを見つめながら、シノブはキスの合間に尋ねる。

イグナーツは角度を変えて唇を噛み合わせ、湿り気を帯びた口付けを施しながら、しばしシノブの様子をうかがっていた。

「浄化だよ。体調を崩さないように、今日もシノブの中を綺麗にしような」

子供を宥めるような口調で言って、イグナーツは口腔に舌を差し入れてきた。ぬるぬると緩慢な動きで出入りされ、シノブのそれを擦られて、全身が蕩けてしまいそうになる。性的なキスに変化する一歩手前だ。戯れで済ませるか、その先に進むか、様子をうかがうようなキス。

結局、本格的に濡れた空気へ変わる前にシノブが音《ね》を上げた。イグナーツの胸に手を置き、わずかに力を込めると、すぐに察して彼が唇を離す。

とろ……と唾液《だえき》が糸を引く様子を、シノブは焦点の合わない目で見つめた。その顔をイグナーツに見られていたと察し、恥ずかしくなって明後日《あさって》の方向に視線をやる。

「こ、これ以上は反応してしまうから……」

上衣《じょうい》の裾を引っ張り、シノブはもじもじと太股を擦り合わせた。恥ずかしい。頬が熱い。

その姿にイグナーツはごくりと喉を鳴らした。なにかを堪えるように眉間に皺を寄せ、「だー……もう」と呻いて額に手を当てる。

制止したにもかかわらず、イグナーツは再度のしかかってきた。互いの額を合わせ、拗ねたような口調でこぼす。

「シノブは、前の番にもこういう台詞を口にしてたのか……？」

足元を確かめて進むような、慎重で、どこか自信がなさそうな口振りだった。彼らしくない不安げな様子がうかがえる。

だがそれ以上に、「前の番」という言葉がシノブの胸にのしかかった。急激に体が冷えていき、唇を引き結ぶ。

「……退いてくれ」

先ほどとは打って変わり、淡々とした調子で拒むシノブに、イグナーツも失言したと悟ったらしい。表情が固くなり、「ごめん」とすぐに身を離す。それ以上はなにも言わず、隊服に着替え始めたシノブに倣《なら》い、彼も自分の寝間着を脱いだ。

甘い空気が一変し、部屋の中に重たい沈黙が落ちる。イグナーツに背中を向けてネクタイを結びながら、シノブは自己嫌悪に陥った。

(気を遣わせてしまった。彼はなにも悪くないのに)

自分にとって二人目の番であるイグナーツに、シノブはすでに心を預け始めている。信頼に足る人物だと思っているし、彼の隣では素《す》の自分でいられた。

しかしそのことが、かつての番・カミルに対する罪悪感を生んでいる。カミルは自分のせいで今も眠り続けているのに、自分だけが新しい道を歩き始めていることに、迷いを抱かずにはいられないのだ。

隊服に着替え、ぎこちない空気のまま二人でシノブの部屋を出る。

すると、まっすぐ伸びた廊下の先に、フォルカーが立っていることに気づいた。腕組みをして壁に背中を預け、どこか浮かない表情を見せている。その隣にはクラウスの姿もあった。

「フォルカー?」

「あ……」

シノブの声に、フォルカーがぱっと壁から身を離した。逡巡ののち、シノブのもとへ歩いてくる。

「宿樹に戻っていたのか」

「ああ、昨日な。遅くなったせいで食堂にろくな料理が残ってなかったぜ」

「そうか……」

「うん」

こちらもまた会話がぎこちない。ナデラスの構成員と対峙したあと、魂濁寸前にまで陥ったシノブは、大事を取ってしばらく休養するように命じられた。同時に、フォルカーとイグナーツは任務中に私情を挟んだ喧嘩《けんか》をしたことに対し、三日間の謹慎処分を言い渡された。

イグナーツ曰《いわ》く、フォルカーはヴィルヘルムに向かって、

『悪いのは俺です。俺がシノブにひどいことを言ったから、イグナーツは番を守っただけで』

と強く訴えていたらしい。結局、喧嘩両成敗の理論でイグナーツも謹慎を免《まぬが》れなかったのだが。

復帰後のシノブは、イグナーツとともに王都外へ数日滞在して任務をこなした。入れ違いでフォルカーとクラウスも王都外へ向かったため、激しく衝突してから彼とは顔を合わせていなかった。なにか話すことがあってシノブのところまで来たのだろうが、フォルカーはうまく言葉が出てこない様子だった。気まずそうにしているフォルカーに、シノブは必死に話題を振る。

「あ……っと、そうだ。ナデラスの構成員についての話は聞いたか？　なぜセンチネルの五感が、奴らを感知できなかったのかっていう……」

フォルカーたちが不在の中、定例会議で事のあらましが説明されたのだ。

捕らえられた三人の構成員から、有益な情報を聞き出すことは叶わなかった。目を覚ましてすぐ、隠し持っていた毒薬で全員自害したのだ。組織の情報を漏らすくらいなら死を選ぶ……そう教育されていたのだろう。

しかし彼らが着ていた衣服を調べるうち、布に特殊な繊維《せんい》が織り込まれていることが判明した。赤黒く変色したその繊維には、能力者の血を浸した形跡があった。恐らく、擬態の特殊能力を持つ者の。

「視界に入っているうちは相手を認識できても、その姿が見えなくなると途端に感知するのが難しく

なる。奴らが着ていた服にはそういう効果があった。奴らが本来持ちうる力じゃない」

「もしかして、侵略した国でめぼしい能力者の血を手に入れ、戦闘に有利な道具を生み出してるってことか？　そうだとしたら、とんでもねえな」

シノブの説明に、フォルカーが渋面《じゅうめん》を作る。総隊長から話を聞かされた際、シノブもひどく苦い気持ちになった。能力者を道具の材料として捉え、その命を奪うなど非道極まりない。

「イタチの足跡が残された理由はまだ分かっていない。けれどきっと意味があるはずだ。ナデラスの構成員がまた侵入してくる可能性が高いと見て、より警戒を強めることになった」

神妙な面持ちでシノブは話を締めくくる。フォルカーも「そうか……」と難しい顔をしていた。その脇腹を、彼の隣に立っているクラウスが小突く。

「その話をしに来たんですか？」

クラウスに促され、フォルカーははっとした様子を見せる。

表情を引き締めたフォルカーは、シノブに向かって深々と頭を下げた。思いがけない展開にシノブは面食らう。

「フォ……」

「今まで悪かった。シノブがどうして浄化を拒むのかを深く考えないで、お前にひどい態度を取った。心ない言葉でずっと傷つけてきた」

折り合いが悪かった男からの真摯な謝罪に、シノブはすぐに言葉が出てこなかった。

シノブの真意は、第一飛行隊の面々によってそれとなく他の隊にも伝わったらしい。休養期間が明ける頃には、宿樹内にシノブの陰口を叩く者はいなくなっていた。かといって、急に親しげな態度を取るのも調子がいいと考えたのだろう。挨拶をされるようになり、侮蔑の視線を向けられることがなくなった。ただそれだけだ。

しかしシノブにとっては十分すぎるほどだった。自分の振る舞いの意図を知られたのは恥ずかしかったものの、同時に憑《つ》き物が落ちたような気持ちになっていた。

シノブにはもう頼れる番がいる。「シノブの穢れに巻き込まれない」と約束してくれた、優れた能力を持つ心強い番だ。

シノブが片翼ではなくなったため、他の隊員を自分の穢れのせいで失う可能性はない。強気で傲慢な物言いで武装し、他人を拒絶する必要性は消え去ったのだ。そう思ったら急に肩の力が抜けた。

シノブと第一飛行隊の隊員たちがそれぞれ態度を変えたため、自分やカミルに対する噂話はほとんど消え去っている。フォルカーとも同じように、時間の経過によってなんとなく和解の方向に進めばいい。そんなふうに考えていた。

それなのに、まさかこれほどまっすぐに謝られるとは。

「あ、頭を上げてくれ。僕も悪かったんだ」

おろおろするシノブにフォルカーはぎょっとして、反射的に顔を上向ける。今までの振る舞いから考えると、シノブの口からあっさり謝罪の言葉が出たことが予想外だったのだろう。

胸の上で拳を握り、シノブは慎重に言葉を紡ぐ。

「誰かに相談するという発想がなかった。話してもきっと、慰《なぐさ》めの言葉をかけられて終わりだ。そんなのは自分が楽になりたいだけ……そう考えてしまって、全部一人で溜め込んでいた。けれど結果的に、長い間みんなに不快な思いをさせてきた。……申し訳ないことをしたと思っている」

もしかしたら、話してみれば違う答えが返ってきたのかもしれない。ヴィルヘルム以外にも、シノブを気にかけてくれる人はいたのだろう。

けれどシノブは、そういった彼らの厚意をすべて払いのけてしまっていた。

シノブの言葉に耳を傾けるフォルカーからは、嫌悪の気配はもう感じられなかった。代わりに、強い後悔の念と、切なさが入り交じった複雑な表情を見せる。

「これからはちゃんと周りを頼ってくれ。一人でなにもかも背負い込もうとするな。第一飛行隊の仲間なんだから」

フォルカーの言葉は少し照れてしまうくらい直球だ。しかし彼はそういう男なのだ。強い信念を持ち、情熱的で仲間思いの飛行隊員。

もしかしたらその「仲間」の中に、シノブは随分前から入れてもらっていたのかもしれない。きっとこれまでの言動も、彼なりにシノブを慮《おもんぱか》ったものだったのだろう。それなのに、彼が幾度となく差し出した手をシノブが拒み続けたせいで、関係が拗《こじ》れてしまった。

（これからはフォルカーとも、仲間としての関係をきちんと築いていけるのかな）

なんだか胸がいっぱいになり、シノブは声を詰まらせた。一呼吸置いて気持ちを落ち着けてから、

「ありがとう」と返す。

フォルカーはやはり驚いた様子で目を丸くし、

「……シノブが素直だと調子が狂うな」

と頭を掻いた。すると、フォルカーとのやりとりを静かに見守っていたイグナーツが、すかさずシノブの肩を抱き寄せる。

「ま、俺はシノブが素直で純粋な人だって最初から分かってたけどな！」

得意げな口調で主張するイグナーツに、シノブはきょとんとした。

そんなイグナーツに対抗するように、正面に立つクラウスが腕組みをし、ふふんと鼻で笑う。

「私はもっと前から、本当は優しい人なのだろうと気づいていましたけどね」

番であるイグナーツと、彼よりさらにシノブと付き合いの長いクラウスが謎の火花を散らす。フォルカーがげんなりした顔で「変な張り合いをするんじゃねえよ……」と突っ込むので、シノブは堪らず笑ってしまった。

（そうか。誰かを頼ればよかったんだな）

自室を出たときは自己嫌悪の念に捕らわれていたのに、今はすっきりした気持ちだった。遠回りしながらたどり着いた結論の、その「誰か」はもう決まっている。

イグナーツのジャケットに手を伸ばしたシノブは、その裾を軽く摘んだ。振り返った彼に、

「付き合ってほしい場所があるんだ」

と、迷いのない声音《こわね》で告げた。


宿樹から一時間ほど飛んだ小さな町に、能力者専用の療養所はある。

イグナーツを連れてそこへ向かったシノブは、花売りの行商に作ってもらった鮮やかな色の花束を手に、カミルが眠る部屋に足を運んだ。窓ガラス越しの見舞いは頻繁《ひんぱん》にしていたが、療養所の中へ入るのは初めてだった。

「久しぶりだね、カミル」

彼が横たわるベッドのそばに立ち、シノブは穏やかに声をかけた。

窓から樫の木が覗く個室は手入れが行き届いていて、ベッドの横に設置された戸棚の上に花が飾られていた。定期的に訪れているカミルの父と母が飾ったものだろう。彼らに合わせる顔がない……というのも、病室に足を踏み入れられない要因の一つだった。

「彼はカミル・エクハルト。六年前まで不撓の両翼の第二飛行隊にいた、カナリアの霊獣を持つガイドだ」

斜め後ろに立つイグナーツに紹介すると、彼はカミルを見つめたまま、控えめに「そうなのか」と返す。しかしすぐに、驚いた様子でシノブに顔を向けた。

「カナリアの？」

「え？　ああ、そうだ」

その返事に、イグナーツは再びカミルに目を戻した。口許に指を添え、「鳥の霊獣……？」とぶつぶつ漏らす。本人の意識がないため霊獣の姿は見えないが、それほど驚くようなことだろうか。

彼に背中を向けたシノブは、戸棚から予備の花瓶《かびん》を取り出し、花を活ける準備を始めた。

「カミルは僕の最初の番なんだ。四年前に第一飛行隊に異動するまで、僕と第二飛行隊にいた」

花束を広げ、戸棚にあった生花鋏《せいかばさみ》で葉を適度に落として、茎をちょうどいい長さに切る。クラウスが花を扱うのが得意なので、療養所を訪れようと決めたときに、活け方を教えてもらった。全体の色合いを見ながら、水を注いだ花瓶に挿《さ》していく。

「六年前、辺境の町をナデラスが襲ったことは覚えているか？　あのとき、僕とカミルも戦いに臨《のぞ》んでいて……その戦いの中で僕は魂濁した。カミルの浄化によって僕は目を覚ますことができたが、それと引き換えに、穢れに飲まれたカミルは昏睡状態に陥ったんだ」

花の高さの釣り合いを確認し、茎の長さを調整して、「これでいいか」とシノブは淡い笑みを浮かべた。すでに飾られていた花の隣に並べ、後片づけをする。

一段落してカミルに体ごと向き直ったシノブは、一度まぶたを伏せた。深く息を吸い込み、ゆっくりと目を開ける。

「カミルが六年も眠り続けているのは僕のせいなんだ。もう誰もカミルと同じ目に遭わせたくないから、ガイドに直接触れられることを拒んできた。これが、僕が今まで浄化を嫌がっていた理由だ」

静かな、けれど力強い口調でシノブは告げた。

まるで重石《おもし》のように胸の奥に居座り、シノブの心を沈ませていた過去なのに、いざ口にすると思いのほかすっきりしている自分がいた。だが、誰にでも打ち明けられる内容ではない。

――譲れないものや、守りたいものがシノブにもあって、だからガイドの浄化を嫌がるんじゃないか……って。

嵐のあと、そんなふうにイグナーツは言ってくれた。シノブの振る舞いを見て、ただ傲慢なだけだと決めつけなかった。彼の優しさに触れ、その存在を心の拠《よ》り所にするうち、最初の番について知ってほしいという気持ちが強くなった。

ちらりと横目でうかがうと、彼は神妙な面持ちでカミルを見つめていた。シノブの元番が今も昏睡状態であることは、まだいがみ合っていた頃のフォルカーが、すでにイグナーツに語っている。この部屋に足を踏み入れた時点で、彼がその番だとイグナーツも察したことだろう。

それでも、自分の口できちんと伝えたかった。イグナーツは、フォルカーに対し「俺の番の話は本人から直接聞く」と言ってくれた、大切な番だから。

ベッドに左手をついたシノブは、右手をそっとカミルの頭に伸ばした。鮮やかな黄色の髪に触れようとしたものの、直前で動きを止める。シノブの白い指先は細かく震えていた。

(やはり、イグナーツ以外のガイドに触れるのは怖い)

きゅっと唇を噛みしめ、シノブは元の位置に戻る。まぶたを伏せるカミルは、健康的な顔色をしていて、ただ午睡《ごすい》に耽《ふけ》っているだけのように見えた。

「カミルと僕は適合率が高かった。数字だけ見れば、イグナーツにも匹敵するんじゃないかと思う」

「……そうか」

それまで無言でシノブの話を聞いていたイグナーツが、沈んだ調子の返事を寄越す。そっと様子をうかがうと、イグナーツが反射的に顔を背けた。

それでも端整《たんせい》な横顔が、痛々しく引き攣《つ》っていることにシノブは気づく。己を抱くように、イグナーツが右手で左の肘をつかんでいることも。

(嫉妬《しっと》、なのか……?)

ベッドの中で前の番の話をしたときも、イグナーツはどこか不安そうな様子だった。それが自分への独占欲から来るものだと思うと、甘く切ない感覚が広がっていく。

(嬉しいんだ、僕。イグナーツに求められることが嬉しい)

ネクタイとジャケットの境目に手のひらを置き、シノブは速まる鼓動を感じる。

一時は快感に流されているだけではないか、と迷いもしたが、今感じている喜びは紛れもなく本物だ。イグナーツに、自分は特別な感情を抱いている。

だからこそ、この先を打ち明けることに躊躇いがあった。イグナーツに嫌われるかもしれない。軽蔑されるかもしれない。そう思うと、甘くほのかな痛みが、じくじくと膿むような苦しみに変わっていく。

それでも……と、シノブは拳を握った。たとえ傷つく結果になったとしても、イグナーツに聞いてほしい。ただ悪戯に嫉妬させるために連れてきたわけではないのだと、彼に分かってほしい。知っていてほしい。

シノブが犯した本当の罪について。

「カミルとの適合率なんて高くて当然なんだ。血縁者は適合率が高くなるもの、と研修施設で教わっただろう？　血縁関係が濃ければ濃いほど、特に」

「……、……え？」

斜め下に目を向けていたイグナーツが、数秒の間ののち、シノブに顔を向ける。戸惑いと驚愕《きょうがく》の表情を浮かべる彼に、シノブは深く頷いてみせた。

「カミル・エクハルトは、僕の実の弟だ」

療養所をあとにする頃には、太陽は随分と西に傾いていた。山の奥から差す金色の光を浴びながら、石畳の道をイグナーツと並んで進む。

すぐに飛んでいったほうが早いのだが、少し歩きたい気分だった。山沿いの小さな町は人通りが少なく、時間がゆっくりと流れていて、秘密の話をするのにはちょうどいい。

「カミルくんについて、その……もう少し詳しく聞かせてもらってもいいか？」

純白の髪を秋風に揺らしながら、イグナーツが遠慮がちに口を開く。

「ああ。僕もそのつもりでいたから」

カミルが血の繋がった弟だと打ち明けた際、イグナーツは咄嗟になにかを言おうとしたものの、すぐに口を噤んだ。いくら意識がないとはいえ、カミルの前でする話ではないと思ったのだろう。

その気遣いが嬉しかった。シノブもまた、「目を覚まさなくても、もしかしたら香りくらいは感じるかもしれない」と考え、カミルが好きそうな花を選んでいたから。

イグナーツは足を止めると、入念に周囲を見回した。少し先に進んでいたシノブは、イグナーツを振り返って西日を背負う。

目が届く範囲に人影がないことを確認してから、彼は抑えた声で言った。

「血の繋がった人間と番になることは、不撓の両翼で禁止されている、よな……？」

固い表情の彼に、シノブも「ああ」と重い口調で答えた。

ガイドによる浄化は、素肌での触れ合いや、キスや口淫といった粘膜接触、挿入込みの性行為等、性的な度合いが高いほど優れた効果を得られる。そのため、不撓の両翼では血縁関係にある者同士が番になることを固く禁じていた。隊員が決して禁忌《きんき》を犯さないように、と。

にわかに焦りを見せるイグナーツに、シノブは苦笑を返す。

「僕とカミルが行った浄化は、手を握ったり服の上から抱きしめ合ったりする程度の、健全なものだ。不道徳な行為は誓ってしていない。……だからといって、許されるわけではないけれど」

そう言うと、シノブは口を閉ざして思案した。「少し寄り道をしていこう」と促し、進路を変える。

イグナーツの斜め前を歩きながら、シノブは懐かしい記憶を語り始めた。

「僕とカミルは、王国の北にある町で生まれ育ったんだ。兄弟仲がよくてな。カミルは僕にべったりだったし、僕は引っ込み思案な性格だから友人を作るよりもカミルと一緒にいるほうが楽しくて、朝起きてから夜眠るまで彼と過ごしていた。僕が五歳になった年の秋まで」

「五歳まで……？」

「離縁したんだ、両親が。僕は母に連れられて西にある村に移り、カミルは父とともに生まれ故郷に留まった。母は子供二人を養えるほどの経済力を持ち合わせていなかったし、父は多忙で、一人の面倒を見るだけで精一杯だった」

母によく似た東陽人寄りの容姿を持つシノブと、父の血筋を色濃く受け継ぎ、フォグネス王国出身者特有の面立ちをしていたカミル。それぞれの親元で、二人は十年の月日を離れて過ごした。

そして、シノブが十五歳、カミルが十四歳のときに、王都にある不撓の両翼の研修施設で再会したのだ。

寮を訪れた際、「あなたと同じ部屋で生活する子よ」と寮母が紹介してきた人物を前に、シノブは心臓が止まるかと思った。ガイドの能力が発現したために髪は黄色に染まり、背丈も随分伸びてシノブと大差ないほど育っていたが、活発そうな顔立ちの彼は間違いなくシノブの弟だったから。

「カミルも僕を見て明らかに驚いていてね。二人の様子を見た寮母さんに、『知り合いなの？』と尋ねられた。けれど僕が口を開くより先に、カミルが『幼なじみなんです』と答えた」

「兄だという事実を隠したのか……？　一体なんのために？」

訝しげな調子で尋ねてくるイグナーツに、シノブは肩を竦めた。

「ちょっとした悪戯心だったらしい。僕もあとから同じ問いをぶつけたが、『みんなと親しくなったあとに打ち明けたほうが面白そうだろ』と冗談めかして笑っていた。その言葉は本心だったと思う。少なくとも、咄嗟に誤魔化した当初は」

なんの気なしについたカミルの嘘が、思いがけない方向へ転がり始めたのは、寮に入って一年が経とうとしていた頃だ。

能力の発現を申告した者は、戦闘訓練や浄化の実技課程、座学の試験を経たのち、十五歳での成人を待って不撓の両翼へ入隊する。人によって差はあるものの、平均的な研修期間は一年だ。同時期に研修を始めたシノブとカミルも、一年間で卒業を迎えようとしていた。

『なあ、俺たちの適合率って、九割を超えてたはずだよな』

一日の授業を終えて寮の二人部屋に戻ってくるなり、カミルが唐突に切り出した。申告後に行われる血液検査によって、シノブとカミルがともにA級であることや、その相性が九割超えであることを教員から知らされていた。

『兄弟だからそんなものじゃないか？』

『でも、一般的なセンチネルとガイドで考えれば、適合率九割超えなんて滅多にいないって話だろ？入隊後は適合率なんかも確認しながら、配属先と番を決めるって先生が言ってた』

やたらと得意げに語るカミルに、嫌な予感がした。シノブは『まさか……』と眉を顰める。

『俺たちが兄弟だってこと、このまま黙ってようぜ！　それで、同じ隊に配属してもらって、俺とシノブで番になろう！』

あくまで冗談の延長のような、楽しげな態度。弟のとんでもない思いつきにシノブは目眩がした。いくらなんでも悪戯の範疇《はんちゅう》を超えている。

『そんなことできるはずがないだろ』

『できるさ。俺たちは顔も似てないし姓も違う。自分から告白しなきゃ誰も気づかないよ』

『気づかれるかどうかの話ではなく、倫理の話だろう！　センチネルとガイドが、ど……っどうやって浄化を行うか、座学で教わったじゃないか！』

シノブはカアッと頰を燃やしながら叱責した。研修での実技課程では手を繫いで行う浄化しかしていないが、不撓の両翼に入隊すれば、待っているのは危険と隣り合わせの任務だ。魂濁し、深い触れ合いによって浄化をしてもらう場面も出てくるだろう。

『じゃあシノブは、知らないうちに俺が死んじゃってもいいのかよ！』

思いがけず強い口調で反論され、シノブは瞠目した。カミルは苦しげに顔を歪める。

『兄弟だって理由で隊を離されて、宿舎でしか顔を合わせる機会がなくて。そうしてるうちに、任務に向かった先で重傷を負って、死に目にも会えずに終わる……。兄弟で不撓の両翼の隊員になるってそういうことだろ！』

『カミル……』

唇をわななかせるカミルに、シノブはどんな言葉をかければいいのか分からなかった。太股の横で固く拳を握ったカミルは、沈黙ののち、唐突に腕を伸ばしてくる。

『頼むよ、シノブ……。俺、もうシノブと離れ離れになるのは嫌なんだよ』

シノブを正面から抱き竦め、カミルは絞り出すように告げた。背中に食い込む腕は力強く、息が苦しくなる。けれどシノブ以上にカミルのほうがつらそうで、離してくれとは言えなかった。

『たとえ番になっても、俺は弟としてシノブに接する。不道徳なことは絶対にしないって約束する。

こうやって抱きしめる以上の行為が必要な、危険な目になんか遭わせないよ。俺が必ず、シノブを守るから』

切々と語るカミルは、いつもの自信に満ちた彼とはほど遠かった。今にも崩れてしまいそうな脆《もろ》い姿に、シノブは唖然とするばかりだ。感情的になってはいけない、冷静に弟を諭《さと》さなければならないと分かっているのに、説得の言葉が見つからない。

だってシノブは知っている。

明るく手を振って別れた弟と、二度と会えなくなる絶望を。

『……分かった。ずっと一緒にいよう、カミル』

だからどれほど愚《おろ》かな行為か理解していながら、弟の背中を抱き返してしまった。兄として、永遠の別れに怯える弟を慰めずにいられなかった。

それから間もなくしてシノブとカミルは研修施設を卒業した。不撓の両翼では、カミルの見込みどおり、同じ隊に配属され番になるよう命じられた。

そのことにほっとするような、目の前が真っ暗になるような、名状しがたい気持ちが湧き上がる。けれどシノブはそれに気づかぬ振りで胸の奥に押し込んだ。

「僕たちは運がよかった。第二飛行隊に配属されてからの二年間、魂濁するような危険な任務は巡ってこなかったのだから」

カミルは普段からちょくちょくシノブを抱きしめ、まめに穢れを浄化してくれたから、常に調子がよかったのもある。カミルが身につけた抑感装具を、本人の手で大量にシノブに移し替える姿を他の隊員に見られ、『随分情熱的な番だな』とからかわれたこともあった。

カミルは『シノブを守るためならなんでもしますよ』と笑っていたけれど、いくつも重ねづけされた抑感装具に、シノブは息苦しさを覚えていた。

こんな、独占欲の表れみたいな量……僕たちは血の繋がった兄弟なのに。

喉元まで出かかった言葉は、飲み下すたび鉛《なまり》のように重くなる。とんでもない規約違反をしている事実に押しつぶされそうになり、シノブは幾度となく番の解消をカミルに申し出た。

しかしどんなに訴えても、カミルは頑として首を縦に振らなかった。

『他の奴と番になってどうするんだよ。キスして、抱いてもらって、もっと気持ちよく浄化されたいってことかよ！』

『そんなこと言ってないだろう！』

もう番はやめようと告げたときのカミルは、いつも感情的になる。怒鳴り声に聴覚が過敏に反応し、シノブが顔を歪めると、カミルは我に返った様子で唇を結ぶ。

そして悲しそうにうなだれ、縋るような抱擁で穢れを浄化してくれるのだ。

『怒鳴ってごめん。ひどいこと言ってごめん……。お願い、俺を捨てないで。シノブが他の誰かに触られるなんて、俺、耐えられないんだよ……』

その繰り返しで、結局、シノブはカミルとの番を解消できなかった。解消できないまま、辺境の町での戦いに駆り出され……あとは療養所でイグナーツに語ったとおりだ。

「馬鹿なことをしたと思っている。寮でカミルと再会したとき、どんなに彼がふざけていても、寮母さんの前できちんと兄弟だと話すべきだった。不撓の両翼に入隊するとき、どんなに揉《も》めてでも『番になることはできない』と突っぱねるべきだった。……そうすればカミルは、六年も昏睡することはなかったんだ」

魂濁したセンチネルに触れている時間が長ければ長いほど、ガイドが穢れに飲まれる可能性は上がっていく。だから浄化率の高い性行為によって、極力短い時間でのセンチネルの回復を目指すのだ。けれどシノブの弟であるカミルにはその選択肢がなかった。六年前のときも穢れを消すために延々抱きしめ続けるほかなく、シノブが無意識に彼を腕の中に閉じ込めたため、途中で離れることもできなかった。穢れに浸食された体では、強引にシノブの腕を解く力も残っていなかっただろう。

話しているうちに結構な距離を歩いていて、気づけば町の外れまでやって来ていた。

小高い丘の上には、小ぶりな鐘塔《しょうとう》がぽつんと立っている。元々は礼拝所の一部だったのだが、老朽化による取り壊しが決まった際、鐘塔だけをこの場所へ移したのだという。

「ああ、ほら。見えてきた。ここに連れてきたくて……」

「シノブ」

足を速めようとしたシノブを、イグナーツが引き留める。シノブが振り返ると、彼は悩む様子を見せながら口を開いた。

「カミルくんが君に向けていたのは、兄弟愛を超えた感情だったんじゃないか……？」

躊躇いがちな言葉は、しかし的確に話の核心をついていた。

秋風がシノブの髪を攫《さら》い、頬をくすぐる。それを指で避けながら、シノブはぐっと息を詰める。

「……僕たちが再会したとき、彼はまだ十四歳だった。能力の発現によって、親元を離れ一人で王都にやって来ることになり、心細さは少なからずあっただろう。そんな中で、幼少期に数年一緒に過ごしただけの兄と十年ぶりに再会して、今度はまるで親友のような関係を築いたんだ。……兄弟という認識が薄くなるのも、別の感情を抱き始めるのも、あり得ないことじゃない」

こっそりと向けられる切なげな視線も、浄化の際にカミルが少しばかり照れくさそうにすることも、本当は気づいていた。気づいていていて、見ない振りを決め込んでいた。

自分でも分かっている。カミルのあれは、シノブに対する恋愛感情だった。

「そういう意味でも、僕の行動はあまりに残酷だった。番という立場を許し、規約違反の秘密を共有しながら、あくまで兄としての感情しか向けなかったのだから。カミルもそのことはきちんと理解していて……時折ひどく苦しげな表情を見せていた」

シノブが他の隊員と親しげにしているとき。任務に向かった先で、シノブが年頃の女性から手紙を渡されたとき。カミルは込み上げる嫉妬心を必死に殺し、

『シノブがみんなに愛されるの、弟として嬉しいよ』

と、寂しげに微笑んでいた。

イグナーツとの間に沈黙が落ちる。彼は鐘塔へ目を向けると、「行こう」とシノブに手を伸ばした。手袋を着けることがなくなった素手のまま、シノブは彼の手を握る。

灰色の石造りの塔は六角錐《すい》の屋根が載っていて、その下に青銅の鐘《かね》が収められている。内側にある紐《ひも》を引き、手動で鐘を鳴らす仕組みになっていた。

手を繋いだまま、彼と並んで鐘塔の前に立つ。窓ガラス越しにカミルに会いに来るだけの、苦しい記憶しかない町だ。けれど時折聞こえてくる鐘の音は妙に素朴で温かく、沈み込む心に優しく響いた。抑感装具があまり効いていないときも、不快に感じない数少ない音。

だからイグナーツに聞かせたいと思ったのだ。

「七時、十二時、十七時に町長が鳴らしに来るんだ。けれどなにせ手動だから、町長の都合によって鳴らない日もあるし、十分、十五分と遅れて鳴ることもある」

「結構適当だな」

「以前なんか一時間遅れで鳴っていたこともあった」

大したことのない会話で笑い合う。許されない過去を語ったはずなのに、予想していたほど重苦しい空気はない。シノブが罪の意識に十分苦しんだことをイグナーツも悟っていて、責めるつもりはないらしい。そのことが伝わってくるから、シノブも必要以上に沈み込まずにいられる。

太陽の光を受け、鐘がチカチカと光を放つ。まぶしさに目を眇めながら、イグナーツが口を開いた。

「療養所で、カミルくんの霊獣がカナリアだと知ったとき、俺が戸惑ったことに気づいてたよな」

「……？　ああ」

カミルとの関係を語る緊張ですっかり頭から吹き飛んでいたが、確かに、イグナーツは不自然な反応をしていた。しかし、なぜ急にその話題を口にしたのか分からない。

「カミルくんを見たとき、彼は異国出身なんだと思ったんだ。微かにだが、カミルくんは淡い光をまとっていたから」

どういう意味だ、と問おうとして、シノブはイグナーツとともに行った初めての巡視を思い出す。それがきっかけで判明した、彼の特殊能力についても。

大きな手をぎゅっと握ってイグナーツを見つめると、彼もまた力強い視線を返した。

「俺の目には霊獣の痕跡が光って見える。カミルくんがまとっていた光は、ナデラスが残したイタチの足跡と同じ色をしていた」

なぜカミルがそんな状態になっているのか、シノブには見当もつかなかった。ナデラスの構成員と戦ったせいかと思ったが、つい先日ナデラスと対峙した第一飛行隊の面々については、イグナーツはそういった発言をしなかった。

シノブが魂濁し、再び目を覚ますまでの間に、なにかあったのだろうか。

「俺は、カミルくんはシノブの穢れに飲まれて昏睡状態になったわけじゃないと思う」

唐突に告げられた言葉に、シノブはすぐに反応できなかった。慰めで告げただけにしては妙に確信を持った口調だ。第一、イグナーツはその場しのぎの発言をするような無責任な男ではない。

混乱するシノブを安心させるように、彼が繋いでいる手を親指の腹でなぞる。

「穢れを受けて昏睡したガイドがどうなるか、シノブは知ってるか？」

「……徐々に衰弱し、おおよそ三年で命を落とす……」

「俺も同じ話を研修施設で教わった。けれどカミルくんはもう六年も生き続けているわけだろ？　顔色だってよかった。とても衰弱してる人間には見えなかったよ」

確かにイグナーツの言うとおりだ。けれどこの六年間、自分を責め続けてきたシノブには彼の話をすぐ受け入れることはできない。シノブの穢れが原因ではないのなら、カミルは一体なぜ目を覚まさないのか。

「はっきりしたことはまだ分からない。でもカミルくんに、イタチの霊獣の痕跡があることは事実だ。ナデラスの構成員は、能力者の血を使って新しい道具を開発していただろ？　センチネルの感知を逃れる服以外にも、対能力者向けの道具を持っていたとしてもおかしくないんじゃないのか？」

芯の通ったイグナーツの言葉が、カミルへの罪悪感で冷え冷えとしていた胸を奮い立たせる。それと同時にみるみるうちに視界が潤み、シノブは堪らず顔を俯《うつむ》けた。熱い涙が頬を濡らし、手の甲でそこを押さえる。

「僕は……まだ、カミルの容態の回復に希望を持ってもいいのか……？」

センチネルを癒やせるガイドはいても、ガイドを癒やせるガイドはいない。穢れが原因であれば、カミルが再び目を覚ます可能性は絶望的に低かった。心臓が動いていることに日々感謝しなくてはならないと思っていた。

けれど万が一、他に原因があるのなら、解決方法が残されているかもしれない。シノブの大切な弟を目覚めさせる方法が。

伸びてきた手がシノブの後頭部に添えられる。イグナーツに引き寄せられ、そのまま肩口に額を寄せた。彼の優しい体温を感じながら、シノブははらはらと泣き続ける。

「一緒に探そう。カミルくんを助ける方法を。俺がこの目で絶対に、シノブの希望を見つけるから」

シノブの体を包み込む腕も、背中をさする手のひらも、なにもかもが温かい。痛みを抱えた体に鐘の音だけが寄り添ってくれたように、イグナーツの存在がシノブを心の底から安心させてくれる。

「ありがとう、イグナーツ。……僕の番が君でよかった」

広い肩に頬を擦り寄せて甘え、シノブもまた彼の腰に腕を回した。その仕草に、すぐそばでイグナーツがごくりと唾液を飲み下す。

彼の表情をうかがおうと顔を上げかけた瞬間、バサッと翼を広げる音が聞こえた。イグナーツが生やした翼は、二人を包むように内側に丸められている。褐色の羽に遮《さえぎ》られ、周囲の景色はほとんど見えなくなっていた。

「うっかり早めに鐘を鳴らしに来た町長に、シノブとの時間を邪魔されたら困るからな。シノブの泣き顔を俺以外の奴に見せるのも癪《しゃく》だし？」

そう言ってはにかむイグナーツの頬は、ほんのりと赤くなっていた。冗談めかした調子で気恥ずかしさを誤魔化そうとしたようだが、うまくやれなかったのだろう。

器用で賢くて、いつもシノブを導いてくれるイグナーツの、意外にも人間くさい一面に胸が高鳴る。体を密着させていることで、彼に知られてしまうのが恥ずかしい。けれどシノブに伝わってくる鼓動もまた速いから、おあいことということでいいのではないか。

「ばか……」

消え入りそうな声で悪態をつき、シノブは再び彼の肩に頬を寄せた。

カミルから向けられた独占欲は重苦しく感じたのに、イグナーツが覗かせるそれは愛しくて堪らない。大切にしてもらえるのが嬉しく、シノブもまた彼を大切にしたいと思う。

（もう間違えようがない）

シノブは今、イグナーツに恋をしている。


イグナーツとともにヴィルヘルムの執務室へ呼ばれたのは、秋から冬へと季節が移り変わった頃だった。一ヵ月前に報告した、カミルがまとっている謎の光の件だろう。

「結論から言うと、改めて行われたエクハルト隊員の検査では、ナデラスによってなんらかの悪影響

を与えられたという証拠は見つけられなかった」

机についたヴィルヘルムが、顔の前で手を組み淡々と告げた。密かに落胆しかけたシノブに、彼は「だが」と続ける。

「隣接する三国に、穢れによる昏睡にしては健康的な状態で、長く眠り続けているガイドはいないか……と尋ねたところ、十数名の該当者が見つかった。彼らはすべてこの六年の間に昏睡したらしい」

ヴィルヘルム曰く、ガイドたちが昏睡する状況はまちまちで、目立った共通点は見られないという。カミルのようにセンチネルを浄化している最中に意識を失った者もいれば、買い物中に突然倒れた者もいた。

近隣国を含めても、ガイドが国防組織に属することを努力義務としているのはフォグネス王国のみだ。今回の調査依頼を受けるまで、各国とも能力者の昏睡状況を正確には把握していなかったらしい。療養所ではなく、自宅で看護されている者もいる可能性を考えれば、さらに人数は増えるかもしれない。

「この三国はすべて、六年以内にナデラスの構成員に侵入されている。そして、ガイドの原因不明の昏睡が起こるようになったのは、奴らを撃退したあとからだ」

ヴィルヘルムの静かな言葉の端々《はしばし》には、抑えきれない熱が滲んでいた。シノブとイグナーツも思わず息を呑む。

「あくまでまだ推察の段階だが、もしナデラスの構成員が、なんらかの方法を用いてガイドを意図的に昏睡させているとしたら由々《ゆゆ》しき事態だ。その場合は近隣国と力を合わせ、本格的にナデラスの壊滅を目指す必要が出てくる。イグナーツには三国の療養所に赴《おもむ》き、眠り続けるガイドたちが例の光をまとっているかを確認してもらいたい」

各国を訪問する際は番であるシノブも同行すること、日程を調整したうえで後日改めて指令を出すということを告げ、ヴィルヘルムの報告は終了した。

一度は承諾したイグナーツだが、なにかを思い出した様子で「あっ」と声を漏らす。

「以前から申告していた、今週末の日付指定の非番についてはは問題ありませんか？」

「ああ、それは気にしなくていい。各国への訪問はどんなに早くても二週間ほどあとになる予定だ」

「王都を離れ、里帰りをする予定なのですが、警備状況についても大丈夫でしょうか」

「むしろちょうどいいんじゃないか？　ナデラスが攻めてくるとしたら、警備が厚い王都よりも、イグナーツの出身地のほうが可能性としては高い。なにかあったとしても、その場にいるイグナーツがすぐに対処できると考えれば我々としても安心だ」

ヴィルヘルムとの会話を、イグナーツの隣に立っているシノブはきょとんとしながら聞いていた。侵入場所に選びやすいということは、彼の出身地は国境付近の町なのだろうか。

ヴィルヘルムに感謝の言葉を述べ、イグナーツが執務室を立ち去ろうとする。シノブもそれに続こうとしたが、「シノブ、少しいいか」とヴィルヘルムに呼び止められた。

足を止めるシノブの後ろで、イグナーツが「あとでシノブの部屋に行くな」と潜めた声で告げ、一人で退室する。場の雰囲気を察し、自分が同席するべきではないと判断したのだろう。

一体なんの話だろう……と身構えていると、ヴィルヘルムがおもむろに腰を上げた。まっすぐシノブを見据えたのち、深く頭を下げる。

「六年前、私たちの到着が遅れたせいでエクハルト隊員を昏睡させてしまったことを、ずっと申し訳なく思っていた」

突然の事態にシノブはひどく混乱した。慌ててかぶりを振る。

「そんな、隊長が気に病《や》まれるようなことでは……！」

「いや、謝らせてほしい。第一飛行隊は他の隊を先導し、守るべきなのに、エクハルト隊員を含め多くの犠牲者を出してしまった。あの結果はすべて、当時第一飛行隊にいた我々の落ち度だと思っている。……それに、エクハルト隊員の一件を境にシノブが心を閉ざし、他の隊員を遠ざけるような言動をするようになっていたことを知りながらも、私は今までなにもできずにいた」

真摯な謝罪の言葉はどこか切々とした気配があった。ヴィルヘルムが深い後悔の念に苛まれていたことをシノブは初めて知る。

六年前の戦いが心のしこりとなっていたのは、自分だけではなかったのだ。

シノブはすっかり狼狽《ろうばい》し、腹の上で両手を重ねた。自分を落ち着かせるように親指の腹でもう一方の手の甲を撫で、躊躇いがちに口を開く。

「僕が……周囲への頼り方を知ろうとしなかっただけです。自分一人で背負えば誰も傷つけずに済むと思い込んでいました。差し伸べられた手を払いのければ、厚意を向けてくれた人をも傷つけるという、当たり前のことに気づけなかった。イグナーツに、教えてもらうまで」

照れながらも口にした名前に、「おや」といった調子でシノブをうかがったヴィルヘルムが、シノブをまじまじと観察したのち頰をゆるめる。

「最近のシノブは随分穏やかな表情を見せるようになったと思っていたが、イグナーツとの出会いが転機になっていたんだね。彼の特殊能力によって真実が見え、うまくいけばエクハルト隊員を救えるのではないかという希望の光も差した。なんだか運命的な巡り合わせを感じるね」

ヴィルヘルムはしみじみと語り、穏やかな微笑みを見せた。シノブも自然と目許を綻ばせる。

「本当に、得がたい出会いだったと思っています。六年前から停滞していた僕に、イグナーツは再び前を向く勇気を与えてくれた。僕にとって大切な、かけがえのない番です」

彼を第一飛行隊に配属してくれたヴィルヘルムには感謝してもしきれない。自分に新たな番が宛われたと知り、激昂《げっこう》していたのが嘘のように、シノブは素直な気持ちを伝えた。執務室に和《なご》やかな空気が満ちる。

話を終え、改めて退室しようとしたシノブに、ヴィルヘルムが「ああ、そうだ」と付け加えた。

「エクハルト隊員は、シノブの浄化を最後まで諦めなかった。六年前、戦場で意識を失った二人を見つけた際、エクハルト隊員もまたシノブを強く抱きしめる格好だったんだ」

「え？」

「シノブが一方的に彼を捕らえていたわけではないということさ。私もセンチネルだから、シノブがなにに対し絶望を感じたかは想像がつくけれど……エクハルト隊員は、穢れのせいでシノブの腕から逃げられなかったわけではなく、己の身を挺《てい》して兄を救うことを選んだんだ」

ごく自然な調子で語られた「兄」という言葉に、シノブは数秒遅れて瞠目した。ドアノブをつかんだまま硬直する。

「ご存じだったのですか……？」

「イグナーツの血液検査をしたときに、ちょっと不思議に思ってね。一人のセンチネルに、適合率が九割超えのガイドが二人も現れるなんてことは滅多にないだろう？　生き別れの兄なんてことがあってはならない……と思ってイグナーツの出自を調べ、それと一緒にシノブとエクハルト隊員についても調査させてもらった」

結果として、生き別れの兄弟だったのはシノブとカミルのほうだった。魂濁したシノブを、抱擁のみで浄化しようとした六年前のカミルの姿を思い出し、ヴィルヘルムは「本人も知っていたのではないか」と考えたのだという。

「すまない、勝手に君たちの事情を探るような真似をして」

眉尻を下げるヴィルヘルムに、シノブは神妙な面持ちで首を横に振った。

「いえ……黙っていたのは僕たちです。重大な規約違反だと知りながら、僕は弟と番になることを選びました。どんな処罰も受け入れるつもりです」

カミルと番だったときは「いつばれるのか」という恐怖でいっぱいだったが、いざその瞬間を迎えると、案外と落ち着いている自分がいる。抱え続けた秘密を手放したことで、肩の荷が下りた心地さえした。

他の隊への異動か、戦闘員から補佐官への配置換えか、はたまた不撓の両翼からの完全なる除名か。自分が去ったあとも、カミルの件は引き続き調査してもらえるはずだ。その点は心配していない。

ただ一つ心残りなのは、イグナーツのことだった。

(僕が第一飛行隊を去れば、彼は他のセンチネルと番になるのだろうか)

そうすれば、イグナーツは新しい番を守るため、自分以外に触れることになる。

イグナーツとともに過ごす中で、シノブは確かに彼からの愛情を感じていた。その気持ちは限りなく恋愛の意味での愛情に近い気がするが、本人から直接告げられたわけではない。

さらに言えば、たとえ本当にイグナーツから恋情を向けられていたとしても、上官から命令されれば他のセンチネルと番になることを拒めないはずだ。そうなれば、いくら恋心を抱く相手がいようと、番のセンチネルとの性行為は避けられない。ガイドの浄化なしでは、センチネルは日常生活を送ることさえままならないのだから。

イグナーツが自分以外の人間に触れる姿を想像するだけで、シノブは肺を押しつぶされるかのような息苦しさを覚えた。比翼ではない番はそういうものだと分かっているのに、膨れ上がった嫉妬心が暴れて胸が軋《きし》み、ヴィルヘルムの前で平静を保つのが難しくなる。

（こんなに苦しいのに、イグナーツがカミルに嫉妬する姿に浮かれていたなんて、僕は最低だ……）

きゅっと唇を結ぶシノブに、しかし、ヴィルヘルムはやわらかな微笑みを崩さなかった。

「私は偶然部下の出自を知っただけだ。番の件もきっと事情があったのだろうし、そもそもシノブとエクハルト隊員はすでに番を解消している。彼のことでシノブが十分苦しむ姿をこの目で見てきたのだから、血縁関係が発覚したこと自体は報告するが、今さら誰も君を処罰する気などないよ」

ヴィルヘルムの寛容な対応に心が震えた。すぐにでも感謝の念を伝えるべきなのに、言葉が詰まって出てこない。

目を潤ませるシノブに、ヴィルヘルムは茶目っ気たっぷりに肩を竦めてみせた。

「それに、万が一にでもシノブとの番を解消させられたら、イグナーツはシノブを攫ってまた身を隠してしまうだろう。なにせ、『第一飛行隊のアサギリ隊員の番にしてくださるなら、不撓の両翼に入隊します』……なんて、とんでもない条件つきで能力者だと申告してきた大物だからね」

S級ガイドと特A級センチネルを同時に失うのは、不撓の両翼にとって大きな痛手だと、ヴィルへルムは軽快な調子で語った。一方のシノブは、初めて耳にする話に戸惑うばかりだ。

「イグナーツが身を隠していたとか、申告時に僕を指名していたとか、どういうことですか？」

首を傾げるシノブに、ヴィルヘルムは「あれ？　知らなかったかい？」と頭を掻く。それから顎に指を添えて思案すると、やがて楽しげに口角を上げた。

「だとしたら、この先は本人から聞いたほうがいい。シノブの番は、あの軽やかな雰囲気からは想像もつかないほど情熱的で、それから泥くさい努力を重ねてきた人だよ」

そう締めくくるヴィルヘルムに、シノブは混乱するばかりだった。出会ったときからどこかつかみどころがない男だと感じていたが、どうやらイグナーツにはまだシノブが知らない一面があるらしい。

規律違反に対する寛大な処置について謝意を述べると、シノブは深々と頭を下げ、執務室をあとにした。イグナーツは自室に戻っていることだろう。普段は彼がシノブに会いに来てくれているので、たまには自分からイグナーツのもとを訪れよう……そう考えていた。

しかし、廊下の先で奇妙な動きをする隊員を見つけ、シノブは思わず足を止めた。

壁に貼りつくようにして、曲がり角の向こうをこそこそと確認しているのはフォルカーだった。隊服のスラックスにシャツだけをまとった格好で、落ち着きなく周囲を見回している。

その動きの中でシノブと視線がぶつかり、フォルカーは動揺を露わにした。右手を咄嗟に体の陰に隠すのがうかがえる。

「なにをしているんだ？　フォルカー」

「え？　いや、別に、なにも？」

シノブが近寄ると、フォルカーは露骨に目を泳がせた。

しばし彼の顔を見つめていたシノブは、さっとフォルカーの右側に上体を倒す。その動きに合わせ、フォルカーが右手に持っていたものを左手に移そうとするが、つかみ損ねて床に落としてしまう。

フォルカーが「げっ」と呻き声をあげる中、シノブはそれをすばやく拾い上げた。フォルカーが隠していたのは、医務室の処方薬だった。

「五感抑制剤じゃないか。抑感装具の調子が悪いのか？　それに、比翼持ちのフォルカーがどうしてクラウスではなく医務室を頼るんだ？」

医務室の処方薬であれば、比翼を持つ能力者であっても多少の効果はある。とはいえあくまで気休め程度で、比翼の浄化に比べると雲泥の差だ。

抑感装具の効果が薄れたのであれば、クラウスが身につけているものと交換すればいいし、溜まった穢れは彼に浄化してもらえばいい。風邪などの一般的な体調不良ならまだしも、能力者特有の不調で医務室を訪れる理由が分からなかった。

「……喧嘩したんだよ、クラウスと。だから抑感装具を新しいのに変えてほしいとか、浄化してほしいとか、そういうのをあいつに頼みづらくて」

観念した様子のフォルカーは、溜め息混じりに答えた。シノブの手から処方薬をぱっと取り上げる。

予想していなかった返答にシノブは目を丸くした。

「二人も喧嘩をするのか」

「当たり前だろ。比翼って言ったって、意見がぶつかることもある。浄化の効果が高いこと以外は他の番となにも変わらねえよ」

「それはそうかもしれないが……クラウスが怒る姿が想像できない。彼はいつも穏やかで優しい雰囲気なのに」

「あいつ、俺相手だと結構容赦ねえぞ。人前では聖人みたいな顔をしてるが、俺に対して気に食わないことがあると、二人きりになった瞬間目を吊り上げるからな。ただでさえ喧嘩中なのに、こっそり医務室に薬をもらいに行ったことがばれたら火に油だ……」

げんなりした様子でこぼすフォルカーに、シノブは肩を揺らして笑った。

この一ヵ月でシノブの笑顔にも随分慣れたフォルカーが、ふっと表情をゆるめる。

「シノブは、イグナーツと比翼になる気はないのか？」

周囲に人がいないことを確認してから、フォルカーは控えめな調子で尋ねてきた。中心街を散策していた際、通行人に比翼だと勘違いされていたことを思い出し、シノブは頬に熱を上らせる。

「な、なぜ……？」

「だってお前ら、相当仲いいだろ。イグナーツは全方位に愛想がいいように見せかけて実はシノブだけにべったりだし、イグナーツと一緒にいるときのシノブは心から安心しきった顔をしてる。端から見りゃ相思相愛の番って感じだ」

自覚がなかった一面を知らされ、シノブは頭から湯気が出そうなほど赤面した。鳩尾のあたりで手を合わせ、顔を俯ける。フォルカーが「お前でもそんな顔すんだなあ」とからかってくるので、ますます居たたまれなくなった。

（ああ、でも……そうか。比翼になれば、イグナーツと引き離される可能性はなくなるんだ）

規律違反による処罰を覚悟した際に過った、彼との番が解消されることへの不安。

結局、ヴィルヘルムの温情によってイグナーツとの番関係は継続となったが、組織に属している以上、再び同じ懸念《けねん》を抱くような事態が生じないとも限らない。

「フォルカーは、クラウスと比翼になったことで、浄化の効果以外になにか変化はあったか……？」

シノブは意を決して顔を上げ、おずおずと尋ねた。フォルカーは腕組みをしてしばし考えたのち、

「覚悟、かな」

と端的に答える。

「覚悟……」とオウム返しをしたのち、シノブは慎重に質問を重ねた。

「クラウスと合流できない場所で魂濁し、浄化を受けられないまま命を落とす覚悟……ということか？」

比翼のガイドと遠く離れている場合や、先に命を落としている場合、そのセンチネルに待ち受けているのは死しかない。この世でたった一人の、自分を蝕む穢れを浄化できる人がそばにいなければ、他には誰も助けることなどできないのだから。

けれどフォルカーは、ゆるく首を横に振る。

「そういう重責を、クラウスに背負わせる覚悟だよ」

静かな口調で告げられた台詞は、シノブの胸にずしんと重たく響いた。

フォルカーは、左手の置き場を求めるように首に当てると、斜め方向へ目をやり思案する様子を見せた。やがて深く吸い込んだ息を吐き出し、再び口を開く。

「比翼の契約なんてもんは、基本的にセンチネルばかりが不利な内容だ。比翼による強力な浄化を得ると、いくらでも能力を使えるようになるから、そのセンチネルはどんどん階級が上がっていく。そうなると自然と危険な任務に赴くことが増えて、比翼のガイドも必然的に危険な目に遭う可能性が上

がり、結果的に浄化が間に合わず共倒れ……なんてことになる」

一方、ガイドは契約を結んだセンチネル以外を浄化できなくなるが、むしろそれを利点と考える者もいた。比翼のセンチネルを亡くしたガイドは、ミュートと変わらなくなるため、不撓の両翼を辞《や》めることになる。そうすれば、あとは戦闘とは無縁の平穏な生活を送るばかりだ。

「だからといってガイドがなにも背負わないわけじゃない。自分の浄化が間に合わなかったせいで……と、センチネルよりも長い間ずっと、喪《うしな》った比翼に心を縛られることになる」

センチネルは肉体的な制約を、ガイドは精神的な制約を受ける、比翼という契約。それは決して恩恵などではなく、呪いに近いのだとフォルカーは語る。

ぼんやりと宙に視線を向けるフォルカーは、脳裏に誰かの顔を思い浮かべている様子だった。

「まあ、それでもさ。センチネルは自分の命を懸けてでも、ガイドは自分の生涯を捧げてでも、たった一人の相手にしか触れたくないし触れさせたくないって思っちまったんだから、そりゃ互いに覚悟を決めるしかねえよな」

自然な調子でそう締めくくったフォルカーは、シノブに視線を戻した途端、我に返った様子で固まった。かなり情熱的な台詞を口にしたと、今さらながら気づいたのだろう。

みるみるうちに赤面していく彼に、シノブも堪らず噴き出してしまう。

「それほど熱烈にクラウスを愛しているなら、さっさと仲直りをしたらどうだ？」

「……～～ッ、わ、分かってんだよそんなことは……！」

吼えるように返し、フォルカーは踵を返した。けれどすぐに足を止め、勢いよく振り返る。

「とにかく、お前らなら一度比翼になることについて検討してみるのも悪くないんじゃねえかってことだ！　じゃあな！　おやすみ！」

力いっぱい就寝《しゅうしん》の挨拶をして、フォルカーはずんずんと大股で曲がり角の先に消えた。その後ろ姿をぽかんとしたまま見送っていたシノブは、微笑ましい気持ちでいっぱいになる。

きっとフォルカーはまっすぐクラウスの部屋を目指すことだろう。彼に対し、自分がどれほど深い愛情を抱いているか再認識したはずだから。

（僕たちはどうなのだろう）

正直な気持ちとしては、イグナーツと比翼になれたら嬉しい。この六年間、誰にも素肌に触れさせなかったシノブが、唯一受け入れたガイドだ。深い信頼とともに、今は彼に対する思慕《しぼ》の念がある。たとえ命の危機に瀕《ひん》したとしても、もう彼以外のガイドに体を許す気にはなれない。

けれどイグナーツはどうだろう。「シノブの命」という重荷を、彼に背負わせてもよいのか。彼のことを愛しく思うからこそ、万が一の事態に陥ったとき、苦しい思いをしてほしくない。自分のように、罪悪感に囚《とら》われる人生を送ってほしくない……――。

「シノブ」

思い悩むシノブに声をかけてきたのは、自室にいるはずのイグナーツだった。フォルカーが消えた方向とは反対の曲がり角から顔を覗かせる。

シノブのもとへ近寄り、「なかなか来ないから迎えに来た」と微笑む彼は、普段よりもどこか遠慮がちな印象を受けた。

（もしかして、僕とフォルカーの会話を聞かれていた……？）

思い至った可能性にシノブは密かに焦りを覚える。シノブが自分を比翼に考えていると知り、彼はどんなふうに感じたのだろう。

正面に立ったイグナーツは、気まずさから視線を合わせられずにいるシノブをじっと見つめた。

「俺、シノブに言わなきゃいけないことがあるんだ」

慎重な口振りで切り出したイグナーツにドキッとする。恐る恐る目を上向けたシノブに、イグナーツは「あのな……」と話し始めた。


北東の町・スタティアは、エアデビズ王国とツェンガー王国に接している、いわゆる辺境地だ。その場所柄、異国の民と交流する機会が多く、フォグネス王国の中でも独自の民族性を持つ町とされていた。

王都に比べ、ひんやりと空気の冷たいスタティアを、シノブはコートの裾を揺らしながら歩いた。隣に並ぶイグナーツも同じ格好をしている。

今日と明日はイグナーツが申請した非番の日で、番であるシノブもそれに合わせて休みになっている。本来ならば隊服を着る必要がないのだが、イグナーツから「隊服で来てほしい」と頼まれたのだ。

——彼の生まれ故郷に。

「驚いたな。イグナーツがスタティアの生まれだったなんて」

木組みの家が並ぶ通りを、シノブはきょろきょろと見回しながら進む。鮮やかな色味の建物が多い王都とは違い、スタティアは焦げ茶やくすんだ橙色といった、落ち着いた暖色の住宅が大半だ。

しかし寂《さび》れた印象はない。道の左右に天幕を張って商売をする露天商が多く見られ、客の声にも張りがあり、町全体が活気に満ちていた。

ここはかつて、ナデラスに占拠《せんきょ》され数え切れないほどの建物が半壊状態にされたのだが、よくここまで復興したものだと思う。スタティアは、六年前に不撓の両翼とナデラスが対峙した町なのだ。

「言ってなかったからな。驚いたか？」

「ああ。それに、町の賑わいにも」

「この町の人はたくましいんだ、精神的にも物理的にも。異国の人の出入りが多い分、ナデラス以外にも強盗や侵略を目的にした輩《やから》が乗り込んでくることも少なくない。だから何度家を壊されてもめげずに再建するし、男女問わず小さい頃から身を守る術《すべ》を叩き込まれてるから、兵士の到着を待たず自分たちで暴漢をやっつけてしまうことも多くてさ」

久々に戻ってきた故郷に心が躍っているのだろう。イグナーツの声はいつも以上に溌剌《はつらつ》としていた。

その説明にシノブも納得する。

（新人なのにやたらと実戦慣れしているのが不思議だったが、イグナーツの人並み外れた体術は、この町で鍛《きた》えられたものだったのか）

日付指定で得た二日連続の非番の日に、里帰りに同行してほしい。イグナーツがそう伝えてきたのはフォルカーと話したあとのことだ。てっきり比翼についての話をされるものと思っていたシノブは拍子抜けしたが、同時に混乱もした。なぜ自分を故郷に連れて行こうと思ったのだろう、と。

それにしても……と、シノブは忙しなく動き回る人々を見ながら思う。

「祭りでもあるのか？　先ほどから、大量の花や酒を積んだ荷車がよく通るな」

「え……っと」

大したことはない質問なのに、イグナーツは言葉を詰まらせた。否定も肯定も得られないまま、シノブは彼の自宅へと連れて行かれる。

そこで目にした光景に絶句した。

「あっ、おかえりーお兄ちゃん！　よかったぁ、迷子になって式に間に合わなかったらどうしようかと思ってたよ」

奥の部屋で鏡の前に座り、中年女性によって髪を結《ゆ》われている年若い女性——イグナーツが「九歳下の妹のビアンカだ」と紹介した——は、純白の婚礼衣装をまとっていた。白い羽でできた髪飾りを橙色の髪に挿し、化粧を施された彼女は、イグナーツによく似た華やかな容姿をしてた。

彼の家族に挨拶をするべく微笑みを浮かべていたシノブは、その顔のまま硬直した。イグナーツの腕をガシッとつかむと、ビアンカに背中を向けさせる。

「なぜ妹さんの結婚式だと言わなかった!?」

怒る姿をビアンカに見られないよう、彼の陰に自分を隠し、潜めた声で叱責した。今の自分はとんでもない形相《ぎょうそう》をしているのだろう。イグナーツは明後日の方向へ目を向ける。

「いやぁ……いくら番って言っても、身内の結婚式にまで呼ぶのはさすがに重いかと……」

「なにも知らせずに参列させるほうが大問題だ！　心の準備以前に、なんの祝いの準備もせずに来てしまったじゃないか！」

「いいんだよ、そんなの気にしなくて」

「気にするだろう!!」

どうやら断られることを恐れ、「ただの里帰り」と偽っていたようだ。それで服装に隊服を指定したのか、と今になって察する。一応正装に当たるので、結婚式に参列してもおかしくはない。……事前に分かっていれば式典用の隊服で来たのだが。

部屋の入り口でイグナーツをなじっていると、髪を飾り終えたビアンカが軽快な足取りでやって来た。シノブは慌てて背筋を伸ばし、イグナーツの陰から姿を現す。

「申し遅れました。第一飛行隊でイグナーツさんの番を務めている、シノブ・アサギリと申します。このたびはご結婚、誠に……」

「やっぱり！　あなたがシノブさんなのね！」

シノブを目の前にしたビアンカが、きゃーっ！　と黄色い声をあげた。イグナーツによる浄化済みの抑感装具の効き目に、改めて感謝したくなるはしゃぎっぷりだ。

「とっても美人！　本当に美人！　お兄ちゃんから耳にたこができるくらい『綺麗な人だ』って聞かされてきたけど、こんなに美しかったのね！」

「え、あ……あの……」

「落ち着け、ビアンカ。せっかく結い上げてもらった髪が崩れるだろ」

ビアンカの勢いに気圧されていると、見かねたイグナーツが呆れ顔で妹を制止しようとした。しかしそんな兄に、ビアンカはむっとした様子を見せる。

「なに言ってるのよ、自慢したくて無理やり連れてきたって知ってるのよ。あっ、うふふ、シノブさんはなにも気にせず楽しんでいってくださいね！　お兄ちゃんが念願叶ってシノブさんの番になれたって聞いてたから、今日はこの町で一番いい宿を用意したんです。って言っても、王都の宿に比べたら全然大したことないと思うけど」

くるくると忙しなく表情を変えるビアンカは兄以上に強烈だ。シノブは「あ、ありがとうございます……？」と答えるのが精一杯で、気の利いた言葉が出てこない。イグナーツも手に負えないという様子で、額に手を当てうなだれている。

（あれ？　耳にたこができるくらい、ってどういうことだ……？）

ふと先ほどのビアンカの発言を思い出し、シノブは目を瞬かせた。イグナーツと知り合ってまだ三ヵ月と少ししか経っていないのに、それほど頻繁に妹へ手紙を送っていたのだろうか。最近はほとんどシノブの部屋で過ごしているが、羽根ペンを手に取る姿など目にしていない。

困惑するシノブを、ビアンカは目を輝かせて見つめている。顎に指を添えて全身を観察すると「そうねえ……」と思案する様子を見せた。

「今の隊服も素敵だけど、せっかく綺麗なお顔立ちなんだから、もっと素敵な服装で参列していただきたいわよね。それにお兄ちゃんも」

妙な方向に話が転がり始め、シノブとイグナーツは顔を見合わせる。ビアンカは悪巧みをするようにニヤリと口角を上げると、後ろに控えていた中年女性を振り返り、「ちょっと相談に乗ってくださる？」と楽しげに声をかけた。

スタティアで一番大きな酒場の前は、ちょっとした広場になっていた。祝いごとの際はそこに円卓と椅子を並べ、町全体で酒を酌《く》み交わすのが恒例らしい。

午後から始まったビアンカの結婚式は、和やかな雰囲気で執《と》り行われた。

夫となったのは一つ年上の商人で、これまでは故郷で父の商売を手伝っていたものの、一年前に独立しスタティアに自分の店を構えているらしい。素朴だが誠実な人柄に見え、ビアンカの隣で幸せそうにはにかむ姿が印象的だった。

夕方からはこうして酒場前に場所を変え、二人の新たな門出《かどで》を祝う宴《うたげ》が開かれている。参列者で賑わう広場の中央では焚《た》き火が燃えていた。広場の端に立ち、酒を取りに行ったイグナーツを待っていると、グラスを手にした数人の男がちらちらと視線を寄越してくる。

「おい、すごい美人がいるぞ」

「うちの町では見ない顔だよな。新郎側の客人か？」

「連れはいないのか？　誰か声をかけてみろよ」

酔いが回り始め、気が大きくなっているのだろう。囃《はや》し立てるような物言いに、シノブは居たたまれなくなる。隊服に身を包んでいれば堂々としていられるが、急遽《きゅうきょ》別の衣装に着替えさせられてしまったためどうにも心許ない。

詰め襟の白いシャツは、胸元に青色のブローチが飾られている。薄灰色のジャケットとスラックスは上品な光沢があり、裾や襟などに繊細《せんさい》な刺繍《ししゅう》が施されていた。

落ち着いた雰囲気ながら華がある衣装は、元々身につけていた抑感装具とも違和感なく馴染《なじ》んでいる。急遽呼ばれた貸衣装屋とビアンカの見立てにより、シノブは貴公子のごとく着飾らされていた。

右手で左肘をぎゅっとつかみ俯いていると、迷いなく近寄ってくる長い脚が視界の端に映り込んだ。恐る恐る顔を上げたシノブは、目の前に立った男にほっと肩の力を抜く。

「おかえり、イグナーツ」

「待たせて悪いな。入隊してから初めての帰省なもんで、どこを歩いても知り合いに捕まっちゃってさ」

両手に持ったグラスの中身は温めた葡萄酒《ぶどうしゅ》らしい。グラスからは白い湯気が上っていた。それを受け取ると同時に、イグナーツが耳元に顔を寄せてくる。

「周りに人が多いけど、体調はどうだ？」

耳朶《じだ》に唇が触れそうな距離で、囁くように尋ねてきた。「問題ない」と答えるシノブに、くすぐったくなるほど甘い笑みを見せる。

「それならよかった」

イグナーツは呼気を白く染め、シノブの目許に軽く口付けてから身を離した。一連のやりとりを見守っていた男たちが、「なんだ、イグナーツの恋人か」と落胆した様子で溜め息を漏らす。

彼らの反応に、イグナーツは露骨なほど満足げな顔をしていた。その単純な様子にシノブは笑みが抑えられない。

「牽制《けんせい》にしてはやり過ぎじゃないか？」

「ばれてたか」

ぺろりと舌を覗かせる姿は子供っぽいのだが、イグナーツもまた見目がいいせいで、女性からの熱い視線を集めている。隊服姿ですら人を惹きつけるのに、今日はその秀でた容姿をさらに引き立たせる衣装に身を包んでいるのだから仕方ない。

くすんだ緑を基調としたジャケットとベスト、スラックスは、イグナーツの長身を魅力的に見せる仕立てだ。質のいいシャツの首元を、白のアスコットタイで飾っている。全体的に形や色合いの美しさを活かした簡素な意匠なので、金色の装飾品で華やかさを足していた。

「今日のシノブはいつも以上に美人だから、悪い虫がつかないようにしないと」

シノブの隣に並んだイグナーツは、グラスを口許で傾けながら軽い調子で言った。からかわれているのかと思ったが、金色の双眸にはドキッとするほど熱がこもっていて、決して冗談ではないと気づかされる。

「イグナーツも……その、格好いい……と思う」

手の中のグラスに視線を落とし、シノブも訥々《とつとつ》と漏らした。他人を褒めることは別に苦手ではないものの、熱情を向けられることに慣れていないせいでうまく言葉が出てこない。

そんなシノブを無言で見つめたのち、イグナーツは静かに口を開く。

「格好よく見えているんだとしたら、それはシノブのおかげだよ。俺の代わりに衣装を選んでくれただろ。……もしかして、気づいていたのか？」

苦笑混じりに問われ、シノブはそっと顔を上げた。脳裏によみがえるのは、貸衣装屋が来てからのやりとりだ。

ビアンカがシノブに付きっきりで衣装を決める中、その後ろで、イグナーツもまたあれこれ衣装を宛われていた。ビアンカの婚礼準備を手伝っていた、隣の家に住む中年女性が、彼に似合いそうな衣装の候補をいくつか挙《あ》げてくれた。

しかしそこから一点に絞ることに難航していた。

『どれも似合うから迷っちゃうわねえ。イグナーツはどの服が一番気に入った？』

意見を聞かれ、咄嗟に返事ができずにいる彼を見て、シノブは思わず口を挟んでいた。

『緑色の衣装がいいと思いました。それに合わせたシャツや装飾品もイグナーツの髪と目の色に馴染む組み合わせなので』

その瞬間の、イグナーツのほっとしたような表情を覚えている。「番の言うことなら間違いないわね」とビアンカに冷やかされ、結局イグナーツはシノブが選んだ衣装を着ることになった。

「食堂で料理を選ぶときや、王都の中心街で買い物をしたときのような、なにかを自分で選ばなくてはならない場面で……イグナーツがさりげなく他の人に決めさせていることが気になっていたんだ。それで、もしかしたら自分のことを決めるのが苦手なんじゃないかと思った」

イグナーツは基本的に強い信念を持ち、臆《おく》せず自分の意見を伝えられる人だ。そんな彼の些細な苦手分野を、不思議議には思ったもののあまり気にしてこなかった。

誰にでも苦手なことはあるものだし、そもそもイグナーツは弁が立つので、彼からごく自然に選択権を譲られている事実に気づかない人のほうが多いだろう。

「だから衣装を選ぶとき、イグナーツが困っている気がしてつい口を出してしまった。嫌ではなかったか……？」

「まさか。シノブのおかげで助かったよ。任務では事例に基づいた判断で事足りていたし、普段は周囲の意見からそれとなく答えを導き出していたんだが……あの場で衣装選びが始まるなんて思っていなかったから、どれがいいか聞かれても言葉が出てこなかった」

気が抜けた様子でイグナーツが長い溜め息をつく。しばし考えるように口を噤んだのち、「少し俺の話をしてもいいか？」と切り出した。

「うちの両親は、父親が不撓の両翼に所属しているセンチネル、母親がガイドの番でさ。二人は基本的に宿樹で暮らしていて、俺はスタティアで母方の祖母に育てられた。両親が帰ってくるのは非番の日だけで、普段はほとんど会えなかったけど、不満はなかったんだ。不撓の両翼の隊員として王国を護る二人を、幼心に尊敬していたから」

自分もいつか能力が発現したら、不撓の両翼に入隊し飛行隊に所属したい。幼いイグナーツはそんなふうに考えていた。

しかしイグナーツが十一歳のとき、両親は帰らぬ人となった。任務中にセンチネルの父が魂濁し、彼を救おうとしたガイドの母も穢れに飲まれたことで、命を落としたのだ。

まだ二歳の妹と手を繋ぎ、両親の葬儀に列席した際、祖母は娘夫婦との別れに泣き崩れていた。そして幼い孫たちを抱きしめ、絞り出すような声で切々と語ったのだ。

『能力なんて発現しなければ幸せに生きていけたのに。どうかあなたたちは、ミュートのまま平和に暮らせますように……』

祖母の腕の中で、イグナーツは固く唇を結んだ。自分が胸に抱く思いは、遺《のこ》された祖母には決して言えないものだと気づいてしまったから。

両親がこの世を去ったあとも、イグナーツは彼らを誇りに思っていた。父は王国のために戦い、そんな父を母は守ろうとしたのだ。彼らは不撓の両翼の隊員として、番として、自分の役目をまっとうした。そう考えていた。

不撓の両翼に対する憧れを、祖母に打ち明けられないまま二年が過ぎた頃、イグナーツにガイドの力が発現した。ハクトウワシの霊獣と対面した際、イグナーツは唯一無二の親友を得たような喜びを覚えた。橙色の髪が、霊獣の頭部と同じ純白に変化していくのも嬉しかった。

けれどそのことを祖母に伝えると、彼女は激しい動揺を見せた。

『髪は染めて、極力人目につかないよう家の中で過ごしましょう。大丈夫。ガイドなら能力が発現したところでなんの苦しみもないのだから、黙っていればいいのよ』

祖母は青ざめた顔で早口に語った。けれどイグナーツは堪えきれず、とうとう己の本心を打ち明けてしまった。自分もガイドとして、センチネルの苦痛を取り除く仕事がしたい。王国のために戦うセンチネルを、自分が守ってあげたいのだと。

けれどイグナーツの言葉に、祖母はぼろぼろと大粒の涙を落とした。

『お願いよ、イグナーツ……。もうわたしから家族を奪わないで。あなたはこの家で、ビアンカを守る役目を果たしてちょうだい』

祖母の悲痛な訴えに、イグナーツは頬を張られるような衝撃を受けた。自分が口にした望みは、大切な家族を傷つけ、兄としての使命を放棄《ほうき》してしまうものだと責められた気がした。

その一件以降、イグナーツは本心に蓋《ふた》をし、家族のために生きようと決めた。幸いにも霊獣は己の意思で隠せたし、祖母の言うことを聞き、人目を引く純白の髪は定期的に橙色に染めた。

「そうやって、自分の望みから目を背け続けた弊害《へいがい》っていうのかな。気づいたら、どんなことに対しても自分の希望が頭に浮かばなくなってた。別に遠慮してるわけじゃない。好きなものや欲しいものを聞かれても、頭が真っ白になってなにも答えが出てこないんだ」

煌々《こうこう》と燃える焚き火を見つめ、イグナーツは静かに語る。彼の横顔は落ち着いていて、悲嘆している気配はなかった。自分の望みを押し殺す日々がすっかり定着し、その事実を嘆《なげ》くことすら忘れてしまったのかと思うと、シノブは胸が痛くて堪らなくなる。

遺された孫たちをなんとしてでも守りたいと願った祖母。家族のために自分の心の声を無視したイグナーツ。どちらも根底にあるのは優しさなのに、それが嚙み合わなかったもどかしさを思うと切なかった。

表情を曇らせるシノブを横目で確認し、イグナーツがふっと口許をゆるめる。「葡萄酒が冷めるぞ」と手の中のグラスをつつかれ、シノブもそれをちびちびと口に含んだ。葡萄酒はまろやかな味わいで、寒さと悲しみで冷えた体がゆっくりと温もっていく。

いつの間にかクニシュとアヤメが姿を見せていて、二羽とも焚き火の前で羽を休めていた。クニシュがアヤメの腹に嘴を擦り寄せると、アヤメは逡巡する様子を見せたのち、青色の翼を羽ばたかせた。そのままクニシュの頭に留まり、脚を隠すように座り込む。

比翼ではない番の霊獣同士が心を通わせるのは珍しい。微笑ましい光景にシノブが口許をゆるめると、イグナーツも安堵した様子を見せた。二羽の背中を眺めながらイグナーツは続ける。

「ガイドである事実を隠しながら生きるうちに七年が過ぎて、俺は二十歳になった。ナデラスの構成員が突然乗り込んできたのは、その年だった」

あまたの暴漢を返り討ちにしてきたスタティアの住民も、侵略による搾取《さくしゅ》を生業《なりわい》としている組織が相手では歯が立たない。勇敢に立ち向かった人々の多くは、ナデラスの容赦ない暴力によって重傷を負った。手の施しようがなく、命を落とす者も少なくなかった。

やがて領地を守る伯爵より兵士が送られ、スタティアは戦場と化した。戦闘慣れした兵士でも能力者が相手では守勢に立つしかないが、不撓の両翼が到着するまでの時間稼ぎはできる。恐怖と混乱に陥った町で、イグナーツは祖母と妹とともに、半壊した建物の中にじっと身を潜めていた。

いつナデラスの構成員に見つかるか分からない極度の緊張状態で、年老いた祖母とまだ十一歳の妹は、体力的にも精神的にも限界を迎えつつあった。せめて二人だけでも脱出させたい。そう考えたイグナーツは、とある計画を立てた。

能力者である自分は、クニシュと同化すれば空を飛ぶことができる。不撓の両翼が到着したら、そのどさくさに紛れて空を飛び、救護班のもとへ二人を届けようと考えたのだ。

ナデラスによる侵略を受けてから三日後、スタティアに到着した不撓の両翼が兵士に加勢し、戦いは一層激しさを増した。町をうろつく構成員が少なくなる瞬間を狙い、イグナーツは先にビアンカを連れてスタティアを脱出した。

町の外に構えていた救護班にビアンカを託すと、一度スタティアに戻り、今度は祖母を抱えて空を飛んだ。目的は無事遂《と》げられたが、イグナーツはそのまま自分も保護してもらう気にはなれなかった。

「スタティアにはまだ、構成員と戦っている大人がいる。恐怖に怯える子供がいる。住民全員が家族のようなこの町を、放っておくことができなかった」

ビアンカや祖母を脱出させたのと同じ方法で、町に残る人々を安全な場所まで運ぼう。そう考え、イグナーツは祖母の制止も聞かずスタティアに戻った。

そこを、ナデラスの構成員に襲撃された。イグナーツが町から飛び立つ姿を、どうやら彼らに目撃され飛行隊の一員だと認識されたらしい。

固い棒で背後から頭を殴打され、倒れ込んだところを殴る蹴るの暴行を受けた。彼らが立ち去る頃には、イグナーツは全身に大怪我を負い、身動きが取れなくなっていた。

「足や腕は折れていて歩ける状態じゃなかったし、額や口の中を切ったせいで血が出て、意識が朦朧《もうろう》としていた。ああ、このまま死ぬんだな……そう思った」

死への恐怖はなかった。祖母に言われたとおり、自分はきちんと家族を守りきった。むしろこの大怪我では、生き残ったところで日常に戻れるかも分からない。生活に支障が出て、祖母や妹に迷惑をかけるくらいなら、このまま両親のもとへ旅立つほうが賢明に思えた。

そんなふうに生きることを諦めかけた瞬間、一人の飛行隊員が声をかけてきた。

『大丈夫ですか!? すぐに救護隊を連れて来ます。それまでなんとか意識を保ってください！』

青と黒が混じった艶やかな髪を持つ彼は、自分よりずっと幼く見えた。成人しているかどうかも怪しい。けれど黒曜石《こくようせき》のように輝く瞳には、力強い闘志が宿っている。

こんなまっすぐな青年に迷惑をかけられない。イグナーツは力なく首を横に振った。

『俺は……もう、いい……生き残っ……ても、なんの、役にも……立てない』

ひどく殴られたせいで顔が腫れ、それだけ話すのがやっとだった。

しかしイグナーツの渾身の訴えを聞いた少年は、みるみるうちに眉を吊り上げた。イグナーツの肩をつかむと、透明感のある美貌を歪めて怒声を飛ばす。

『役に立てないからなんだというんだ！ あなたは大切な人が同じ状況になったら、役立たずだという理由で切り捨てるのか!? そうじゃないだろう！』

思いがけない力強さにイグナーツは虚をつかれた。返り血なのか、怪我を負ったのか、よく見ると少年もまた白い隊服を赤く染めている。けれど決して人生を投げ出そうとはしていない。

彼の凛とした眼差しに、イグナーツは目が離せなくなる。

『ただ生きてくれ。それだけでいい。あなたが生きていてくれるだけで幸せになる人が、この世界に絶対にいる』

その揺るぎない声に胸が震えた。

今初めて会った、イグナーツの事情などなにも知らない少年だ。けれど彼の言葉に、イグナーツは初めて自分の存在を認められた気がした。誰かの希望に沿う人生を歩まなくてもいいのだと、背中を押してもらった気がした。

間もなくして救護隊が到着し、少年は戦場へ戻っていった。その後、彼がどうなったのか分からない。確かなのは、不撓の両翼の活躍により、スタティアが自由を取り戻したことだ。

イグナーツは領地内の大きな診療所で治療を受け、家族に支えられながらゆっくりと元の生活に戻っていった。けれど一つだけ大きく変化したことがある。

イグナーツは、日常のなにげない瞬間に、自分を叱責してくれたあの少年を思い出すようになっていた。

（彼はどうしてるんだろう。無事に大人になり、今もどこかで元気にしていたらいいんだけど）

隊服についていた血は彼のものだったのだろうか。その後、傷はきちんと癒えたのだろうか。危険と隣り合わせの任務の中で、彼が安心できる瞬間はあるのだろうか……——。

少しずつ、けれど着実に思いが膨らんでいく中、ビアンカが十五歳を迎えた。孫の成人を見届けた祖母は、自分の役目を終えたとばかりに安らかに息を引き取った。

その頃にははっきりと、「もう一度彼に会いたい」「自分の手で彼を守りたい」と考えるようになっていた。己の欲求に蓋をして以降、イグナーツが自分のための願いを持つのは初めてだった。

悩んだ末、ビアンカに一連の出来事と今の心境を打ち明けると、彼女は『いいんじゃない？』とあっさりした調子で言った。

『お兄ちゃん、なんでもできそうに見えて結構不器用じゃない。こういうふうに生きなきゃいけないって一度決めると、例外を作れなくなっちゃうのよね。そうやってわたしたちのために、自分の夢を諦めてきたこと、分かってるから』

やんちゃで手がかかる子だと思っていた妹は、いつの間にかすっかり大人になり、兄の心の内を見抜いていた。

『お兄ちゃんが初めて、自分のためにしたいって思ったことが、その人を守ることなんでしょ？　もう十分わたしたちのために頑張って生きてくれたんだから、これからはお兄ちゃんのための人生を歩んでよ』

ビアンカの言葉に背中を押され、イグナーツは自分を救ってくれた少年について調べ始めた。国家機関の不撓の両翼は、官報を当たれば隊員たちのこともある程度知ることができた。

当時第二飛行隊に所属していた彼は、第一飛行隊へと異動になり、より危険な任務に就くようになっていた。特A級という上位階級のセンチネルでありながら、長らく番を持たず、今も片翼の状態で戦っているのだという。

ビアンカを支えてくれる恋人が現れ、彼との婚姻が決まると、イグナーツはすぐに自分が能力者であることを不撓の両翼に申告した。入隊前に行う血液検査の結果、S級という最高位のガイドだと判明し、高待遇を持ちかける補佐官に向かって告げたのだ。

――俺を第一飛行隊に配属してください。そこに、俺の番にしてほしいセンチネルがいます。彼の名前は……。

「……もう、その『少年』が誰かは分かるだろ？」

長い語りを終えたイグナーツが目許を綻ばせる。一方のシノブは、瞬きも忘れてイグナーツを見つめていた。動揺し、手が細かく震える。残り少なくなった葡萄酒の表面が小さく波打った。

「全然気づかなかった……。あのときの男性がイグナーツだったなんて」

研修生の隊服を着たイグナーツと、宿樹のそばにある丘で初めて会ったときのことを思い出す。初対面のはずなのに、彼は熱心にシノブの顔を見つめていた。きっとあの瞬間、記憶の中のシノブと照らし合わせていたのだろう。

「当時は髪色も違うし、顔なんかは腫れていたうえに血まみれだった。気づかなくて当然だ」

「ぼ、僕だって、とっくに成人していて『少年』なんて年じゃなかった」

「十八歳だったんだろ？　シノブに再会して、二歳しか変わらないと知って驚いたよ。でも心底安心した」

なぜ、と視線だけで問うシノブに、イグナーツが目を細める。注がれる視線は蜜のように甘く、シノブを搦《から》めとって離さない。

「だって困るだろ？　成人しているかも分からない人に一目惚れだなんて」

潜められた声は熱を孕んでいた。シノブは一拍遅れて頬を燃やす。深い愛情で包んでもらっているという自覚はあったが、はっきりと恋情を示されるのはこれが初めてだった。

「最初は単純に、再会できた喜びでいっぱいだった。シノブは精一杯強がっていたけど、本当はとても繊細な人だとすぐに分かった。シノブのことしか見てなかったから」

心身ともに擦り切れ、今にも倒れてしまいそうなのに、シノブは決して他人の手を取ろうとしない。その頑なさが気になり、放っておけなかったとイグナーツは語る。

「けれど一緒にいるうちに、シノブの愛情深さや純粋な一面がどんどん見えてきた。他人の弱さに気づけるのは、シノブがたくさん痛みを背負ってきたからなんだよな。強くて、優しくて、素直で……そういう俺だけが知る顔が増えていくたびに嬉しくなって、気づいたら夢中になってた」

イグナーツはいつの間にか、周囲の視線から隠すようにシノブの斜め前に立っていた。広場には多くの人が集まっているのに、美しい金色の目に映っているのは自分だけだ。そう思うと苦しくなるほど胸が高鳴っていく。

「シノブが好きだよ。六年前からずっと君だけを追いかけてきた。シノブに出会った瞬間から、俺の人生は君を守るためだけにあるんだ」

シノブの腰を抱き寄せ、イグナーツは囁くように告げた。

直球な言葉に全身が火照る。酔うほどの酒量じゃないのに、頭が茹《ゆ》だったように熱く、気を抜くとうっかり目眩を起こしてしまいそうだ。

(偶然じゃなかったんだ)

入隊直後は第二以下の飛行隊に配属されるはずの新人隊員が、いきなり第一飛行隊へやって来たこと。片翼だったシノブの番に選ばれたこと。それらはすべて、イグナーツの情熱によって仕組まれたものだった。

丘の上で遭遇したのも、シノブがあの丘に現れることを知ったうえで、イグナーツが通っていたのだとしたら辻褄《つじつま》が合う。ヨハンたちと中心街に出かけた際、イグナーツが何度も迷子になりながら、丸一ヵ月かけて丘への道順を覚えていたことを暴露《ばくろ》されていたが、そんな理由があったのか。

適合率の高さまでは本人も予想していなかったはずだが、彼の地道な努力によって起こった奇跡の一つなのかもしれない。

イグナーツは互いの額を合わせ、近距離から眼差しを寄越した。返事を求められているのだと悟る。シノブの反応を見れば、イグナーツをどう思っているかは聞くまでもないだろうに、それでもやはり言葉で知りたいのだろう。

シノブは震える唇を薄く開き、熱っぽい息を漏らすと、空いている手でイグナーツの胸に縋った。

「僕も、イグナーツが好きだ……」

羞恥で沸騰《ふっとう》しそうになりながらも、シノブは消え入りそうな声でようやく返した。

誠実で、要領がいいのに不器用で、自分だけをまっすぐ追いかけてきてくれた人。心と体をまるごと預けられる、シノブにとって唯一無二の愛しい番。

イグナーツは満足そうに「うん」と微笑み、唇を求めそっと顔を寄せてくる。

「人がたくさんいるのに」

胸に置いた手に力を込め、シノブは慌てて制止した。

「俺の陰になってるから、シノブの顔は見えないはずだ」

「でも、なにをしているかは分かるだろう」

普段の彼なら、そこまで言えばおとなしく身を引いたはずだ。頬に軽く口づけ、「じゃあ宿に戻ってから」と冗談めかして終わっただろう。飄々《ひょうひょう》としてつかみどころがないが、彼は基本的に紳士的な人だから。

けれど今夜のイグナーツは決して引き下がらなかった。

「いいよ。見せつけてやれ」

いつになく余裕のない物言いに、胸を鷲づかみにされたような心地になる。獲物を前にした猛禽類の、ぎらついた双眸に捕らえられたら、小さな鳥はその身を捧げるほかない。

この美しく、獰猛な鷲に求められているのが、どうしようもなく幸福なのだ。

「もう一秒も我慢できない。シノブと、恋愛の意味のキスがしたい」

熱情を隠しもしないイグナーツに、シノブは堪らず喉を鳴らした。腰を押さえる手は力強く、シノブを決して逃がさない。

彼の腕の中で、シノブはこくりと頷いた。その微かな動きを見逃さず、イグナーツがすかさず唇を重ねてくる。

広場に満ちる祝宴の音楽と、人々の話し声。そういったものが一瞬にして遠のいていく。人目に触れる場所にいるのに、イグナーツとキスをしていると、まるで二人きりになったかのような錯覚に陥る。

イグナーツの体温と、唇に残る葡萄酒の甘み、手の中で冷えていくグラス。それらを感じながら、シノブは一度拒んだことも忘れ、イグナーツの唇に溺れていた。


視界の端で、燭台《しょくだい》の火がゆらゆらと揺れている。薄く開けた目でそれをぼんやりと眺めながら、シノブは広いベッドの中央に仰向けになり、イグナーツと唇を重ねていた。

「ふ……っ、ぅ……んぅ」

情熱的な舌に口腔をねっとりと舐められ、シノブはくぐもった声を漏らす。深く嚙み合わせるキスが堪らなく気持ちいい。ガウン式の寝間着から覗く分厚い胸板はしっとりと湿っていて、シノブのはだけた胸と触れ合い、うっとりするような浄化の快感を生んだ。

ビアンカが用意してくれた部屋をろくに見ないまま、急いで湯浴みを済ませたのは正解だったと思う。品のある内装の部屋は、当然のごとくベッドが一台しかなかった。寝間着に着替えておかなければ、きっと明日の朝、貸衣装屋に衣装の買い取りを申し出る羽目になっていただろう。

シノブの濡れた唇を舌先でなぞりながら、イグナーツが熱を孕んだ吐息を漏らす。

「……シノブがずっと、前の番を忘れられずにいることに気づいてた」

両頬に大きな手が触れ、労《いたわ》るようにそっと肌を撫でてくる。その心地よさに目を細めながら、シノブはイグナーツの切なげな声を聞いていた。

「てっきりその番は元恋人だと思っていたから、シノブが俺のことを見てくれるまで、溺れるくらい甘やかして、可愛がって気持ちよくして……俺のことしか考えられなくさせるつもりだった」

「意外と重いな、イグナーツは」

もはや執心《しゅうしん》を隠そうとしないイグナーツに、思わずふふっと笑ってしまう。

その反応にイグナーツは拗ねた調子で眉を寄せ、子犬のように下唇を甘噛みしてくる。

「重いよ。六年越しだって言ってるだろ。この綺麗で勇ましいセンチネルと出会ってから、俺はシノブのことしか考えてこなかった」

ゆるゆるとシノブの口腔に舌先を出し入れさせ、粘膜をくすぐりながら、中指で耳朶をくすぐる。そのたびに抑感装具がカシャ……と音を立てた。淡い刺激なのにぞくぞくと体の芯が痺れ、シノブは「あ……」とあえかな声を漏らす。

このまま行為が始まるのかと思いきや、予想外にイグナーツがわずかに身を引いた。ベッドに肘をついてシノブを見下ろし、思案する様子で唇を引き結ぶ。

「イグナーツ……？」

「なあ、もう一度確認したいんだけど、シノブが番になったのは俺とカミルくんだけなんだよな？」

改まった口振りで問われ、シノブはぱちぱちと目を瞬かせた。

「そうだ」

「そのカミルくんとは、健全な方法での浄化しかしてないんだろ？」

「ああ。手を握ったり、服を着たまま抱擁するくらいの、家族としての触れ合いだけだ」

「じゃあ……その、誰かと恋愛をしたことは……？」

慎重に質問を重ねるイグナーツに、シノブは一拍ののち赤面した。彼の言わんとすることを察し、居たたまれなさに視線を泳がせる。

「元々社交的な性格ではないし、成人してからすぐに研修施設に入って、そこからはカミルと一緒だったから……誰とも……。お、おかしいか……？　この年までなにも経験がない、というのは」

イグナーツの胸元に縋り、シノブは消え入りそうな声で答えた。目だけを上向けておずおずとうかがうと、イグナーツが喉仏を上下させごくりと音を鳴らす。照れが伝播《でんぱ》したのか、その頬は赤らんでいた。

「おかしくない。むしろ嬉しくてしょうがない。……でも、ちょっと待てよ。なにも経験がないってことは、もしかして、シノブの初めてのキスは……俺が入隊初日にした、あの……？」

とんでもないことに気づいてしまったかのような、愕然とした表情。その反応に戸惑いつつも、シノブはこくりと頷いた。隠しておく必要がない。本当のことだ。

しかしイグナーツは額を手で押さえると、シノブの上で分かりやすく肩を落とした。「ぐう」とか

「ううっ」とか、苦しみに悶えるような呻き声を漏らす。

「あの……？」

「お、俺はなんてもったいないことを……っ」

「どうしたんだ、イグナーツ」

「確かにあのときはまだ恋愛の意味で惚れていたわけじゃなかったし、シノブもそういう行為に慣れてるものだと思っていたけど……それにしたってあれはない。あんな、強引で情緒《じょうちょ》もなにもないキス……」

どうやら過去の行為を悔やんでいるらしい。あまりの落ち込み具合に、シノブは純白の髪にぽんと手を置く。まるで大きな犬を触っているような心地だ。

「僕は別に気にしていない。不撓の両翼の隊員なら、皆そうだろう？　最初の番がカミルだったために経験がないだけで、他の隊員と組んでいたら、もっと早くそういう行為をしていたはずだ」

「だから余計に自分が許せないんだよ……。ああ、くそ……最初から全部やり直したい」

励ましたつもりが、イグナーツはさらに鬱々《うつうつ》とした空気を放つ。シノブは逡巡ののち、彼の頬に手を伸ばした。両手で包んで引き寄せ、頬や鼻先に何度もキスをする。イグナーツがいつも、シノブを甘やかすためにする行為だ。

呆気に取られるイグナーツを至近距離で見つめ、シノブはふふっと笑い声を漏らした。

「相手がイグナーツなのだからそれでいい。この先もすべて、イグナーツが教えてくれ」

キスや性行為に夢を見ていたわけではないが、能力者だと分かったときから、ミュートのような恋愛はできないものだと思っていた。それなのに、己のすべてを愛する人に捧げられるなんて、自分はなんと幸運なのだろう。温かな気持ちが胸を満たし、シノブは自然と表情を綻ばせる。

イグナーツは込み上げる感情を堪えるように唇を引き結ぶと、背中とベッドの間に腕を差し入れてきた。きつく抱き竦められ、体が密着する。

シノブからも抱き返し、彼の体温を全身で味わった。筋肉の隆起、頬に触れる首筋の感触、絡み合う足。そのなにもかもが心地いい。

「大事にする」

噛みしめるような宣言が耳元で漏れ、シノブも嬉しくなって広い肩に頭を擦り寄せた。

「そうしてくれ。すべてあなたのものだ」

自然とこぼれた言葉に、イグナーツがぴくりと身を揺らす。そっとシノブの肩を押して抱擁を解くと、静かに顔を寄せてきた。シノブもまぶたを伏せて彼の唇を受け入れる。

イグナーツのキスは優しかった。労り、慈しむような口付けに、身も心も解けていく。きっとこれが、イグナーツがシノブにしたかった「初めてのキス」なのだろう。

割れ目から舌を差し入れ、ゆったりと口腔の粘膜を愛撫《あいぶ》しながら、イグナーツはシノブの体に手を這わせる。寝間着の上から肩を撫でられ、脇腹をたどられ、臀部をさすられて、シノブはぴくぴくと身を震わせた。

左の膝を立てると、寝間着の裾が捲《まく》れ、白い太股が露わになった。イグナーツがすかさずそこに手を移して、素肌の感触を味わうようにゆっくりと撫でていく。

「あ……っ……」

シノブが堪らず喉を反らすと同時に、イグナーツが体の位置をずらし、首筋に吸いついた。ぴりっとした痛みが走り、跡を残されたのだと悟る。シャツのボタンを上まで留めて、ようやく隠せるかどうかといった場所。本当に、余裕綽々に見せかけて独占欲の強い男だ。

シノブの体をまさぐる手は徐々に大胆になっていき、寝間着をはだけさせていく。合わせ目を開き、その内側に侵入してきたイグナーツは、慌ただしい動作で腹や胸を撫で回した。胸の上で主張する小さな突起を摘み、人差し指と親指の腹で擦りながら、内股の間に太股を割り込ませる。

首筋に舌を這わせ、乳首を指で捏ね回し、兆《きざ》した性器を脚で刺激していく。愛撫は性急で、彼の興奮がありありと表れていた。欲情を向けられることにシノブもまた昂《たか》ぶっていく。

「ぁ、あ……っ」

「気持ちいいか……？」

「んっ……きもちい、い」

浄化酔いはどうやら、初めての行為に反応して起こるらしく、ナデラスの構成員と戦ったあとのように惑乱することはない。その分、イグナーツの舌や手の感触をしっかりと味わうことができた。

訳が分からないまま乱されるのではなく、体の奥底からじんわり湧き上がってくる官能に、シノブは吐息を濡らす。全身が火照り、肌が湿って、彼と結ばれるための体になっていく。

イグナーツは胸や腹に口付けながら後退し、ちゅっと音を立てて臍《へそ》に吸いついた。辛うじてシノブの腰にまとわりついていた紐を解き、寝間着の前を完全に開く。

両方の膝を立てさせると、太股に腕を絡めるようにして抱き、内股をきつく吸って跡を残した。赤い執着の印《しるし》があちこちに咲き、シノブは興奮で息を乱す。

太股の間で勃起し、ぷるぷると震えるシノブの中心を、イグナーツは無言で見下ろした。餌《えさ》を前にした狼のように舌舐めずりをすると、躊躇なくそれを口に含む。

「ひあぁ……っ！」

ぐぷぷ……とイグナーツの口腔に飲み込まれ、シノブは堪らず背中をしならせた。肉厚な舌が蠢《うごめ》いて張り出た部分に絡みつき、敏感な場所を舐め回す。かと思えば頭を大きく動かし、口腔の粘膜を使って固い幹を擦るので、予測できない動きに翻弄《ほんろう》されてしまう。

なにより恐ろしいのは、性的な快感とともに、浄化の快感が奔流《ほんりゅう》となって体の内側を暴れ狂うことだった。手による愛撫は一度してもらったが、口淫《こういん》を施されるのは初めてだ。未経験の行為に弱い無垢《むく》な体は、媚薬《びやく》に侵《おか》されたように敏感になり、イグナーツの舌の動きに大袈裟なほど反応してしまう。

「あ、ぁうっ……やぁ、やだぁっ」

腰を引いて逃げようとするものの、太股をしっかり固定したイグナーツがそれを許してくれない。

「んん？」という低い声が張りつめた欲望にびりびりと響き、その些細な刺激にまた感じた。

「ぁんっ、あっ……せ、せっかく、ゆっくり気持ちよくなってたのにぃ……っ」

純白の髪に指を差し入れ、彼を引き剝がそうとするが、手に力が入らずうまくいかない。手だけでなく、全身から力が抜け、頭の天辺から足の先まで蕩けてしまう。

体を細かく震わせて悦《よ》がるシノブを見つめ、イグナーツが口腔から性器を出す。唾液と先走りでどろどろになったそれをゆるく手で扱きながら、根元から先端までを舌先でなぞっていく。

「ゆっくりでもそうじゃなくても、好きなだけ気持ちよくなればいいだろ。どっちにしろ、今夜はめちゃくちゃに溺れさせるつもりでいるんだから」

イグナーツはなにやら不穏なことを言い、じゅっと音を立てて先端を吸う。それでまた理性が溶けて、シノブは「ひぅっ」とあられもない声をあげた。過ぎる快感を持て余し、哀れに震える中心が、再びイグナーツの唇の奥へ埋められていく。

彼の口淫は濃密で執拗《しつよう》だった。シノブの雄にたっぷりと唾液をまとわせて舐めしゃぶり、余すところなく味わい尽くす。それでいて決定打は与えない。シノブが込み上げる射精感に腰を浮かすと、舌先でちろちろと鈴口をくすぐるだけの微かな刺激に切り替えるのだ。

「も、もう、出したいっ……も、いじわるしないで……っ」

長く続く快感にシノブは悶え、視界を涙で潤ませて訴えた。その反応に満足したのか、イグナーツは口角を上げ、「分かった」とシノブを深く飲み込む。

根元を手で扱かれ、じゅぷじゅぷと淫猥な音を立てながら口腔の粘膜で雁首《かりくび》を刺激された。絶頂に導くための動きに、シノブはシーツに指を絡めて身を引き絞る。毎日の添い寝のおかげで随分と薄くなっていた穢れが、射精感とともに一気に精路を駆け上がり、強烈な快感となって体を苛んだ。

「くぅっ、……っ、あ、ぁあッ……！」

爪先に力を込めて腰を浮かせ、シノブは鈴口から精をあふれさせた。

シノブの臀部を両手で揉みしだきながら、イグナーツはそれをすべて口で受け止める。残滓《ざんし》まで吸い上げられるせいで絶頂の余韻《よいん》が長引き、くらくらと目眩がした。

ようやく上体を起こしたイグナーツは、シノブの精を飲み下すと、濡れた唇を手の甲で拭った。四肢を投げ出してぐったりするシノブを見下ろし、脚を左右に開かせる。

ふー……と長い息を吐くと、彼は自身の寝間着を脱ぎ捨てた。外で触れ合ったときに目にした、たくましくて色香にあふれた体が、一糸まとわぬ状態で晒される。その下腹部では、長大な雄が勇ましく上を向いていた。

肌を薄紅色に染め、胸を上下させるシノブを眺めながら、イグナーツは自らを扱き始めた。

「は……ッ……」

自慰《じい》の快感で息を乱しながら、血管が浮き出た欲望を大きな手で擦っていく。彼のぎらついた目が自分に向けられているのを察し、シノブは込み上げる官能に身を震わせた。

滴るような雄の色香と、欲情した表情、固く勃起した中心……。そのなにもかもがシノブを煽り、精を放ったはずの下腹がずくりと疼《うず》いた。

やがてイグナーツは低い呻き声とともに射精した。白濁した体液がシノブの下肢を汚す。

顔の横に手をつき、肩を揺らして絶頂の余韻に浸るイグナーツを、シノブは無言で見上げていた。

今夜はこれでおしまいだろうか。なんとなく寂しい気持ちになり、イグナーツの手首に指を絡める。

「挿《い》れてくれないのか……？」

すりすりと彼の手に頬を寄せて甘えると、額に汗を浮かべたイグナーツがふっと笑みをこぼした。

「挿れるよ」

長い指がシノブの髪に触れ、梳《す》くように撫でていく。心地よさにうっとりしていると、イグナーツが上体を倒し、頬に口付けてきた。

「ガイドとしての俺は、番のセンチネルが受け入れてくれるまでいくらでも我慢できる。だけど男としての俺は、シノブを抱きたくてこれ以上我慢できない」

優しい仕草とは対照的に、熱のこもった言葉の端々には隠しきれない情欲が滲んでいる。これが彼の本質なのだろう。心に決めた人を追い求める一途な情熱が、炎となって薪《まき》を燃やし、彼を突き動かしている。

そう思うと、切なく甘い気持ちがあふれ、シノブの胸をきゅうっと締め上げた。

「医務室の常駐ガイドに聞いたんだ。ガイドがセンチネルを抱く場合、潤滑剤《じゅんかつざい》はなにを使うべきかって」

おもむろに体を後退させたイグナーツが、下腹部に手を伸ばしてきた。先ほど吐いた自身の精を指に絡めると、その手をシノブの後ろに回す。

触れられたのは固く閉ざした蕾《つぼみ》だ。まだ誰も受け入れたことのないシノブの秘所。そこの襞《ひだ》を伸ばすようにしながら、イグナーツは白濁を塗り込めるように指を擦りつけていく。

すると、まるで温感効果のある薬のように、彼の精に触れた部分がじわっと熱を持った。

「あ……」

「一番いいのはガイドの体液らしい。粘膜からの体液摂取が、浄化の中で一番効果が高いからな。穢れが消える快感で、センチネルの体も解れていく」

シノブの場合、特に効果的かもな。と付け加えて、イグナーツは中へ指を差し入れた。くぷぷっ……と音を立て、長い指がシノブの中を突き進んでいく。触れた場所を蕩けさせる、媚薬に似た液体をまとって。

「あぁァッ！」

やわらかな粘膜を擦られ、シノブはびくっと腰を跳ねさせた。初めて味わう感覚に脳が痺れる。それが強すぎる快感だと悟り、シノブは混乱した。

いくら能力者といっても、体は一般的な男のものだ。後孔《こうこう》へ挿入する際は潤滑剤を使ってきちんと馴らし、苦痛を軽減させなければならない。研修生のとき、座学でそう教わった。

それなのにシノブの胎内《たいない》は、侵入してきた指を拒むどころか、絡むように吸いついて受け入れている。指の腹でぐっと肉壁を押され、ゆるやかな動きで出し入れされるたびに、甘怠い疼きが腰に広がって堪らなくなるのだ。

「あうぅ……、あ、ぁっ、あ」

「つらいわけじゃなさそうだな？」

恍惚《こうこつ》の表情を浮かべるシノブに、イグナーツがどこか楽しげな調子で言った。悦すぎてつらい、と抗議したいのに、口を開けば意味をなさない声しか出てこない。特に腹側にあるしこりのような部分を刺激されると、下肢がぐずぐずに溶けてしまいそうな感覚に陥った。

途中で指を抜いて白濁を掬《すく》い取り、再び挿入して中へ塗り込める。それを繰り返しながら、二本、三本とイグナーツは指を足していった。痛みはなく、ただずっと気持ちよかった。シノブは半開きになった口の端から唾液を垂らしながら、発情期の猫のように喘ぎ続ける。

太股の間で、シノブの中心は再び勃起していた。反り返った茎の先端から透明な蜜があふれ、己の腹をしとどに濡らしていく。

差し入れた指を三方向に開き、広がり具合を確かめたイグナーツは、「そろそろいいか」とつぶやいた。指を引き抜かれると、孔《あな》が物欲しげにひくつくのがシノブにも分かった。

イグナーツは枕を手に取ると、シノブの腰の下に置いた。体の位置を調整し、固くなった雄を蕾に宛う。シノブの痴態《ちたい》に煽られたらしく、一度射精したイグナーツのそれも再び力を漲らせていた。

「挿れるぞ。いいか？」

両手でシノブの腰をつかんだまま確認され、シノブは熱に浮かされたままこくりと頷く。

正直に言えば怖かった。貫かれる苦痛ではなく、身を苛むであろう強烈な快感に恐れをなした。指だけでもひどく乱れたのに、彼のもので中を埋められたら、自分は一体どうなってしまうのだろう。

そうやって怯える一方で、浅ましく期待している自分もいた。イグナーツのもので早く埋めてほしい。彼と繋がりたくて仕方がない。

「我慢できないのは、僕も同じだ……」

震える声でそれだけ訴えると、シノブはイグナーツの手首をつかんで先をねだった。

イグナーツはごくりと喉を鳴らし、腰を押しつけてくる。ぬかるんだ孔が丸い先端を飲み込み、彼が侵入してくるのが分かった。

「あ……っ、ぁ」

雄々《おお》しい怒張《どちょう》が、ゆっくりとシノブの内壁を拓《ひら》いていく。イグナーツの精を塗られた媚肉は、いやらしく蠢いて彼を奥へと誘い込んだ。その太い幹に浮き出た血管の、脈打つ動きまで感じ取り、シノブは声も出せず愉悦に浸る。

それまで慎重に腰を進めていたイグナーツが、すべてを埋め込む瞬間、ずんっと力強く奥を突いた。

途端に、内側から体を炙《あぶ》っていた熱がシノブの中で弾けた。

「……——ッ！」

爪先から頭頂まで一気に快感が駆ける。胎《はら》の中が切なくて堪らなくなり、シノブは背中をびくびくと震わせた。内壁が蠕動《ぜんどう》するのが分かり、イグナーツが奥歯を噛みしめるのが見て取れる。

一瞬でシノブを飲み込んだ絶頂は、一度では終わらなかった。イグナーツを咥《くわ》えた場所から湧き出た快楽は、間を置かず二度目の波を生む。内股を痙攣《けいれん》させながらシノブは立て続けに達した。

「ぁ……、っは……う、ぁ」

自分で性器を擦るだけでは得られない、深すぎる快感。全身を汗で湿らせ、シノブははくはくと口を開閉させる。繋がったままシノブを見下ろしていたイグナーツが、「すごいな……」と感嘆の声を漏らした。

「初めてなのに、中だけで達したのか」

その言葉に、シノブは虚《うつ》ろな目で己の下肢を見た。あれほど強烈な絶頂を迎えたのに、シノブの中心はいまだ固く勃起したままで、先端から先走りを垂らしている。

経験がないのにもかかわらず、触れられるだけでひどく乱れ、後ろで簡単に快楽を得る体。あまりに淫らな自分が恥ずかしいやら情けないやらで、堪える間もなく視界が潤んでいく。

「シノブ」

ぽろぽろと涙を落とすシノブの頬を、イグナーツが両手で包む。彼の上体が傾いたために結合部に圧がかかり、シノブは「あっ」と声を漏らした。慰めてくれるためだと分かっているのに、己の浅ましさが嫌になる。

「どうした？　痛かったか？」

涙を拭ってくれる手は優しく、労りに満ちていた。劣情にまみれていたはずの双眸には、今は心配の色しか見えない。彼の愛情が胸に深く染みて、シノブは余計に涙が止まらなくなる。

――失いたくない。

「嫌わないで……」

「え？」

絞り出した細い声に、イグナーツが困惑を露わにした。

「イグナーツが好きになってくれた、凛《りん》とした僕じゃなくても……どうか、嫌わないで。イグナーツのことが大好きなんだ。……嫌われたら生きていけない」

心の奥底から湧き上がる切々とした訴え。その言葉にイグナーツが瞠目する。

激情を堪えるように顔を歪め、彼は力強くシノブを抱きしめた。背中に腕が食い込み、裸の体が深く密着する。シノブも彼を抱き返し、首筋に頬を寄せてまぶたを伏せた。

「嫌うわけないだろ。どんなシノブだって愛しくて仕方ない」

熱のこもった台詞がじんと胸に染みる。互いの体温を確かめるようにしばし無言で抱き合ったのち、どちらからともなく唇を重ねた。深く噛み合わせるキスだが、荒々しさはない。舌を絡め、歯列をたどり、口腔の粘膜を探りながら、純粋に相手を求め合った。

「俺が全部こうしたんだ」

吐息が混じる距離で、イグナーツが囁く。

「俺にだけ乱れてくれる可愛い体に、俺が作り替えた。だからシノブはなにも気にしなくていい。俺に触れられていやらしい気持ちになるのも、初めての行為でたくさん感じるのも、全部俺がそうさせたんだよ。……そういう顔を、もっと見せてほしいと思ったから」

すべてを受け入れてくれるイグナーツの濃密な愛情に、シノブはぐずぐずに蕩けていく。安堵から体が弛緩《しかん》したのを察し、イグナーツはおもむろに腰を揺らし始めた。

様子をうかがうような小刻みな動きから、やがて律動は大きくなっていく。

「あっ、あぁっ、はあぁっ」

イグナーツの腕の中で身をしならせ、シノブは切なく喘いだ。長大な肉杭で熟れた内壁を擦られるのが堪らなく気持ちいい。長年かけて溜め込んでいた穢れが、イグナーツのそれで穿《うが》たれるたびに快感を生み、浄化されていくのが分かる。

「好きだ。愛してる、シノブ」

夢中で腰を打ちつけながら、イグナーツは感情を抑えきれない様子で何度も愛を囁いた。

「……本当に全部、俺のものにできたらいいのに」

やり場のない独占欲を持て余すように、イグナーツは苦しげに眉を寄せ、シノブの体を貪《むさぼ》り続けていた。


東の空から差し込む朝の光が清々しい。

貸衣装屋に衣装を返却したシノブとイグナーツは、王都へ飛び立つ前にビアンカの家を訪ねていた。

玄関先に立ったビアンカは、隣り合う二人を前に明るい笑顔を見せる。

「お兄ちゃんもシノブさんも、また元気な姿を見せに来てね。お兄ちゃんは一人で来たら駄目よ？すぐ迷子になっちゃうんだから」

「分かってるよ。お前は俺のこと何歳だと思ってるんだ」

「一人で帰省もできない二十六歳児でしょ」

げんなりした顔のイグナーツに、ビアンカがすかさず突っ込む。兄妹の軽快なやりとりがおかしくて、シノブは肩を揺らして笑った。そんなシノブの姿を、ビアンカがまぶしいものを前にしたような表情で見つめる。

ビアンカは深く息を吸い込むと、シノブに向かって丁寧に頭を下げた。

「器用そうに見えて実際は手のかかる兄ですが、どうぞよろしくお願いします。シノブさんのことを一途に追いかけていたのを知ってたから、憧れの人と番になれたって分かって、妹として本当に嬉しく思ってるの」

兄想いの妹の、健気《けなげ》な言葉が胸を打つ。照れくさそうにしているイグナーツを横目で見つつ、シノブも力強く頷いた。

「僕もイグナーツと出会えてよかったと思っています。ビアンカさんのことも家族のように思っているので、次こそはなにか気の利いた手土産《てみやげ》を持って会いに来ますね」

湧き上がった言葉をそのまま口にしただけの、飾り気のない台詞だ。それなのにビアンカは、思いがけない返答だとばかりに目を丸くした。ぽっと染まった頬に手を当て、「まあ」と声を漏らす。

「シノブさんは、綺麗なだけじゃなくて可愛さまで備えているのね。結婚していてよかったわ。うっかり兄の恋敵《こいがたき》になるところだった」

「おい」

今度はイグナーツがすかさず嚙みついた。ビアンカは涼しい顔で「冗談よ」と肩を竦める。シノブはイグナーツの手のひらで転がされがちなのに、その兄の上を行くなんてとんでもない妹だ。

「素の状態のシノブはかなりの人たらしだからな……洒落《しゃれ》にならない」

「そんなことはないだろう」

「あら、自覚がないのね。これはお兄ちゃんも大変だわ」

ビアンカの反応にシノブが「えっ」と戸惑いの声をあげると、人懐こい兄妹は楽しげに笑った。

イグナーツとともにスタティアをあとにし、王都へ向かって飛んでいく。青色の翼を広げて悠々と空を進むシノブに、隣を飛ぶイグナーツが気遣わしげな視線を寄越した。

「体は平気か？　早めに出てきたから、もう少しゆっくり飛んでも平気だぞ」

心配される理由が分からずシノブは目を瞬かせるが、直後にカアッと頬に熱を上らせた。昨夜、ベッドの上で散々乱された件について語っているのだろう。

確かに一般的な性行為なら、あれほど激しく睦み合えば体に負担がかかるのかもしれない。ようやく情事を終えたあとは、シノブも指一本動かせない状態だったため、イグナーツが体を清めてくれた。

しかし一晩経った今は事情が違う。

「平気だ。むしろ調子がよくて驚いている。六年分の穢れがすべて浄化されたおかげで、かつてないほど体調がいいんだ。……少し恥ずかしいけれど」

赤らんだ顔を隠すべく、シノブは両手で鼻と口を覆い、こもった声でもごもごと告げた。

適合率が九割超えという驚異の相性を誇るガイドと、最も浄化効率のいい性行為をし、彼の腕に抱かれてぐっすり眠った。それによって全快したシノブは、今や完全に五感を制御することができている。耳を掠《かす》める風の音も、雲の間から差す朝日も、今は心地よいばかりだった。

「それならよかった。今後はきっと不調知らずだな。穢れが溜まってるかどうかにかかわらず、頻繁にシノブを押し倒すつもりだから」

上機嫌でとんでもない宣言をするイグナーツに、シノブは「勘弁してくれ」と額を押さえた。この甘やかし上手な番のせいで、いつまで経っても顔の熱が引かない。

そんな冗談めかしたやりとりの中で、ふと、昨夜の記憶がよみがえる。

——本当に全部、俺のものにできたらいいのに。

たくましい腕でシノブを掻き抱き、イグナーツは切なげに言った。

情事の最中は理性が飛んでいて、その意味を深く考えなかった。けれど冷静さを取り戻した今では、あれはイグナーツが心の奥底に隠している不安の表れなのではないか、と思い始めていた。

自分がいない場所で魂濁した際、シノブを救うために、他のガイドがシノブに触れるかもしれない。隊員の命を守るという意味では正しい行為だが、そんなふうに理解していたとしても、イグナーツは独占欲に苦しめられるだろう。

シノブだって、たとえ救命措置《そち》としての行為でも、イグナーツが他のセンチネルに触れる姿など想像したくない。

（僕と比翼になりたいという気持ちが、イグナーツにも少しはある……と考えてもいいのかな）

フォルカーが語った「覚悟」は、ガイドの心を生涯縛りつける。イグナーツを愛しているからこそ、その重責を背負わせることに躊躇いがあった。

けれどももし彼が望んでくれるなら、これほど嬉しいことはない。

胸の上で拳を握ったシノブは、悩んだ末に彼に顔を向けた。

「あの、イグナーツ……」

『……に告ぐ。不撓の両翼の隊員に告ぐ』

言葉を遮るように、シノブとイグナーツの耳に緊急伝令が届いたのはそのときだった。

不撓の両翼には、「広範囲にわたり能力者宛《あて》に声を届けられる」という特殊能力を持つ隊員が複数名いる。特殊な訓練を積んだ彼らは、一方的な発信ではあるが、不撓の両翼の隊員にのみ己の言葉を届けることを可能にしていた。

『ナデラスの構成員と見られる者が王都を襲撃した。敵の数は確認できるだけでも一〇〇人はくだらない。宿樹に狙いを定めて攻撃を仕掛けられ、不撓の両翼内に負傷者が多数見られる。王都外にいる隊員は至急宿樹を目指せ』

切迫した声で語られた内容に、シノブとイグナーツも一気に表情をこわばらせた。

「どういうことだ？　警備が厚い王都は、ナデラスに狙われる可能性は低いんじゃなかったのか？」

ヴィルヘルムの言葉を持ち出し、イグナーツは困惑した様子で尋ねてくる。その問いにシノブは答えられなかった。シノブもヴィルヘルムと同じ認識でいたのだ。

(報告された人数から考えると、すべての構成員を投入し、総攻撃を仕掛けてきた可能性が高い。しかし、そうだとしても不撓の両翼のほうが圧倒的に有利な人数だ)

スタティアのような辺境の地ならまだしも、本拠地に乗り込めば優秀な隊員が揃っているのは目に見えているはずだ。なにか勝算があって攻撃を仕掛けてきたということなのか。

「とにかく今は先を急ごう」

胸騒ぎを覚え、シノブはぐんと飛行速度を上げる。その隣で、イグナーツも固い表情で褐色の翼を羽ばたかせた。

たった一日離れただけで、宿樹は様相を一変させていた。

整然としていた室内はめちゃくちゃに荒らされ、脚が折れた椅子や卓がそこかしこに転がっている。窓ガラスは割れ、書類や筆記用具が散乱し、襲撃を受けた際の混乱がありありと想像できた。

なにより衝撃を受けたのは、医務室に運び込まれた隊員の数だった。十台あるベッドではとても足りず、壁に背中をもたせかける体勢で座らされている者や、床に仰向けで寝かされている者もいる。どの隊員も負傷した様子は見られず、皆一様に、まるで深い眠りに就いているかのように昏睡している。

「これはどういう……、……クラウス？」

床に転がる人の中によく知った顔を見つけ、シノブは血の気が引いた。倒れている隊員たちの間を縫《ぬ》うようにして進み、彼の横に跪《ひざまず》く。

「クラウス！　起きてくれクラウス！」

肩をつかんで揺らしたものの、クラウスは一向に目を覚ます気配がない。長い睫毛を伏せ、されるがままの状態になっている。

「あそこで気を失ってるの、もしかして医務室の室長じゃないか？」

すぐそばで他の隊員を確認していたイグナーツが、戸惑いも露わに告げた。ぱっと顔を上げると、隊服を身にまとう人々の中に、白衣を羽織った男性が混じっている。

（隊員を看護する立場の室長まで昏睡しているなんて、一体なにがあったんだ？）

理解に苦しむ状況に、シノブは呆然と周囲を見回した。そうするうちに、運び込まれた面々にとある共通点を見つける。

「ここにいるのは全員ガイドだ……」

あまりに不可解な光景に、シノブとイグナーツはますます混乱した。

全員センチネルであれば、閃光や爆音といった強い刺激により、集団で魂濁させられたのだろうと納得もする。けれどガイドばかりが昏睡する状況というのは、少なくともシノブが不撓の両翼に入隊してからは初めてだ。

「ナデラスの構成員にやられたのです。室長も、ガイドの隊員も」

そう声をかけてきたのは、医務室の奥で慌ただしく隊員の容態を確認していた、医務室の常駐ガイドだった。

彼の証言によると、ナデラスの構成員が襲撃してきたのは今からおよそ一時間前。

一般人を装い、不撓の両翼の隊員に尋ね人がいる……と言ってやってきた二人組が、正門の前に立つ門番を隠し持っていた短刀で斬りつけた。当然、危険人物が侵入したとして、複数の隊員が屋外へ飛び出していく。そこへ、構成員が閃光弾を投げつけた。

強すぎる光を受け、集まったセンチネルの中で、視覚の発達した隊員が卒倒《そっとう》する。その混乱に乗じ、大勢の構成員が押し寄せた。ここまではまだ想定の範囲内だ。

彼らがナデラスの構成員だと気づいた不撓の両翼は、この奇襲を逆手《さかて》に取り、ナデラスを一網《いちもう》打尽《だじん》にしようとした。宿樹にいた隊員が一斉に飛び出し、総攻撃を仕掛ける。……それこそがナデラスの狙いだとも知らずに。

十分な人数が集まったのを確認し、構成員の一人が、抱えていた革の袋に手を差し入れた。中から現れたのは、手のひらに乗る大きさの蓄音機だった。

最初は対センチネル用の道具だと思い、センチネルの隊員はすぐさま聴覚を抑えた。大きな音を流すことで、聴覚が発達したセンチネルを魂濁させるのが狙いだろう、と踏んだからだ。閃光弾による魂濁の印象が強かったのも大きい。

しかし花のような形のホーンから聞こえてきたのは、ごく一般的な音量の、もの悲しい楽器の音色だった。

「飛行隊の隊員たちも、最初はあまり気に留めていませんでした。目の前の構成員と戦うことに必死で、蓄音機の音にまで意識を割《さ》く余裕がなかった、というのもあります。……しかしその音を聞いているうちに、ガイドたちが次々に倒れ始めたのです」

閃光弾で魂濁した隊員を浄化するため、室長を始めとする数名の常駐ガイドもまた、現場を訪れていた。そのせいで音を耳にしてしまい、戦闘ガイドの隊員とともに意識を失った。

シノブたちに説明してくれた常駐ガイドは、医務室で控えていたために難を逃れた。今までの経緯も、ガイドを運んできたセンチネルの隊員によって語られたのだという。

「その蓄音機が、ガイドを昏睡させるために開発された、ナデラスの秘密兵器……ってことか」

イグナーツが不愉快そうに顔を歪める。

対能力者用の道具を生み出すため、ナデラスは特殊な力を持つ能力者の血液を使用していた。この道具を開発するために、一体何人の能力者が捕らえられ、犠牲になったことだろう。シノブもまた、込み上げる怒りに拳を震わせた。

「浄化する者がいなければ、センチネルは戦いの中で穢れを溜め続け、いずれ自滅する。長期戦に持ち込むことで、確実に不撓の両翼を潰そうと考えたのだろう」

抑感装具にも使われる特殊な鉱石は、フォグネス王国の特産品だ。能力者に対抗するための道具作りに力を入れているナデラスにとって、是が非でも手中に収めたい国だろう。豊富な資源をもとにさらに開発を進めれば、隣接する三国ばかりか、大陸全土をも掌握《しょうあく》できる、強力な道具を開発することも夢ではない。

「これはまだ、俺の想像に過ぎないんだけど」

顎に指を添え、思案する様子を見せていたイグナーツが、おもむろに口を開いた。

「この蓄音機の試作品を、ナデラスは六年前からすでに開発していた可能性はないか？」

「……え？」

「健康体のガイドが突然昏睡する事件が、この六年の間に、近隣国でも相次いでるって話をヴィルヘルム隊長がしてただろ。もしかしたら、試作品を改良するための実験だったんじゃないか？」

蓄音機の精度と、能力者の状態による効き目の変化、昏睡に至るまでの所要時間。そういった情報を集め、より効果が高い完成品を作り上げるため、近隣国のガイドで試していたのではないかとイグナーツは言う。

それらがすべて、「不撓の両翼の壊滅」という目的のための入念な準備だとしたら。

「蓄音機を見てみないとはっきりしたことは言えないが……六年前に昏睡したカミルくんも、この『実験』に巻き込まれたんじゃないかと俺は考えてる」

淡々としたイグナーツの言葉には、音もなく燃える火のような静かな怒りが滲んでいた。シノブもまた、腹の底から湧き上がる憤りに奥歯を噛みしめる。イグナーツの推測が当たっていたとしたら、なんと残酷で身勝手な連中だろう。

「他の隊員たちはどこにいるんだ？」

イグナーツが常駐ガイドへ顔を向ける。

「侵入してきた構成員を宿樹の外に追い出し、そこで戦っています。先ほどまで聞こえていた喧噪が遠のいたことを考えると、宿樹から離れた場所へ移ったのかと」

説明を受け、イグナーツが「俺たちも行こう」と促した。シノブは慌てて彼の腕をつかむ。

「イグナーツはここに残るべきだ」

「なに言ってるんだ。シノブを一人だけ戦いに送り出すわけにはいかない」

「蓄音機の音を聞けば、イグナーツも昏睡してしまうんだぞ！」

カミルに続きイグナーツまで失うなど、シノブには耐えられない。押し問答をする二人に、常駐ガイドが白衣のポケットから小瓶を取り出した。中には白い錠剤が二つ入っている。

「一粒飲めば一時間、音が聞こえなくなります。戦いに向かったガイドたちに配ったため、二つしかありませんが」

「これはセンチネルに処方されるものだろう。穢れのせいで過敏になった聴覚を抑えるための」

「ガイドにも同様の効果はあります。とはいえ、一般的な聴覚しか持たないガイドは服薬の必要がないため、普通は処方しません。どんな副作用が出るかも分からないので、必ず一粒ずつ飲み、聴覚が戻ってきたと感じてから追加してください」

常駐ガイドの説明にシノブは戸惑う。重篤《じゅうとく》な副作用が現れ、イグナーツを苦しめたらどうしよう。そもそも音が聞こえない状態で戦うなど、あまりに危険ではないか。センチネルと違い、ガイドは他の五感を発達させて聴覚の損失を補うことができないのに。

躊躇うシノブを他所に、イグナーツは「ありがとう」と迷わず小瓶を受け取った。

「悩んでる暇はないだろ。クラウスがここにいるってことは、フォルカーは一切の浄化を受けられないまま戦ってるってことだ」

その言葉にシノブははっとする。確かに、クラウスと比翼の契約を結んでいるフォルカーは、今まさに魂濁の危機に瀕しているはずだ。早く助けなければ手遅れになるかもしれない。

緊張と動揺で震えるシノブの手を、イグナーツは力強く握った。

「俺は大丈夫だ。だってシノブが俺の耳代わりになってくれるだろ？　第一飛行隊の中でも驚異の戦闘力を誇る、優秀なセンチネルなんだから」

こんな状況なのに、イグナーツは飄々とした調子で笑ってみせた。きっとシノブの心を解そうと考えているのだろう。

心から信頼する番が、自分を頼ってくれている。その事実がなによりもシノブを奮い立たせた。頼られることはこれほど嬉しいものなのだと身を以て実感し、なにもかも一人で背負い込もうとしていた過去の自分の身勝手さを恥じた。

イグナーツの手を握り返したシノブは、深く息を吸い込んだのち、ニヤリと口角を上げた。強くて傲慢なセンチネルの顔で武装していた頃を思い出し、わざとらしく尊大な態度を見せる。

「もちろんだ。特A級センチネルの実力を、ナデラスの連中にとくと知らしめてやる」

シノブはもう傷だらけの片翼ではない。心強い番と一緒だから、一人で戦っていた頃の何十倍も強くなれる。

いつの間にか手の震えは止まっていた。「行こう」とイグナーツに促され、シノブは医務室を飛び出した。

戦いの場になっていたのは城壁付近だった。交戦中の隊員がガイドたちの眠る宿樹から引き離し、なおかつ一般人が巻き添えにならない場所へとさりげなく敵を誘導したのだろう。

普段は人気がない閑静な場所だが、今は剣を交える音や隊員の怒号、構成員の呻き声などが飛び交い、城壁付近は騒然としていた。構成員の大半たちは小型の蓄音機を腰から下げていて、常駐ガイドが言っていた例の音がそこら中から聞こえてくる。薬の効果が切れる瞬間を狙い、一人でも多くのガイドを昏睡させようという魂胆《こんたん》なのだろう。

「大丈夫か？」

すかさずシノブはイグナーツを振り返った。唇の動きを読んだイグナーツが、『平気だ』と口を動かす。イグナーツには蓄音機の音は聞こえていないようだ。宿樹を飛び立つ前に飲んだ薬は、すぐに効果を現してくれたらしい。

「それにしても……」

と、シノブは戦況を確認し、眉を顰める。

事前情報から考えれば、不撓の両翼は数のうえでは有利だったはずだ。しかし今、構成員と対峙している隊員はほぼ同数、下手すればそれより少ない数しか確認できない。

ナデラスの襲撃時に多くのガイドが眠らされたこと、そのせいで浄化が追いつかず、一部のセンチネルがすでに戦闘不能の状態になっていることが理由として大きいだろう。

彼らを鼓舞《こぶ》するように、猛然と戦っているのが第一飛行隊だ。ヴィルヘルムを中心に、センチネルたちが無駄のない剣術で構成員を斬り、体術で圧倒する。他の隊が苦戦していればすかさず加勢し、穢れを溜めたセンチネルがいれば、ガイドが首筋や額に手を当てて応急処置を施す。

ガイドは聴覚を抑えた状態で戦っているため、他の隊では混乱が生じていた。しかし第一飛行隊は皆、統制が取れた動きをしている。

そんな中、死に物狂いで戦っていたのはフォルカーだった。

発達した五感をすべて解放しているのだろう。ただでさえ俊敏な彼が、今は人間離れした動きで構成員の進行方向に回り込み、決して逃がすまいといった勢いで剣を振るう。些細な動作や呼吸音、空気の動きから次の一手を読み、完璧な対応をする姿はまさに武神だ。

しかし血色が悪くなった肌や、額に噴き出す汗の量から、フォルカーがすでに魂濁寸前であることは一目瞭然だった。五感を最大限まで活用するということは、それだけ穢れを取り込みやすいということだ。彼を浄化できる唯一のガイドは、医務室で昏睡しその能力を発揮できずにいる。

「フォルカー！」

サーベルを手にシノブは急いで彼のもとへ向かった。フォルカーの背後には構成員が迫っていたが、イグナーツによって横腹に容赦ない蹴りを入れられ、他の構成員を巻き込みながら転がっていく。

フォルカーは地面に伸びた構成員の腰から小型蓄音機を取り外すと、剣を突き立てて壊した。それから血走った目を爛々《らんらん》と光らせ、次の敵を倒すべく剣の柄を握り直す。

「もう戦いから離脱しろ。比翼のガイドがいない中で、これ以上五感を使うのは危険だ」

シノブがいくら制止しようと、フォルカーの目は構成員たちから離れなかった。身を苛む苦痛と、昂ぶった神経のせいで、退避という選択肢が頭から消えているのだろう。シノブも長らく同じ状態で戦っていたためよく分かる。

「絶対にクラウスを助ける。そのためにはこんなとこで足を止めてられねえんだよ」

肩を大きく上下させ、荒い呼吸を繰り返しながら、フォルカーが吐き捨てるように言った。

不撓の両翼の隊員は番で戦いに臨む。恐らくフォルカーの目の前でクラウスが倒れるのを見たのだろう。彼が怒りで我を忘れるのはもっともだ。

――しかし。

「今無茶をして魂濁したら、誰もフォルカーを助けられない。そうなったらクラウスはどうなる？自分が昏睡する中、比翼が一人で命を落としていたと知ったら、クラウスは悔やんでも悔やみきれないだろう」

フォルカーの肩をつかみ、シノブは必死に彼を引き留めようとした。身の危険を顧《かえり》みず、己の命を軽んじるような戦い方が、かつての自分と重なる。

（こんなふうに自分を犠牲にするやり方など、きっとカミルは望んでいなかった）

心を預けられる番ができ、不撓の両翼の面々を頼るべき仲間だと思えるようになったからこそ、シノブは眠り続けるカミルの心境を想像できるようになった。

けれど今フォルカーには、その冷静さが欠けている。

「そういう覚悟をして俺たちは比翼になったんだ」

戦いを阻むシノブに、フォルカーが忌々しげに眉を寄せ、肩に乗った手を強引に引き剝がそうとする。

憤りに顔を歪めたシノブは、肩ではなく彼の胸ぐらをつかみ直した。強い力で引き寄せ、強引に自分へ顔を向けさせる。

「クラウスがいないところで勝手に生死を決めるのがフォルカーの『覚悟』なのか⁉」

とうとう我慢できず、シノブは怒声を飛ばした。その声にフォルカーがはっと息を呑む。敵だけを映していた目が、ようやくシノブを見た。彼を助けに来た第一飛行隊の仲間を。

「覚悟なら番と二人で決めろ！　身勝手な押しつけを覚悟だなんて呼ぶな！」

シノブからこんなふうに叱責される日が来るなど、想像もしていなかったのだろう。その勢いに圧倒され、フォルカーは瞠目した。彼を突き動かしていた負の感情が、みるみるうちに抜け落ちていくのが分かる。

それに伴い、気力だけでなんとか立っていた体が、ぐらりと前方に傾いた。すかさずイグナーツが腕を伸ばしてきて、フォルカーの長身を支える。

ひゅー、ひゅー……とか細い呼吸音を漏らす彼は、限界を迎えつつあった。よく今まで魂濁せず動けていたものだ。眼球や鼓膜、鼻腔《びこう》、舌、肌といった、五感を得るすべての器官に、刃物で刺されるような激痛を覚えていることだろう。溜め込んだ穢れのせいで全身が重く、立っているのもやっとのはずだ。

「宿樹で休め。クラウスは僕たちが必ず目覚めさせる」

そう言うと、シノブは周囲に目を走らせた。他隊の勢いについていけず、うろたえる第七飛行隊の番を見つけると、二人でフォルカーを宿樹へ連れて行くよう指示を出す。

彼らに支えられ、ようやく翼を生やしたフォルカーが、「シノブ……」と蚊の鳴くような声で呼んだ。

「蓄音機を……こわ、せ」

「構成員が腰から下げているものか？」

フォルカーが剣を刺していた姿を思い出し、シノブは尋ねる。「それもあるが」と彼は続けた。

「小さいのは拡散用の付属機だ。恐らく、音を録音した本体は別にある。宿樹前で最初に使ったのがそれだ」

フォルカーによると、付属機の音で昏睡させられるのは、せいぜい周囲にいる一人や二人。対して、本体と思われる蓄音機は、宿樹前に集まったガイドの半数近くを一度に昏睡させるほどの威力だった。

不撓の両翼が混乱に陥る中、構成員はそれを丁寧に革の袋に戻し、すぐに持ち去ったという。しかし慌てていたのか、地面に転がったガイドに足を取られ、袋ごと蓄音機を落としたそうだ。

ガツンッという落下音が聞こえた瞬間、腕の中で意識を失っていたクラウスが、わずかに睫毛を震わせる姿をフォルカーは見たという。構成員は慌てて袋を拾い上げると、人混みの向こうに姿を消した。

「本体を破壊すれば、昏睡させられたガイドたちも目を覚ます可能性がある。……頼む。ガイドの隊員を……クラウスを救ってくれ……っ」

いつも強気なフォルカーが、今にも泣き出しそうな声で言った。愛する比翼が目の前で倒れ、不安で仕方なかったのだろう。戦いに没頭しなければ、彼を失う恐怖を紛らわせられなかったに違いない。

フォルカーの気持ちが痛いほど伝わってきて、シノブはサーベルを握る手に力を込めた。

「ああ。約束する」

力強く告げると、シノブはイグナーツに顔を向けた。彼の胸に手を置き、自分に目を向けさせると、口の動きが読めるようゆっくりと話しかける。

「蓄音機は、光っているか？」

その言葉を的確に察したイグナーツが、周囲に目を走らせた。すぐに首肯で答える。

思惑が当たり、シノブは「よし」と拳を握った。蓄音機の音によって昏睡させられたカミルが淡い光をまとっていたように、蓄音機自体もイグナーツの目には光って見えるのだ。

「一番、光る、蓄音機を、探してくれ」

シノブの指示にイグナーツが頷き、二人で空高く飛び上がった。王都を見渡すイグナーツの横顔は真剣そのものだ。絶対に捕まえてやるという強い意志を感じる。

（あまり遠くない場所にあるはずだ。恐らく、付属機で音を拡散させる際は、一定の範囲内に本体がなくてはならないのだろう）

そうでなければ、本体を破壊される危険を冒してまで、戦いの場に持ち出す理由がない。

シノブが祈るような気持ちでイグナーツの答えを待つ中、彼はとある一点を見つめたまま動きを止めた。確かめるように凝視したのち、勢いよくシノブを振り返る。

「あそこだ」

イグナーツが指差したのは、幾度となく足を運んだ例の丘だった。すぐさま二人でそこへ向かう。

かつて鳥の巣があった木の下には、三人の男がいた。二人の構成員は湾曲した刃が特徴の片手剣を構え、中央に立つ男を守るように立っている。

右目を黒の眼帯で覆ったその男は、どこかゆったりとした調子で木に背中を預けていた。足元には革の袋が転がっている。あれこそが、イグナーツが見つけた蓄音機の本体だろう。

眼帯の男は、空を飛んでくるシノブとイグナーツに気づいているようだった。しかし動じる素振りはない。むしろ楽しんでさえいる様子で、丘に降り立ったシノブたちを鷹揚な調子で出迎える。

「やあやあ、勇敢《ゆうかん》なる鳥の戦士たち。よく本体の在処《ありか》が分かったね」

まなじりの上がった目をさらに細め、眼帯の男はうさんくさい笑みを浮かべた。民族衣装風のケープを身にまとい、結い上げた黒髪を大判の布でまとめている。同年代のようにも、三十過ぎにも見える年齢不詳の面立ちだった。

「迷わず私のもとへ飛んできたところを見ると、君たちもなにか特殊能力を持っているのかな。うらやましいなあ、実にうらやましい」

「なぜ対能力者用の道具を作ることにこだわる？　能力者の血を使うなどと残忍な方法を用いずとも、その開発力を世のために役立てようとは思わないのか？」

眼帯の男を前に、シノブは堂々とした佇まいで訴えた。なにか理由があっての行為なのだろうか。異国の能力者を滅ぼしたくなるほどの強い恨みが、この男の中にあるのだろうか。

シノブの問いに、眼帯の男はきょとんとした。それからおかしくて仕方ないといった様子でケラケラと笑い出す。

「なぜって、そんなのうらやましいからに決まっているじゃないか。自分より優れた面を持つ者がいたら、自分も同じ長所を得たくなるのは当然のことだろう？」

好奇心のままに行動する子供のような、無邪気ともいえる反応。唖然とするシノブたちの前で眼帯の男はひとしきり笑ったのち、隻眼《せきがん》に隠しきれない欲望を覗かせた。

「贅沢《ぜいたく》な暮らしをする者を妬《ねた》み、その財を奪ってやりたくなるのと同じさ。平凡な能力者の私には特殊能力がなくてね。自分にはない力を得るにはどうしたらいいのかと考え、己の開発力を活かしたままでの話だ。その材料として優れていたのが能力者の血だったってだけだよ」

「……そんなくだらない理由で……！」

あまりの怒りに、全身の血が沸騰するような感覚を抱く。眼帯の男は涼しげな顔を崩さず、足元に転がる袋から蓄音機を取り出した。取っ手を回してぜんまいを巻くと、城壁付近で絶えず聞こえてきたものと同じ旋律《せんりつ》が再生される。

「欲しかったら奪いにおいで。それが私の信条だ」

愛玩動物を愛《め》でるかのように蓄音機を撫でると、眼帯の男は再び木に寄りかかった。左右に立つ構成員に顎をしゃくってみせる。

それを合図に臨戦態勢を取ったのは、二人の護衛だけではなかった。

「勇敢な鳥たちは、たった二人を相手にするのでは退屈だろう」

丘の麓から姿を見せたのは二十人近い構成員だ。屈強な男たちは、剣や棍棒《こんぼう》といった武器を手ににじり寄ってくる。シノブとイグナーツは剣を構えて背中合わせになった。

今にも襲いかかってきそうな構成員たちを前に、シノブは冷えた空気を深く吸い込む。それから指先でイグナーツの太股に触れた。

（行くぞ）

心の中でイグナーツに声をかけ、太股をトンと叩く。それを合図に二人同時に飛び出した。構成員たちも雄叫《おたけ》びとともに駆けてくる。

一人目の腹をサーベルで斬りつけ、すばやく屈んで二人目の攻撃をかわしつつ、三人目の顎を蹴り上げる。背後では、イグナーツが構成員二人の利き腕を斬りつけた直後に剣を捨て、武器を落とした彼らの胸ぐらを両手でつかんだ。その二人を振り回し複数の構成員をなぎ倒していく。

人数の差をものともしないシノブとイグナーツに、センチネルの構成員は能力を解放することにしたらしい。イタチ特有の俊敏な動きで攻撃を仕掛けてくるが、シノブとイグナーツは一歩も引かず互角にやり合う。その戦いぶりに、眼帯の男が「へえ」と興味深げな反応をした。

しかしシノブは一つ気がかりなことがあった。――イグナーツの残り時間だ。

（薬を飲んでからどれくらいの時間が経った？　効果が切れてくれれば本人も分かるだろうが、これほどの人数を相手にしていては追加分を服薬する暇すらない）

すぐそばでは、蓄音機がガイドを昏睡させるための音を流し続けている。悠長にしていられる余裕はなかった。シノブは五感に意識を集中させると、一気にその力を解放する。

肌に触れる空気の流れを敏感に読み、集団をかいくぐって進む経路を見出す。発達した視覚で構成員の攻撃をすべて読み切ると、翼を生やしてその間を通り抜けながら、次々に敵を斬りつける。

このまま一気に片をつけよう。そう考え、丘陵《きゅうりょう》の頂上に飛び込む足を踏み切ったときだった。

眼帯の男がおもむろに屈み込み、蓄音機に四角形の機材を取りつける。次の瞬間、蓄音機から流れる音が何十倍にも跳ね上がった。

「……ッ！」

音量の増幅器だったのだろう。ほんの一瞬ではあるが、丘の上に鳴り響いた大音量は、聴覚が発達した耳に鋭く突き刺さった。あまりの激痛に目を見開き、シノブはその場にガクリと膝を折る。聴覚を刺激されたことで、体の中にあふれた穢れが魂を黒く染めていく。

シノブの異変に気づいたイグナーツが慌てて駆け寄り、うなじに触れてきた。一気に膨れ上がった穢れが、イグナーツの手によって少しずつ浄化されるのが分かる。

「大丈夫か？」

焦りを見せるイグナーツに、シノブは青い顔で頷いた。

しかし、大音量によって負荷をかけられたのは、シノブだけではなかった。ナデラス側のセンチネルの構成員たちもまた、耳を押さえてのたうちまわっている。状況を好転させるため、敵・味方を問わず攻撃を仕掛けたらしい。

「ほらほら、助けてあげるからもう一度行っておいで」

眼帯の男は軽薄な調子で声をかけると、苦しむ構成員の顎をつかんだ。口腔にねっとりと舌を差し入れ、深いキスを交わす。その浄化で痛みが薄れたらしく、構成員がよろめきながらも立ち上がった。

眼帯の男はガイドのようだ。

（浄化さえすれば、いくら苦痛を与えても許されると思っているのか？）

仲間に対するあまりに非情な仕打ちに、シノブははらわたが煮えくり返る思いだった。

首謀者である眼帯の男を一刻も早く討《う》たなければならない。そのためにはなんとかこの状況を打破する必要があった。いたずらに戦いを引き延ばされれば、薬の効果が切れイグナーツが昏睡してしまう。

（僕の歌でセンチネルを錯乱させるか？　だが、ただ闇雲に歌うだけでは、ナデラスのガイドの浄化によってすぐに正気を取り戻すだろう）

構成員の攻撃を受け流しながら考えを巡らせていたシノブは、ふと、一つの疑問が頭に浮かぶ。

（そうだ。ナデラスにもガイドはいる。それなのになぜ、あの男は蓄音機の音で昏睡しないんだ？）

ナデラスの構成員には効かない特殊な音なのだろうか……と考えたものの、すぐに「いや」と否定した。特定の人間にのみ聞こえる音を生み出すより、特定の人間にのみ聞こえない音を生むほうが難しい。緊急伝令の役目を担《にな》う能力者たちはまさに、前者の技術を磨いている。

戦闘への集中力が欠けていたせいで、シノブは背後に迫る構成員に気づくのが遅れた。棍棒を振り上げる音が聞こえ、シノブは慌てて振り返る。

次の瞬間、構成員とシノブの間にイグナーツが割り込んできた。鋭い眼光で敵を睨み、斜め方向に剣を走らせる。そのまま仕留めるかと思いきや、敵はすんでのところで剣をかわした。

刃が結び目に触れたのだろう。構成員が頭に巻いていた大判の布がはらりと地面に落ちる。

直後に、構成員の体が大きく傾いた。受け身も取らず、ドサッという大きな音を立てて地面に倒れ込む。予想外の展開にシノブは混乱した。避けられたと思い込んでいたが、実際にはイグナーツの剣が届いていたのだろうか。

（いや……もしかして）

一つの可能性に思い至り、シノブは咄嗟にイグナーツを見た。彼もまた無言で視線を寄越す。金色の双眸は力強く、確信を得ているように感じられた。頭に描いているのはきっと同じ考えだろう。

「…………」

イグナーツに顔を向けたまま、シノブは口だけを動かす。すぐに構成員が襲ってきたため、たった一言を伝えるのが精一杯だった。

「そろそろ時間だ……！　ここは僕に任せろ、イグナーツ！」

シノブは構成員と剣を交えながら、背後を振り返ってイグナーツと目を合わせた。丘の麓を顎で指しつつ叫ぶ。

その動きで言わんとすることを察したらしく、イグナーツは大きく頷き戦線を離脱しようとした。スラックスのポケットから、慌ただしい手つきで錠剤入りの小瓶を取り出す。

それに気づいた構成員が、イグナーツの腰を目がけて麓のほうから突進した。不意をつかれたイグナーツは後ろに倒れ込む。衝撃で手にしていた小瓶が宙を舞い、落下して丘を転がり落ちていく。

「ああっ!」

小瓶が消えた方向を見つめ悲鳴をあげるシノブに、眼帯の男が高笑いした。

「ガイドの隊員たちは皆、聴覚を抑える薬を飲んでいるようだな。しかしこれで追加の服薬はできなくなったというわけだ」

足元がふらつき始めたイグナーツだが、倒れ込みそうになるのをなんとか堪え、膝に手をついて上体を支えた。荒い呼吸を繰り返しながら、懸命に意識を保とうとしているのが見て取れる。

しかし、ぷつりと糸が切れたかのように脱力すると、イグナーツは派手な動作でその場に倒れ込んでしまった。地面に伸びている構成員のそばで、自身もまぶたを伏せて動かなくなる。

間に合わなかったのだ。薬の効果が切れ聴覚を取り戻した彼は、蓄音機の音を聞いてしまった。

「イグナーツ!!」

最悪の展開に、シノブはひどく取り乱した。転がるようにしてイグナーツのもとへ向かい、体を揺さぶって何度も名前を呼ぶ。けれど彼は一向に目を覚ます気配がない。

カミルに続き二人目の番まで昏睡してしまい、シノブは呆然とした。その様子を、眼帯の男はまるで観劇でもしているかのように楽しげに眺めていた。

「君を癒やしてくれるガイドはもういない。さあ、どう戦う？　その身に穢れを溜めた勇敢な鳥は、これからどうやって形勢を逆転させるんだい？」

はしゃいだ声をあげ、囃し立てるように手を叩く。シノブの深い悲しみも、奴にとっては場を盛り上げるための演出に過ぎないのだろう。

ぼこっと泡を噴いて沸騰した怒りは、あっという間に臨界点に達した。シノブは鬼気迫る顔で眼帯の男を睨みつけると、丘の上に歌を響かせた。ナデラスのセンチネルを攪乱させる特殊能力だ。

「あぁぁあッ！」

戦線にいた構成員の半数が頭を抱えて悶え、地面に転がり足をばたつかせる。ガイドの構成員がその様子に唖然とする。敵に生まれた一瞬の隙をつき、シノブは脇目も振らず眼帯の男に突進した。

さすがにまずいと思ったのだろう。眼帯の男はスッと表情を消し、俊敏な動作で蓄音機の本体を抱えた。そのまま逃げ出そうとしたところをシノブに捕らえられる。

眼帯の男の胸ぐらを両手でつかみ、シノブは翼を広げ垂直に飛び立った。足元に広がる丘や草原、王都の街並みがどんどん小さくなる。この高さから落ちればひとたまりもないだろう。無論、蓄音機も木っ端微塵《みじん》だ。

しかしシノブの手からぶら下がる眼帯の男に、恐怖の色は一切見られなかった。

「初めて君たちを目にしたときから、いいなあと思っていたんだ。自由に空を飛び回れる翼を」

ニヤリと口角を上げた途端、奴の背中に金属製の翼が広がった。これもまた能力者の――恐らく鳥の霊獣を持つ者の血を使って開発した道具なのだろう。普段はケープの下に隠し、必要なときのみ使用するようだ。予想していなかった展開にシノブは目を瞠《みは》る。

眼帯の男は、左腕で蓄音機を抱いたまま懐に右手を差し入れた。先ほど目にした増幅器が現れる。

「死に物狂いで形勢を逆転させたのに、残念だったね。……また私が優勢だ」

くくっと喉奥から笑い声を漏らし、眼帯の男が蓄音機に増幅器を当てた。

その瞬間、蓄音機が大音量で例の音を奏《かな》で始める。

「〜〜〜ッ!!」

ビリビリと全身に音が突き刺さり、シノブは悲鳴も出せずに痙攣した。あまりの痛みに気絶しそうになる。強烈な刺激は膨大な量の穢れとなり、シノブの魂をひたひたと染めていく。瓶に入ったインクのような、すべての色を飲み込む漆黒《しっこく》に。

もはや体力も気力も限界だった。霊獣との同化を保てなくなり、背中から翼が消える。アヤメはシノブの肩に身を預け、気を失っていた。瞬時に体が重力に引きずられそうになるものの、勢いよく伸びてきた右手がシノブの首をつかむ。

先ほどまでとは打って変わり、今度はシノブが眼帯の男の手からぶら下がる態勢となった。

「がはっ……！」

気道を塞がれているせいで呼吸もままならず、シノブは男の手首をつかんでもがいた。その様子を、眼帯の男は嬉々として見つめている。

「愉快だね。憐れな鳥は狡猾なイタチに翼をもがれ、今やその手に命を握られている。空から落ちて人生が終わるなんて、翼を持って生まれた生き物には想像もできない末路だろう」

男の腕の中で、蓄音機はいまだ大きな音を響かせていた。そのため穢れは溜まる一方で、イグナーツに浄化してもらった抑感装具もすでに効力を失っている。

しかし今の状況は、シノブにとって好都合だった。

眼帯の男はガイドだ。一般的な聴力しか持たないこの男は、蓄音機の音に掻き消され、猛然と接近する音を聞き取ることなどできないだろう。

風を切って飛ぶ、空の王者の羽音を。

「終わるのはお前だ……っ」

身を苛む苦しみに頬をひくつかせながら、シノブは勝利の笑みを浮かべた。

その直後、眼帯の男の後ろに、褐色の翼を生やしたイグナーツが現れる。彼の鋭い双眸は、目の前の獲物を捕らえていた。

イグナーツは大判の布を頭に巻いていた。ナデラスの構成員が身につけていたものを奪ったのだろう。頼れる番は、すべてシノブの目論《もくろ》みどおりに動いてくれた。

布を落とした途端意識を失った構成員を見て、シノブはとある仮説を立てた。彼らが頭に巻いている布は、蓄音機の音から身を守る、ガイドにとっての抑感装具なのではないか……と。

そのため、瞬時に立てた計画を実行するべく、イグナーツに口の動きだけで「倒れろ」と告げた。

あまりに言葉が足りない、短すぎる指示だったが、イグナーツはきちんとシノブの意図を汲んでくれた。まだ聴覚が戻っていないにもかかわらず、まるで音が聞こえたかのように振る舞い、昏睡した振りで眼帯の男の油断を誘った。

シノブが囮《おとり》となり、眼帯の男を地上から遠く引き離しているうちに、イグナーツは構成員のガイドから例の布を奪った。残り時間は本当にギリギリで、その頃には実際に聴覚が戻り始めていたのだろう。蓄音機の音から身を守るため、ガイド用の抑感装具を頭に巻くと、イグナーツはすぐにシノブたちを追いかけてきた……というわけだ。

眼帯の男が瞠目し、後ろに首を捻る。その瞬間、イグナーツが剣を真横に走らせた。背中を斬られた眼帯の男は苦悶の表情を浮かべ、口から鮮血を吐く。

作りものの翼も真っ二つに裂かれ、腕に抱いていた蓄音機が投げ出された。それをイグナーツが流れるような剣さばきで叩き切る。宙に散らばる蓄音機の破片を、シノブはぼんやりと見つめた。

(ああ……全部終わったんだ)

穢れによってカミルを昏睡させてしまったと考え、原因を作った自分を罰するように生きてきた。飛行隊員として命を懸けて戦い、誰かを救えなければ、自分が生きている意味などないと考えていた。重苦しい罪悪感に搦め取られた、六年という長い歳月。

しかし、イグナーツという一途な番と巡り会い、停滞していた時間は再び動き出した。彼と出会わなければ、シノブからカミルを奪った本当の敵を知ることも、そいつを討ち取ることも叶わなかったはずだ。

支えを失った体が、重力に引きずられ落下していく。死への恐怖は感じなかった。地面に叩きつけられるより先に、魂が黒く濁って意識を手放すことになるはずだと、シノブは予期していた。

視界が霞む中、シノブと同じ速度で落下するアヤメが目に留まった。心身の状態を共有する霊獣は全身傷だらけだ。無茶をさせてしまったことを申し訳なく思う。

小さな鳥を胸に抱き、すまない、とシノブは心の中で漏らした。

(イグナーツにも伝えないといけないな……)

漠然とそんなことを考える。しかし蓄積した穢れのせいで頭がうまく働かず、なにを伝えるべきかまでは思い浮かばない。

六年もかけて追いかけてきてくれたのに、先立つことへの謝罪か。反発するシノブを受け止め、支え続けてくれたことへの感謝の念か。この世でたった一人、心を預けた人に対する愛の告白か。

もしくは──「助けて」か。

長い間、誰にも言えずにいたその言葉を、自分は唯一無二の番に告げようとしているのかもしれない。

結論が出る前にシノブは魂濁した。意識が途絶える直前、温かく優しい腕が、シノブを包み込んだ気がした。

＊＊＊

なにも見えない暗闇の中で、シノブは水面をたゆたっていた。

海綿《かいめん》のようにじわじわと体に水が染み入り、徐々に水中に沈んでいくのが分かる。それを恐ろしいとは思わなかった。とても疲れていて抗う気力も湧かない。ゆっくり眠れるのであれば、この黒い水に浸ってしまうのも悪くないように思える。

手足は冷えきり、指先の感覚がなくなっていた。そうか、これが「死」か、とシノブは悟った。

肉体の死なのか、魂の死なのかは分からない。しかし自分は今、確実に人生を終えようとしている。

（よく頑張ったよな）

カミルを昏睡させた罪悪感に囚われ、闇の中をただ呆然と歩き続けるような六年間だった。

それでも最後は第一飛行隊の一員として、その使命をまっとうすることができた。クラウスはどうなっただろう。蓄音機の本体を破壊したことで、再び目を覚ましたのだろうか。他のガイドたちは？

……それに、カミルは？

様々な疑問が頭に浮かび、シノブは宙に向かっておもむろに手を伸ばした。しかしすぐに、その手を下ろす。つかめるものなどなにもないこの空間で、いくらあがいたところで無駄だろう。

再び体が水の中に沈み始める。まぶたを伏せ、それを受け入れようとするシノブの耳に、微かな声が届いた。

――シノブ。

低く深みがあって、慈しみに満ちた温かな声。

すべてを諦めようとするシノブに、その声は何度も語りかけてくる。

――頼むから、戻ってきてくれ、シノブ。

そんな泣きそうな声で名前を呼ばないでほしい。なにも感じず、凪《な》いでいたはずの心が、彼の苦しげな声を聞くと途端に波打ってしまう。

(僕の役目は終わったのに)

第一飛行隊のセンチネルとして、王国を守るために邁進《まいしん》してきた。身を犠牲にして戦うことだけが、カミルを穢れに巻き込んだ自分の、唯一の存在意義だと思っていた。他人を守るためなら、自分の命など投げ捨ててもいいと考えていた。

けれどそんな日々はもう終わったのだ。ナデラスを倒し、蓄音機を破壊して、昏睡したガイドを目覚めさせる活路を見出した。それで十分ではないか。

自分が戻ったところで、これ以上なにができるというのか……――。

『なに考えてんだよ。自分で言ったことを忘れたのか？』

呆れた声が聞こえてきたのはそのときだった。シノブを呼ぶ声とは別人の、明るくて茶目っ気がある、どこか調子のいい声。

六年ぶりに耳にする声に驚き、シノブは思わず目を開ける。

『役に立たなくたっていい、あなたが生きていてくれるだけで幸せになれる人が、この世界にいる。そう言ったんだろ？　あのガイドに』

声は確かに聞こえるのに、彼の姿は見えなかった。代わりに、真っ暗だったはずの空間に一筋の光が差していた。

シノブを呼ぶつらそうなイグナーツの声は、そこから聞こえてくる気がした。

――絶対に助ける。この先も一生、俺がシノブを守るから。

――だから目を覚ましてほしい。

――シノブを守るために、俺は六年前、死の淵から生還したんだよ。

いつもは明朗な声が、今は痛切な響きを持っている。自分こそが彼をそんなふうに悲しませているのだと思うと、胸が切なく軋んだ。

（番に置いて行かれる絶望は、誰よりも僕が理解している。それなのに、イグナーツに同じ思いをさせるわけにはいかない）

一度は諦めかけた心に、再び闘志が宿る。

太陽のようでも月のようでもある、力強く慈しみに満ちた金色の目が好きだ。たくましい腕はいつでもシノブを優しく包み込み、安心させてくれた。彼に惜しみない愛情を注がれ、冷たくこわばっていた心をようやく解くことができた。

だから今度は自分の番だ。

（イグナーツにつらい思いなどさせたくない。悲しい顔などさせたくない）

彼がそうしてくれたように、自分もまたイグナーツを守りたいと思った。

彼を一人にさせられない。自分は生きなければならない、と。

シノブは光が差す方向をまっすぐに見据えた。冷えきっていた手や足の先に、再び血が通い始めるのが分かる。胸の中で煌々と火が燃えている。

ぱしゃっと水音を立て、シノブは沈み始めていた腕を懸命に動かした。穢れに飲まれる寸前だった体はひどく重たい。それでも、今度は投げ出す気にならなかった。

『そうだよ。……頑張れ、シノブ』

カミルの温かな声が頭に響く。二人のガイドに導かれ、シノブは暗い湖を必死に泳いだ。

愛する番のもとへ帰るために。

＊＊＊

右頬を掠める風がひんやりと冷たい。一方で、左頬は温もりに触れている。わずかにまぶたを上げたシノブは、いまだ覚醒しきらないまま、自分が置かれている状況を把握しようとした。

隊服の前を開かれたシノブは、同じ格好をしたイグナーツの腕に抱かれていた。浄化のため、少しでも多く素肌を触れ合わせようとしたのだろう。彼は地面にあぐらをかき、向かい合わせの体勢でシノブを膝に座らせている。裸の胸が重なり、そこからイグナーツの鼓動が伝わってきた。

身を苛む苦痛はすっかり消えている。一時は魂濁に追い込まれたものの、イグナーツの浄化によって穢れを取り除くことができたのだろう。過敏になっていた五感は、一般人と同等にまで抑えられていた。

屋外にいることは分かるものの、褐色の翼によって周囲を覆われているため、具体的な場所は見当がつかなかった。もう少し情報はないものか、と反対側へ顔を向けようとすると、その動きに気づいたイグナーツがガバッと前のめりになった。

「シノブ!?　目を覚ましたのか?」

勢いに押されてシノブも上体を反らす体勢になり、後孔に圧がかかる。「んっ」と思わず声が漏れ、驚いて下腹部に目をやった。シノブはスラックスと下着を脱がされ、前をくつろげたイグナーツに性器を挿入されていた。穢れがひどかったのか、最も効果的な方法で浄化しなければ危険な状態だったのだろう。

だから人目に触れないよう翼で隠しているのか……と気恥ずかしい思いでいると、慌ただしく伸びてきた手に頬を包まれた。イグナーツが真剣な眼差しを向けてくる。彼の後ろには石壁が見えた。

「顔色は……だいぶよくなったか。苦しいところや痛いところは?」

「大丈夫だ。ここは……?　城壁付近か?」

「ああ。宿樹まで戻る余裕がなくて、とりあえず人気がない場所へ連れてきた。ごめん、こんなところで」

「いいんだ。一刻も早く浄化をしないといけなかったのだろう？　ありがとう……助かった」

頬を包んだ手に自分の手を重ね、目許を和《やわ》らげると、イグナーツが「はあー……」と深い溜め息をついた。ようやく肩の力が抜けたのだろう。ぐったりした様子で背中にゆるく腕を回してくる。

「本当、生きた心地がしなかったよ……。キスしても触っても意識が戻らないし、これはもう最後までしないと駄目だなって思ったんだけど、青い顔で倒れてるシノブを前にしたら不安しかなくて、挿入しようにもいくら自分のを触っても全然反応しないし」

「ははっ」

動転するイグナーツの姿が容易に想像でき、シノブは思わず声を出して笑った。胎内に響いたようで、ぴくりと眉を震わせたイグナーツが「こら」と咎める。その頬が微かに赤い。

シノブの肩に額を乗せ、イグナーツは顔を俯ける。

「ガイドの仕事は大変だなって改めて思った。……こんなこと、シノブ以外にできる気がしない」

純白の髪に指を差し入れ、梳くように撫でながら、シノブも「うん」と答えた。

「僕も、イグナーツ以外に浄化してもらうなんて考えられない」

肉体的な接触という意味ももちろんある。けれどそれだけではない。

彼の首に腕を回し、シノブは愛しい番の頭に頬を擦り寄せた。元気を取り戻したアヤメがいつの間にかシノブの肩に乗っていて、『ピキュ』と短く鳴く。その声に反応してクニシュが姿を見せた。

地面に降り立ったクニシュの頭にアヤメが飛んでいく。そこへちょこんと留まると、クニシュが嬉しそうに『キャッ』と鳴いた。信頼し合う二羽にシノブは思わず頬をゆるめる。

「魂濁し、生きることを諦めかけたときに、イグナーツの声が聞こえてきた。僕の大切な番を一人にはさせられない……そう思ったから、必死でもがいて戻ってきたんだ。……他の人の浄化では同じようにはいかなかっただろう」

イグナーツだからこそ、悲しませたくないと思った。誰かのために生きたいと思えたのは、この六年間で……いや、入隊してから初めてだった。

今度はシノブがイグナーツの頬を包み、そっと顔を持ち上げる。凜として勇ましく、それでいて温かな慈愛に満ちた金色の虹彩を見つめ、シノブは穏やかな気持ちで告げた。

「イグナーツ。あなたに、僕の比翼になってほしい」

シノブを腕に抱いたまま、イグナーツが無言で瞠目した。彼から目を逸らさずシノブは続ける。

「比翼になった際に生じる制約についてはもちろん理解している。そのせいで、イグナーツには重責を背負わせてしまうだろう。万が一の場合は、ガイドとして生まれた意義まで奪うことになる」

シノブが命を落とした場合、浄化する相手を永久に失ったイグナーツは、ミュートと変わらない存在になる。新たな番を作ることもできないため、不撓の両翼で培《つちか》った人間関係や仕事の実績を捨て、宿樹を去るしかなくなる。

なにより、罪悪感に苛まれながらその後の人生を過ごす可能性を考えれば、比翼の契約など結ばないほうがガイドは幸せなのかもしれない。そんなことはシノブも重々承知していた。……けれど。

「それでも、僕はあなたを独占したい。……あなたに、僕を独占してほしい」

心と体のすべてを愛する男に捧げたいとシノブは願った。

シノブの揺るぎない言葉を唖然として聞いていたイグナーツが、くしゃりと顔を歪めた。笑おうとしているのに唇が震え、艶やかな瞳が透明な膜で覆われていく。

俯いた瞬間に涙を一粒落とし、イグナーツはシノブの首筋に顔を埋めた。

「たとえ浄化のためだとしても、他の奴にシノブを触らせたくない。……そんな気持ちは、ただの我《わ》が儘《まま》なんだと思ってた」

苦しい胸の内を吐露するイグナーツを、シノブはぎゅっと抱きしめる。彼の愛情に包まれ、守ってもらえる喜びを知り……自分も彼を守ってあげたいと願うようになった。

シノブは純白の髪を撫で、彼を宥めるように頬擦りをする。

「イグナーツの心を生涯縛りつけることになる」

「シノブと出会った時点で、俺の心は全部シノブに持っていかれてるんだ。今さらだろ」

一途な想いをぶつけられ、胸がトクトクと音を立てた。体の内に残っていた穢れが、触れ合った場所からどんどん消えていくのが分かる。ベッドの上で睦み合ったときのような激しい快感はなく、今はただ、暖炉の前で微睡んでいるような穏やかな心地よさがあった。

やがてイグナーツが、ゆっくりと顔を上げる。涙に濡れた王者の目は、朝露《あさつゆ》を浴びた稲穂《いなほ》のように美しかった。

「シノブの命も魂も、俺に預けてくれるのならすべて背負う。君だけが、俺の最初で最後の番だ」

そう言って唇を寄せてくるイグナーツを、シノブも静かに受け入れた。浄化のためでも、恋の衝動に突き動かされたわけでもない、誓いのためのキスを交わす。

彼の体温を全身で感じながら、シノブは、魂濁した際に聞いたもう一人のガイドの声を思い出していた。イグナーツのもとへ向かうよう、導いてくれた弟の声を。

（ずっとカミルに罪悪感を抱いていた。彼が昏睡してからはもちろん、番として隣に並んでいたときでさえ）

向けられる恋情から目を背けながら、番という立場に収まっていた、中途半端で残酷な自分。その愚かさを悔いているからこそ、イグナーツと比翼になることに、胸を張りたいと思った。

カミルに対して堂々としていたい。彼が目を覚ましたら、きちんと向き合って話をしたい。

罪の意識ではなく、愛を抱いて生きることを決めたのだと。

（いつか君にも、知ってもらいたいと思っているよ……カミル）

恋情と慈愛が一緒になったイグナーツへの想いと、カミルに向けた兄弟としての愛情。それらに全身を満たされ、シノブもまた幸福の涙を落とした。

鮮やかな青色と黄色の花束を手に、シノブは療養所へ向かう。初めて建物内に足を踏み入れた際はイグナーツと一緒だったが、今は一人でも気負わずに訪れられるようになった。

「調子はどうだ？　カミル」

樫の木が見える病室を訪ねると、ベッドに腰かけていたカミルがこちらに目を向けた。黄色の髪が目を引く彼は、愛嬌のある顔をわざとらしく歪ませてみせる。

「もう大変だよぉ。ちょっと歩くだけでくたくたになっちゃうんだから。この子と一緒に空を飛び回ってた頃が遠い昔に感じる」

カミルが肩を竦めると、そこに留まっていた霊獣のカナリアが、『ピピッ』と鳴いて羽ばたいた。カミルの頭に移動し、まるで自分の巣のようにくつろいでみせる。本人と同様、自由気ままな霊獣にシノブは笑ってしまう。

療養所で眠り続けていたカミルが目を覚ましたのは、今から一ヵ月前のこと。そのきっかけとなったのは、イグナーツが破壊したあの蓄音機だ。

眼帯の男が所持していた蓄音機は、ガイドの昏睡状態を保つための装置だった。

六年前に開発されたその装置を使い、ナデラスの構成員は最初にカミルを眠らせた。ガイドという浄化役を奪うことが、能力者による国防組織・不撓の両翼を弱体化させる鍵となる——そう考えたナデラスは、近隣国での実験を繰り返しながら付属機の開発に勤《いそ》しんだ。そして、一ヵ月前に作戦を実行したのだ。

イグナーツが森で見つけたイタチの足跡は、ナデラスの構成員であることを隠してフォグネス王国に侵入した仲間たちに、作戦計画の日を伝える合図だったという。第一飛行隊が森で対峙した構成員四人は、その足跡を確認しに来たところで隊員と鉢《はち》合わせしてしまったらしい。

昏睡維持装置の破壊によって、宿樹で昏睡していたガイドたちが目を覚まし、戦闘可能な隊員が一気に増えたことで、ナデラスの構成員はなす術なく捕縛された。毒物での自死を防ぐため、現場で入念な身体検査を行ったこともあり、生きたまま捕らえられた構成員から計画の全容を把握することができた。

クラウスが目覚めたことももちろんだが、カミルを始めとした、この六年間で昏睡させられたガイドも全員意識を取り戻したことが、シノブにこの上ない達成感を与えてくれた。

「実際、六年も昔のことだからな。ゆっくり体を慣らしていけばいい」

ベッドの横に立ち、花瓶に花を活けながらシノブは語る。「そうなんだけど……」と返すカミルはどこかふてくされた調子だ。シノブが振り返ると、カミルは投げ出した足をぶらぶら揺らしながら口を尖らせている。

「子供のときも、俺と番だったときも、シノブは引っ込み思案でちょっと頼りない子だと思ってたのに。今や落ち着いた大人の男なんだもんな」

「僕だってもう二十四なんだ。いい加減落ち着いていないとまずい年齢だろう」

「分かってるけど、俺はまだ体感十七歳だし、シノブの記憶だって十八歳のときで止まってんだよ。それなのに目が覚めたら六年の月日が過ぎてて、シノブは第一飛行隊の特A級センチネルとして活躍してて、おまけにどこの馬の骨とも分からない男と番になってるなんて理不尽すぎるだろ！」

娘の結婚相手に対する父親のような台詞を吐き、カミルが子供のように駄々をこねる。このやりとりにもすっかり慣れたもので、シノブは「また始まった」と笑い声を漏らしつつ、彼の隣に腰を下ろした。

膝の上に肘を置き、頬杖をついてそっぽを向くカミルの背中をとんとんと軽く叩く。

「この六年間の出来事は詳細に説明したし、イグナーツのことも紹介しただろう？」

「顔もいいし体格もいいし、完璧すぎて腹が立った。次に会ったら拳で黙らせてやる」

「そうだな、そのためにも筋力回復の訓練を頑張ろうな。ちなみにイグナーツの体術は第一飛行隊でも一、二を争う実力だ」

「あーもうっ、なにか欠点はないのかあいつは！」

忌々しげに吼えるカミルに、シノブは心の中で「極度の方向音痴ではある」と答えたものの、口には出さないでおいた。

イグナーツが「苛立ちをぶつけられる相手も必要だろ」と鷹揚に笑っていたことを思い出し、カミルが彼を目の敵にするような発言をしても、ある程度は好きに言わせることにしている。

想像はしていたものの、カミルが昏睡していた六年の間に起こった変化を、一ヵ月ですべて受け入れろというのは無理な話であった。目を覚ましたカミルは、当然ながらひどく混乱した。依存に近い執着を見せていたシノブに新たな番ができていたことにも、かなりの動揺を見せていた。

療養所を訪れてもしばらくは口を利いてもらえなかったし、イグナーツを連れてきたときに至っては激しく拒絶した。それでも時間をかけて説得し、足繁《しげ》く通ったことで、こうして軽口の応酬ができるまでの関係になったのだ。少しばかりの愚痴《ぐち》や我が儘など可愛いものだ。

「まあ……でも」

いまだ不満げな表情を見せながらも、カミルがぽつりと切り出した。

「シノブがそんなふうに、心から安心した顔で笑うようになったのは、あいつと出会えたからなんだろうなって思うからさ。じゃあもう仕方ないよな。……俺は、シノブにそんな顔させてやれなかったから」

「カミル……」

悔しそうに、それからどこか寂しそうにこぼす彼に、シノブはどんな言葉をかけるべきか分からなかった。カミルは大きく息を吸い込み、ふうっと勢いよく吐き出す。まるで心の中に溜まっていた澱を捨て去るように。

「俺だって、シノブの優しさにつけ込んでた自覚はあったからさ。いつまでも俺の番でいてほしいって思う反面、シノブにつらそうな顔をさせてるのが苦しくて堪らなかった。……すぐ隣にいるはずなのに、一緒にいればいるほど、シノブの心が離れていくようで不安だった」

明確な言葉は口にしないが、自分への恋愛感情について語っていることは察しがついた。カミルの想いにシノブが気づいていることを、カミルもまた分かっていたのだろう。

膝の間で手を組んだカミルは、苦い表情を見せる。

「……そうやって自分の気持ちだけを優先した結果、とんでもない事態を招いたって気づいたのは、ナデラスとの戦いでシノブが魂濁したときだった」

実の弟と番になったせいで、シノブは満足な浄化が受けられず、命を落とそうとしている。けれどシノブとの約束を破って禁忌を犯せば、目を覚ました彼は二度と自分に近づかないだろう。

己の浅はかさが最悪の事態を生んだことを、カミルは悔やんでも悔やみきれなかったという。結局、抱擁のみで必死に浄化をする中で、あの蓄音機の音を耳にした。遠のく意識の中、カミルはただひたすら「シノブだけは助けてくれ」と神に祈っていたそうだ。

六年前の心境をカミルが語るのは初めてだった。

「だからさ、癪《しゃく》ではあるけどほっとしたのも事実なんだ。あのガイドが、シノブにとっての心の拠り所になってくれたことに」

穏やかでありながら微かな寂しさを孕んだ声音。神妙な面持ちで耳を傾けていたシノブに、カミルは短く息をついたのち、ちらりと視線を寄越す。

「あのガイドのこと、シノブは好き？」

その「好き」という言葉に、恋愛の意味が含まれていることをシノブは察した。イグナーツのことは今の番としか紹介していないが、二人の間に流れる空気に、カミルなりに感じるものがあったのだろう。

「ああ。愛している」

迷いなく頷くシノブに、カミルはあんぐりと口を開けた。露骨に顔を歪め、「ぐあぁ」と呻き声をあげる。それから大袈裟な動作で頭を抱え、深くうなだれた。

「お、俺の可愛いシノブが『愛』なんて言い出すとは……」

「自分で聞いたのだろう？」

「くそっ。やっぱりどこの馬の骨とも分からない奴に兄さんはやれねえ！　いつか必ず不撓の両翼に復帰して、飛行隊員としての俺の実力を見せつけてやるんだからな！」

彼の口から初めて飛び出した「兄さん」という呼称に、シノブはすぐに反応することができなかった。もう一度シノブに顔を向けたカミルは、少しばかり照れくさそうにはにかんでみせる。

馴染みのない呼び方に戸惑いはあるが、きっとカミルなりのけじめなのだろう。想い人ではなく、シノブを兄として見ようという決意の表れ。

変化の過程でぎこちなさを感じることはあっても、それはきっと、いずれ自分たちにとって自然な形になっていくはずだ。

「カミルに認めてもらうのは、どんな任務より難易度が高そうだな」

困り顔で頭を掻く番の姿が容易に想像でき、シノブは和やかな気持ちで笑みを浮かべた。

その日の夜、シノブはイグナーツを部屋に迎え、ベッドの中央に座り彼と向かい合っていた。互いにゆったりとしたシャツとスラックスという平服姿だ。宿樹内の浴場から戻り、普段であれば寝間着に着替えるところだが、今夜は就寝前に大切な予定が入っている。

「約束してからちょっと間が空いたせいか、なんだか少し緊張するな」

照れくさそうに頭を掻くイグナーツに、シノブも目を合わせられないまま「ああ」と返す。

今夜は、イグナーツと比翼の契約を結ぶことになっていた。

ナデラスとの戦いが終わってからというもの、シノブたちはずっと慌ただしい日々を過ごしていた。近隣国と連携してナデラスの残党がいないかを調査したり、捕縛した構成員から聞き出した隠れ家を捜索したりと、侵略組織の壊滅に向けて忙しく動き回ってきたのだ。

それに加え、シノブはカミルとの関係を再構築するのに苦労していたこともあり、比翼の契約に向き合う余裕がなかった。二人にとって大切な瞬間になるので、作業のように終えたくなかったというのもある。毎日一緒に眠り、時折肌を重ねることもあったが、激しく求め合うというよりシノブを癒やすことを目的にした触れ合いだった。

そんなシノブを、イグナーツは決して急かさず、落ち着くまで気長に待ってくれていた。だからシノブは、忍耐強く懐の広い彼に自ら申し出たのだ。「今夜、契約を結ばないか」……と。

「ええと……まずは羽根を交換するのだと聞いた」

情事の前にわざわざ膝をつき合わせているのが、なんだか新婚初夜のようで気恥ずかしい。落ち着きのないシノブの肩で、アヤメがまるで溜め息でもつきそうな顔をしている。やれやれ、とばかりに尾羽を一枚引き抜き、嘴に咥えてシノブに突き出す。

一方、イグナーツの横にいるクニシュは、昂揚を隠せない様子で目を輝かせていた。彼もまた忙しなく尾羽を抜いて、どうぞ！　と言わんばかりにイグナーツに差し出す。

各々《おのおの》の霊獣から羽根を受け取ると、シノブとイグナーツは改めて互いを見た。頬に熱が上り、照れが伝播するようにイグナーツも目尻を赤らめる。それでも二人とも目を逸らさなかった。

「俺の生涯をかけて、比翼としてシノブを守り抜くと誓う。どんなに苦しい状況であっても、シノブの命がある限り絶対に生き延びてみせる」

その言葉は情熱的かつ真摯で、シノブの胸にじんと染みた。「命に代えても守る」のではなく、「生き延びる」と誓ってもらえることが嬉しかった。自分のために番が倒れることがどれほどつらいか、シノブは痛いほど知っているから。

差し出された褐色の羽根を、シノブは丁寧に受け取った。

「イグナーツを長生きさせるために、僕もなにがなんでも生き続けないといけないな」

ふっと口許を綻ばせながら、シノブも青色の羽根を差し出す。鳥の求愛行動から由来する比翼の契約は、ガイドだけに命の重さを背負わせるものではないのだと実感した。自分たちは、魂を預け合う唯一無二の存在なのだ。

オオルリの羽根を受け取ると、それはイグナーツの手の中で溶けるように消えた。シノブの手にあるハクトウワシの羽根も同様だ。自分の魂に、相手の魂の一部が入り込んだということだろうか。

「これで比翼になれたのか？　なにか目印のようなものはないのかな」

「契約が成立すると、背中に相手の羽根に似た紋様が浮かぶはずだ。以前、共同浴室でクラウスと一緒になった際、背中に黒褐色の翼の紋様《もんよう》があるのを見た」

シノブの返答を聞き、イグナーツが早速シャツを脱ぎ出す。裸の上半身を晒し、「どうだ？」と背中を向けてくるが、特に変化は見られなかった。

「まだなにも……というか、羽根を交換したあとに性行為をすることで契約が完了するんだ」

「あ、そっか」

鍛え上げられた背筋に手を置いて観察するシノブに、イグナーツが間の抜けた返事を寄越す。彼がぱっと振り返った瞬間、至近距離で視線がぶつかった。それでまたむずむずするような気恥ずかしさが込み上げ、二人で頬を染め合う。

「こういう儀式っぽいことするの、なんか新婚初夜みたいで照れるな」

精悍な顔を崩してはにかむイグナーツに、シノブは目を瞬かせた。背中に置いていた手を肩へ滑らせると、シノブから身を寄せてキスをする。シノブの手に大きな手を重ね、イグナーツがまぶたを伏せて唇を受け止めた。

「……僕も同じことを思っていた」

触れ合わせるだけの口付けを交わしたのちに囁く。

心が通じ合っていたのが嬉しいのか、イグナーツは破顔し、ぐるりと体を反転させた。シノブの腕を引くと、あぐらを掻いた膝の上に横抱きの状態で座らせる。それから、ちゅっちゅっと音を立てながらじゃれるようなキスを繰り返した。

イグナーツの腕の中で、シノブはくすぐったさに身を捩る。

「んんっ」

「こんな可愛い嫁さんがいたら仕事に行きたくなくなる」

「安心してくれ、同じ勤め先だ」

「そうだった」

とんだ茶番を繰り広げつつ、シノブもまたイグナーツの首に腕を回した。体の密着に合わせてキスも深まっていく。

唇の隙間から入り込んだ舌が、慣れた様子でシノブの口腔を蹂躙《じゅうりん》する。頬の裏側を擦り、上顎をくすぐって、舌の根元から先端までを執拗にねぶる。体の内側に侵入され、イグナーツのいいようにされているのだと思うと、じわじわとした快感が込み上げてシノブの下肢に熱を持たせた。

「んふ……っ、ん、ぅ」

イグナーツの頬に手を添え、夢中で唇を味わっていると、シノブの体を支える右手が悪戯っぽく腰をまさぐり始めた。裾から入り込み、体の輪郭をなぞりながらゆっくりとシャツを捲《まく》っていく。やがてその手がシノブの胸にたどり着いた。

興奮で尖る小さな乳首を、イグナーツは中指の腹で転がした。くにくにと捏ね回したり、人差し指と親指できゅっと摘んでみたりと、おもちゃで遊ぶ子供のようにあらゆる方法で刺激を与えている。

イグナーツとの情事の中で、すでにそこから得る快感を覚えさせられていたシノブは、体の芯に灯《とも》る熱に堪らず膝を擦り合わせた。彼の脚の上でもじもじと腰を動かしてしまう。

「ここ触られるの、気持ちいい？」

ねっとりとシノブの口腔を犯しながら、イグナーツがどこか楽しげに尋ねてくる。

「うん……っ、き、もちぃ」

彼の舌を追いかけながら、シノブも素直に頷いた。まだ情事の経験は少ないものの、イグナーツに教えられた性感は確実に育っていて、擦られるたびに赤く色づいて愛する番を誘惑する。

シノブの唇を堪能したイグナーツが、口の端に唾液を伝わせながら顔を離した。蕩けた視線を向けるシノブを満足げに見つめると、おもむろに耳へ唇を寄せる。普段は抑感装具で守られているが、湯浴みの際にすべて取り外したため、今は無防備な状態だ。

「じゃあ、これもきっと気に入る」

暗示でもかけるような妖《あや》しい囁きに、ぞくりとした感覚がうなじを駆けた。熱っぽい息を吐きながら、イグナーツが耳の縁に舌先を這わせる。途端に甘い疼きが込み上げ、シノブはぴくんっと体を跳ねさせた。

先ほどまでシノブの口腔を弄《もてあそ》んでいた舌は、飴玉を味わうかのようにやわらかな耳朶を転がす。耳介全体を口に含まれ、甘噛みされるのも堪らない。捕食される小鳥になった気分だ。

やがて唾液をまとわせた舌先が、中央の穴に入り込む。

「ひぁ……っ」

普段他人に触れられることのない場所を、ぬめった感触が出入りする。それはとても心許なく、同時に背徳的な快感を呼び起こした。後孔に指を入れられたときに近い感覚だ。腰から下が砕けたように力が入らなくなり、されるがままになってしまう。

その間にも、右手は絶えず胸を弄《いじ》り続けた。腕でシノブの体を支え、反対側の突起にまで手を伸ばす。周囲の輪ごと摘み、中心に向かって絞るような動きをされると、甘い声を出さずにいられない。

「はぁっ……はぅ……ッ」

耳をしゃぶられ、つんと勃ち上がった乳首を虐《いじ》められて、シノブは悩ましく身をくねらせた。

くちくちと淫猥な水音を立てながら、小さな穴を舌先が擦る動きは、下肢を繋げる行為を彷彿《ほうふつ》とさせる。耳を刺激されて得る性感と、彼の雄を受け入れる期待が混じり合い、シノブの中心がスラックスの前を押し上げた。

「あ……っん、……もう、触って……」

射精への欲が抑えられず、シノブは膝の裏に添えられていた左手に触れた。それなのにイグナーツは一向にその手を移動させる気配がない。

「どこを触ってほしいんだ……？」

耳の中に熱い息を吹きかけながら、イグナーツが低い声で尋ねてくる。分かっているくせに、シノブの口から言わせないと気が済まないのだろう。ずるい、とシノブは歯嚙みする。

いつもは紳士的で、シノブを最優先するイグナーツだが、閨《ねや》でだけは意地悪な言動をする。その変化にシノブがひどく興奮することを知っているから、彼はこうして羞恥を煽るような問いかけをするのだ。

きゅうっと下肢が切なく疼き、シノブは睫毛を震わせた。頰を燃やしながらイグナーツの手首を取り、スラックスの穿き口へと誘導する。

自分でボタンを外して下着の中へ導くと、大きな手に素肌を直接触れられて、シノブの中心はより一層固さを増した。

「ここ、触って……イグナーツの手に出したい……っ」

イグナーツの手を使って自慰をするように、シノブはそこに腰を押しつけた。同時に、放置されているほうの乳首を自分で摘み、くりくりと弄ってさらなる刺激を加える。

性体験の回数は少ないながら、その一回一回が濃厚であったため、シノブはすっかり快楽に従順な体に作り替えられていた。イグナーツに身を任せれば底なしに気持ちよくしてもらえるのに、意地を張るのはもったいないと思ってしまう。

シノブの痴態を前にして、イグナーツがごくりと喉を鳴らす。劣情にまみれた目を向けられるのが堪らない。全身を彼の炎で炙られているようだ。

次の瞬間、イグナーツは乱暴な手つきでシノブのスラックスを引き下ろした。勢いよく飛び出した性器は反り返るほど上向き、鈴口から透明な体液を垂らしている。

その幹をイグナーツが包む。待ち侘びた感触に、シノブは「はぁっ」と切なく啼《な》いた。余裕のない動作で激しく扱かれ、一気に快感が駆け上がる。

「あっ、あ、ぁ……い、いっ……！」

「すごいな。もうぐしょぐしょだ」

すぐ出ちゃうんじゃないか、と耳を舌で嬲られながら揶揄され、シノブは全身を細かく震わせた。先端を親指の腹で弄られ、先走りを塗り広げるように陰茎を擦られると、おかしくなりそうなほど感じる。乳首と耳を同時に虐められるのも気持ちよくて仕方ない。

「もう出る、あっ、あっ、出るぅ……っ」

込み上げる射精感に、シノブは顔を真っ赤に染めて訴えた。それなのにイグナーツは、あえて手の動きを緩慢にし、絶頂への一線を越えさせてくれない。

「随分早いな。我慢できそうにない？」

「無理、ひぁっ……む、り……っ」

力なく首を横に振ったシノブは、執拗に耳を責めていたイグナーツの顔をつかんで耳から離す。そのまま唇を寄せてキスをし、自ら舌を差し入れて彼を誘った。淫らに舌を絡め合わせ、目眩がするほどの甘い口付けに溺れる。

「お願い、イグナーツ……手、もっと強くして……?」

桃色に染まった吐息が混じり合う中、シノブは彼の唇を食みながら懇願した。至近距離からシノブを射貫《いぬ》く目が、ぎらりと底光りしたと思ったら、唐突に陰茎を扱く手が力強くなる。

爆発寸前の性器を大きな手で刺激され、シノブはぶるぶると全身を震わせて愉悦に浸った。

「ッあ！　あっ、ぁあっ、……っ、……――！」

体の中心を閃光が駆けた気がした。次の瞬間、濃密な快感が弾ける。鈴口から白濁した蜜があふれ、搾《しぼ》り取るような動きで幹を擦られるたび、とろとろと垂れてイグナーツの手を汚していく。

「はあ……ふ……っ」

彼の分厚い胸にぐったりと身を預け、シノブは荒い呼吸を繰り返した。イグナーツはシノブの額にキスをすると、一度ベッドの上に座らせる。ぺたんと尻をつける体勢で脱力するシノブの、中途半端に脱げていた衣服をすべて取り払った。

同じように、イグナーツもスラックスを脱ぎ捨て、均整の取れた肉体を晒す。その背中に現れた異変に、シノブは「あ」と声をあげた。

「うっすらとだが、青色の翼が浮かび上がってきている……」

羽根を交換した直後はなにもなかった肌に、薄く溶いた絵の具で描いたような紋様が見えた。肩甲《けんこう》骨《こつ》に左右対称に浮かび上がる様子はまさに鳥の羽だ。

「え、そうなのか？」

イグナーツも慌てて首を捻るが、自身の背中を目視するのは難しい。早々に諦め、代わりにシノブの背後に回り込んだ。すぐに「本当だ」と感嘆の声があがる。

「シノブの背中にも褐色の紋様が見えてきてる。すごいな、こうやって少しずつ色が濃くなっていくのか」

指先でそうっとなぞられ、くすぐったさとともに淡い快感が湧き上がる。「んっ……」と息を詰めると、今度はうなじにキスをされた。

「二人で抱き合う時間の中で、ゆっくり比翼になっていくんだな」

シノブの体にゆるく腕を回して抱き寄せ、イグナーツが低く掠れた声で囁く。腰に当たる欲望は固く勃起していた。乱れる自分を見て反応したのだと思うと、期待感から口腔に唾液があふれる。

それをごくりと飲み下し、シノブは背後を振り返った。何度かキスを交わしながら、腰の後ろに手を回し、彼のものを指で撫でる。

「口でしてもいいか……？」

おずおずと申し出たシノブに、イグナーツが驚いた様子で目を瞠った。彼以外の人間とは経験がないため、シノブはこれまで一方的な施しを受けるばかりだった。

「いいのか？」

「ああ、したい。イグナーツのようにうまくやれる自信はないが」

言うや否や、シノブはベッドの上に腹這いになった。イグナーツにも脚を伸ばさせると、その下腹部に顔を埋める。

純白の下生えの中心で反り返る雄は、太く長大で、とてもじゃないがすべて飲み込める大きさではなかった。いつも彼がしてくれるように、幹に指を絡めて擦りながら、シノブは先端に吸いつく。出っ張った部分に舌を絡めながら、慎重に口に含んだ。

「は……ッ」

拙《つたな》い口淫にもかかわらず、イグナーツはそれだけで息を乱した。手と口の中で、彼のものが硬度を増す。反応してくれるのが嬉しくて、シノブは夢中になってイグナーツを咥えた。口の端から唾液を垂らし、じゅぷっと濡れた音を漏らしながら、張った雄にしゃぶりつく。

そうやって口淫を施すうち、シノブは自分の体もまた変化していることに気づいた。

丸い先端部分で上顎を擦り、喉のほうへ入ってくると、苦しさと同時にぞくぞくとした性感が込み上げる。頭上から時折聞こえてくる、快感を堪えるような低い声にも、滴るような雄の色香を感じ腰が蕩けてしまう。

なにより、この力強い肉杭が自分を貫くところを想像すると、快楽を知っている胎の中が切なく疼いて仕方ないのだ。

「はあ……はあぁ……っ」

シノブは彼の中心を愛撫しながら、自身をベッドに擦りつけるように腰を揺らめかせた。その様子を見ていたイグナーツが、シノブの口の中でさらに性器を膨らませる。

「視覚の破壊力がすごいな。……そろそろ出そうだ」

口を離せと言いたいのだろう。シノブの髪に指を差し入れ、イグナーツがそっと頭を引き剝がそうとする。しかしシノブは彼を喉奥の限界まで咥えたまま、小さく首を横に振った。「口に出してもいいのか？」と尋ねられ、小さく頷く。

「このあと使うから、俺が出したものは口の中に残しておいてくれよ」

指で梳くように髪を撫でられるのが気持ちいい。シノブはうっとりとした表情を浮かべ、もう一度首肯した。イグナーツから施される手淫を思い出しながら、熱心に彼のものを扱いていく。同時に先端を吸ったり、口腔の粘膜で包んだりして刺激しながら射精を促した。

「ぐ……っ」

快感に顔を歪ませたイグナーツが低く呻く。その声にシノブの下肢もまた熱を帯びた。口の中で張りつめた雄が、どろりとした濃い体液を吐き出す。

それを口で受け止め、ようやくすべてが出きったところでシノブは顔を離した。すぐにイグナーツが右手を差し出してくるので、舌を突き出すようにしてそこへ彼の精液を落としていく。白濁をあらかた吐き出してしまうと、シノブは濡れた口許を手の甲で拭いながら上体を起こした。

「ありがとう。気持ちよかった」

すぐにイグナーツが身を寄せてきて、労るようなキスをしてくれた。彼のものを咥えた直後なのにいいのだろうか……と思いつつ、シノブも素直に唇を受け入れる。

「うまくできていたか……？」

「ああ、すごくよかった。俺の番は可愛くて格好よくて、そのうえいやらしくて最高だな」

顔中にキスを降らせながらそんなことを言うので、シノブは思わず頬を染め視線を落とした。侮蔑されているわけではないと分かってはいるものの、淫蕩《いんとう》な姿を指摘されるとやはり居たたまれない。

「……そうさせたのはイグナーツだ」

「だから最高だって言ってるんだよ」

ささやかな反論ですら涼しい顔で受け止められ、シノブはもはや己の浅ましさを恥じることすら馬鹿らしくなった。淫らに変貌した姿ですら愛してくれるのだから、言葉の裏を読むことなどしなくていいのだろう。

長い間自己嫌悪の念に囚われていたけれど、イグナーツが愛してくれる自分を、今の自分なら愛せる気がした。

再度あぐらをかいたイグナーツは、シノブの腰に左手を添えて引き寄せた。イグナーツの太股を跨《また》ぐ格好でベッドに膝立ちになり、体の正面を向かい合わせる。彼の肩に手を置いて力を抜くと、後孔に濡れた指が宛われた。シノブにとっての媚薬となる、彼の精液をまとった指。

それはゆっくりと肉を掻き分けながら、シノブの中へ埋め込まれていく。勝手知ったる様子で内壁を探り、白濁を塗り込むような動きで中を解した。ガイドの体液を粘膜で感じ、センチネルとしての体はあっという間にぐずぐずになっていく。

「あ……っぁ、……あぁ……ッ」

ぴくんっと身を跳ねさせながら、シノブは切なく眉を寄せて悦がった。指を増やされ、指の腹で秘所を擦られると、下半身が崩れてしまいそうになる。

イグナーツの頭を抱えるようにして縋りつくと、彼の眼前に迫った胸の突起を当たり前のように口に含まれた。熱い舌で捏ね回され、ますます快楽が募っていく。

「んっ、……ぁん、んぅっ」

堪らず腰を揺らすと、股の間で再び上向いた性器が、イグナーツの割れた腹筋にぶつかった。それでさらに気持ちよくなってしまい、腰の動きが止まらなくなる。カクカクと前後に揺らすと、指を埋め込まれた蕾と勃起した中心が同時に刺激されて、絶頂を迎えることしか考えられなくなるのだ。

イグナーツの体を使って自慰に耽るシノブを、彼は欲情に濡れた目で観察していた。見せつけるように舌先で乳首を捏ね回され、シノブは身を苛む愉悦に溺れる。

「あぅ、……出る、……っあ、あ……！」

イグナーツに左手で背中を支えられ、シノブは身をしならせて二度目の吐精をした。先端から漏れ出た白濁がイグナーツの腹を汚す。

全身を弛緩《しかん》させるシノブを、イグナーツは後孔から指を引き抜いて抱き留めた。彼の首に腕を巻きつけたまま、シノブはただただ呼吸を乱すことしかできない。イグナーツはそんなシノブの腰をつかんで浮かせ、目的の場所へと導いていく。

綻んだ蕾に熱い先端が宛われた。触れていないにもかかわらず、イグナーツの雄もまた力を取り戻し、固く勃起している。絶頂を迎えたばかりのシノブは足に力が入らず、イグナーツの手がゆるむと、自然とその場に座り込む体勢になってしまう。

長い指によって解された孔は、淫らにうねりながら怒張を受け入れた。張り出た部分を飲み込んでしまうと、残りはあっという間だった。自重によってそのままずぶずぶと突き刺さっていく。

「……っあ……、……――ッ！」

根元まで埋め切る前に、シノブは三度目の絶頂に飲み込まれた。臍の下が痙攣し、神経が焼き切れるのではないかと思うほどの強烈な快楽に浸される。射精した直後の中心は震えるばかりでなにも吐き出さず、中だけで達したのだと悟った。

立て続けに愉悦の波に溺れたために、さすがに体がついていかず、シノブはぐったりとイグナーツに身をもたれかけさせた。シノブの背中に腕を回して支えるイグナーツも、込み上げる射精感を堪える様子で眉間に皺を刻む。彼を咥え込んだ内壁が、余韻でいまだうねっているせいだろう。

「悪い。我慢できなかった。……つらいか？」

シノブの後頭部に手を置いたイグナーツが、額に貼りつく前髪を指先で払った。広い肩に頭を乗せ、シノブは心地よさに目を細める。

「もう少しだけ、このままでいさせてくれ」

激しく求め合う時間も嫌いではないが、体を繋いでいる最中にふいに訪れる、穏やかな瞬間がシノブは好きだ。イグナーツの体温を全身で感じ、どちらのものともつかない体液で肌を濡らしていると、互いの境界線が曖昧《あいまい》になっていくような感覚になる。

たくましい腕に身を預け、至福の時間を味わっていると、すぐそばでイグナーツが「あ」と声を漏らした。

「翼の紋様がかなり濃くなってる。もう比翼の契約は結ばれたって考えていいのかな」

シノブの背中を見ながら語っているのだろう。魂を結び合わせる儀式は実に神秘的だ。

「僕も見たい」

と、好奇心の赴くまま腰を上げようとしたシノブを、イグナーツが手の位置を変えて支え直した。

「動いて平気なのか？」

「ああ。もう大丈夫……っ、ん」

腰を浮かせた拍子に体を貫いている雄に内壁を擦られ、上擦った声が漏れる。内側から湧き上がる性感に頰を紅潮させながらも、シノブは彼の背中に目を向けた。確かに、そこに浮かび上がった紋様は、青色が随分濃くなったように見える。

「クラウスの背中にあった紋様もこれくらいの濃さだったように思う」

「じゃあ俺たちはもう比翼になれたのか？」

「そういうことでいいんじゃないか」

シノブの返事に、イグナーツは嬉しくて仕方ないといった様子で相好《そうごう》を崩した。それからシノブの背中に腕を回し、ゆったりと抱きしめてくる。褐色の翼が浮かび上がった肩甲骨を大きな手で撫で、首筋に顔を埋めた。

その仕草はシノブのすべてを包み込むようでもあり、一方で、己が手にしたものの一つ一つをしみじみと味わっているようでもあった。

「自分の望みを押し殺してきた人生の中で、唯一求めずにいられなかったのがシノブだ」

落ち着いた口調の台詞には、感じ入るような熱が込められていた。イグナーツと出会い、こうして比翼になるまでの時間を思い、シノブも穏やかな気持ちで彼の背中を抱きしめ返す。

シノブにとっては、自己嫌悪の念に囚われ、他人を遠ざけてきたつらい六年間だった。けれどイグナーツにとっては、停滞していた人生に意味を見出す六年間となった。

カミルに請《こ》われるがまま番となることを受け入れたり、一人ですべてを背負い込もうとするあまり仲間を傷つけたりと、後悔も多い。けれど悩み苦しんだ末に、最愛の比翼と出会うことができたのだから、きっと無意味な六年間だったわけではない。——そう思いたい。

「たくさんの覚悟を決めてシノブが俺に預けてくれたもののすべてを、一生かけて大切にするから。

「……愛してるよ、シノブ」

膝に乗せたシノブを見上げ、心の底から幸せそうにイグナーツが笑む。精悍な顔がやわらかく崩れる瞬間を見るのが堪らなく好きだ。その笑顔を前にすると、シノブもまた自然と頬がゆるむ。

「僕も愛している。独占してくれ、イグナーツ。これでもう名実ともに、僕のすべてはあなたのものだ」

彼の頬を両手で包み、唇を重ねた。餌を啄む小鳥のように何度か表面を食む。イグナーツからも吸いついてきて、徐々に深く噛み合っていく。

濡れたキスに変化する頃には、イグナーツの手がシノブの体をまさぐり始めていた。肩甲骨を撫で、背中から脇腹をなぞり、両手で臀部をつかんで揉みしだく。

シノブもまた頬に乗せていた手をイグナーツの首筋に滑らせ、隆起した筋肉を味わうように上体を愛撫した。やがて互いに我慢ができなくなり、どちらからともなく腰を揺らし始める。

後孔に埋め込まれた熱い屹立《きつりつ》が、ぐちっぐちっと卑猥な音を立てて媚肉を擦った。シノブの尻をつかんだままイグナーツが太股を開き、爪先をベッドについて下から腰を打ちつけてくる。

彼の精液を塗り込まれた内壁は、愛しい番を受け入れるための器官と化し、勃起した雄で擦られるたびに甘い快感を生んだ。

「あっ、ぁ、んっ、ぁあッ」

汗でしっとりと肌を濡らしながら、シノブは喉を反らして喘いだ。片手を腰の後ろについて不安定な体を支える。すると腹側にある敏感なしこりに、彼の出っ張った部分がちょうどぶつかり、律動のたびにごりごりと押しつぶされた。

「ぁひっ、あァッ！」

口の端から唾液を垂らし、あられもない声をあげるシノブに、イグナーツが満足げに口角をあげる。

「気持ちいい、か……っ？」

「いい……っ、すご、く……きもちぃ……っ」

膝を立てて腰を浮かせ、彼のものが滑らかに出入りできるよう位置を調整した。そうするとイグナーツの腰の動きがより大胆になる。

直線的な動きで胎内を刺激されたかと思えば、大きく腰を回して弱い場所を捏ねられ、腰をつかんで奥をずんっと重たく穿たれる。様々な動作で熟れた肉壁を掻かれ、あまりの快感にシノブは惑乱した。

「やぁあ……っ、ぁうっ、あ、んぅ」

中だけの刺激で恐らく何度か達しているだろう。雌の愉悦を知った体はひどく敏感になっていて、簡単に一線を越えてしまうのだ。律動に合わせてシノブの中心が首を振り、下腹に透明な蜜を飛ばしている。それがまるで粗相《そそう》をしているかのようで羞恥が募った。

（もう浄化酔いはしなくなったはずなのに）

穢れが完全に消えたために、浄化の快感が強く作用しすぎることはなくなった。それなのにイグナーツに触れられると、どこもかしこも気持ちよくて恥ずかしいくらい乱れてしまう。

それはきっとこの目のせいだ……と、シノブは霞がかった視覚で彼の双眸を捕らえた。

艶やかな金色の、空を支配する王者の目。狙った獲物を決して逃さない、獰猛な猛禽類の瞳。その目に射貫かれたら最後、自分のすべてを差し出さずにはいられない。

ましてや、彼は必死にシノブを捜し、鉤爪でつかむ日を六年もの間待ち侘びていたのだ。一途な鷲の執心に搦め取られたら、余裕に満ちた表情で取り繕うことなど不可能だ。ただ彼に捕食される官能に溺れていく。

「あ、ぁ、むり……も、むり……っ」

ベッドについていた腕が震え、シノブは耐えられずに後方に倒れ込んだ。その体を追いかけ、イグナーツがのしかかってくる。

シノブの太股の裏に手を置いて胸側に押しやり、より深い場所へと雄を突き刺した。潤滑油代わりの精とイグナーツの先走りによって、結合部からはぐちゅっと淫猥な水音があがる。

「はぁあ……っん、あっ、ぁ」

「もう全身ぐちゃぐちゃだな。……俺も一度出すぞ」

すべてを曝《さら》け出した格好のシノブに、イグナーツは容赦なく欲望を突き立てた。シノブの痴態を眺める目は爛々と輝き、形のいい唇を赤い舌でぬるりと舐める。筋肉質な体に汗をまとわせ、雄々しい色香をふんだんに撒《ま》き散らすその男を、シノブは恍惚の表情を浮かべ見つめていた。

宣言どおり絶頂が近いのだろう。上体を傾けたイグナーツは、シノブと両手を絡めて肌を密着させ、胸を合わせたままめちゃくちゃに腰を打ちつけてきた。その動きに、シノブもまた何度目か分からない絶頂に追い上げられる。

「あっ、は……はぁっ……、ぁ……――ッ！」

抵抗する間もなく快楽の波に攫われ、シノブはびくんっと体を跳ねさせた。深い愉悦が全身を浸し、なにも考えられなくなる。無防備に晒した喉にイグナーツが唇を寄せ、きつく吸って跡を残した。衣

服で隠れる場所だろうか、と確認する余裕も、もはやない。

艶めかしく動く内壁に搾り取られ、イグナーツが「く……ッ」と息を詰める。奥まで結合した状態で吐精した。ガイドの体液はセンチネルを癒やす薬となり、シノブの内側を熱く満たしていく。

「はあ……は……っ」

イグナーツは快感の余韻で顔を歪め、シノブの上で荒い呼吸を繰り返した。こめかみを伝った汗がぽたりと頬に落ちる。至近距離で視線が絡み、二人は無言で唇を合わせた。

飽きずにキスをして互いを貪り、どろどろに溶かし合っていく。そうするうちに、後孔に刺さった雄が力を取り戻し、ゆるやかな律動を再開する。体の下に差し入れられた腕にきつく抱き竦められ、シノブは過ぎる悦楽から逃げることもできない。

「好き……好きだ、シノブ……」

耳許に唇を寄せ、イグナーツは掠れた声でうわごとのように繰り返した。

「ガイドとしても、一人の男としても、もう君を手放してやれない」

自分を食らい尽くそうとする鷲を、シノブは深い官能の中で受け入れる。その背中で、褐色の翼が彼に所有される喜びに濡れていた。


厳しい冬が終わり、芽生えの季節がやって来る。

とある地区を騒がせている窃盗団を捕縛するため、第一飛行隊は町の外れに身を潜めていた。彼らの逃走経路については事前に報告が上がっていて、間もなくこの道を通るはずだ。

後方に控えているのは第三飛行隊だ。通常であれば第一飛行隊が担当するほどの任務ではないが、この春第三飛行隊に新人が二名配属されたことから、実戦での指南役として同行を命じられたのだ。

第三飛行隊の面々が緊張した面持ちで身構える一方、建物の陰に立つフォルカーはあくびを噛み殺している。その様子にクラウスが眉を吊り上げた。

「気を抜きすぎです、フォルカー」

「だってもう一時間も待機してんだぞ。こんな退屈な任務、眠くもなるって」

「そうやって油断して、真っ先に魂濁した場合は、苦しむあなたを横目に優雅にお茶を楽しんであげますよ」

「お前、俺相手だと本当に容赦ねぇよな……」

親しい二人の会話に笑いが込み上げそうになり、シノブは気を紛らわすべく第三飛行隊のほうへ顔を向けた。すると、こちらを見ていた二名の隊員と視線がぶつかる。

例の新人たちだろう。見慣れぬ顔の彼らは、シノブと目が合うと慌てた様子で顔を背けた。なにかあったのか、と少しばかり視覚を解放すると、頬を赤らめて気まずそうにしている姿が目に入る。

そういうことか、しまったな。と、配慮に欠けた己の行動を悔いていると、すぐ横にいたイグナーツが唐突に手を伸ばしてきた。シノブの顔色を確認するように頬に触れる。

「穢れが溜まるほど五感を使ってはいないつもりだが……」

抑感装具もよく効いているし、浄化のためだとしたらいささか過保護だ。

困惑するシノブに、イグナーツは表情を変えず「ああ」と返した。身につけていた抑感装具の首飾りを淡々と外し、シノブに移していく。

正面から腕を回しているせいで距離が近い。というか近すぎる……と気づき、そこでシノブは彼の意図を察した。口付けをされてもおかしくない位置にいるイグナーツに、ふっと笑い声を含んだ息を漏らす。小さく口角をあげ、彼を見つめて目を細める。

「僕の可愛い番は随分と独占欲が強い」

「今さらだろ。たとえ新人であっても、俺の比翼に邪《よこしま》な目を向けることは許容できないな」

実際、イグナーツの牽制によって新人たちはすっかり肩を落としていた。可哀相に、と眉尻を下げるシノブのそばで、

「お前らの乳繰り合いにいたいけな新人を巻き込むのはやめろ」

とフォルカーが呆れ顔をしていた。

「敵に動きがあったようだ。もうすぐここへやって来るぞ」

ヴィルヘルムの言葉に、少しばかりゆるんでいた空気がぴんと張りつめる。

身構えるシノブたちの耳に届いたのは蹄《ひづめ》の音だ。馬に乗っているという情報はなかったが、どうやら逃走用にどこからか盗んできたのだろう。待ち伏せされていることに気づき、一気に駆け抜けるつもりなのかもしれない。

(面白い。やれるものならやってみろ)

馬に乗った程度で逃げ切れると思ったら大間違いだ。運が悪いことに、彼らを待ち受けているのは最強の隊員を揃えた第一飛行隊なのだから。

ヴィルヘルムの合図で、先に第一飛行隊が、続いて第三飛行隊が飛び出した。敵の数はおおよそ十人で、それぞれ馬を操り、懐に戦利品と見られる大きな袋を抱えている。

攻撃を仕掛ける瞬間を合わせるべく、ちらりとイグナーツに目をやると、彼は機嫌よく口角を上げ

た。

「どんな穢れも俺が必ず浄化するから、好きなだけ暴れていいぞ」

冗談めかした台詞にシノブも笑ってしまう。

「自分のほうがよほど暴れそうな体格をして、よく言う」

「愛しい番を守るために鍛えてるからな」

「僕だって、イグナーツを守れるくらいの力はあるつもりだ」

「分かってるさ。俺の番は王国一いい男だからな」

戦いの最中にいながら、随分とのんびりしたやりとりをしているものだと、我ながら呆れる。これでは自分たちもクラウスに叱られてしまうな、と苦笑しつつ、シノブは敵と対峙する不撓の両翼の面々に目をやった。

情熱的で仲間思いなフォルカー。彼の覚悟をともに背負うと決めたクラウス。シノブを常に気にかけてくれていたヴィルヘルム。他にもたくさんの隊員が一心不乱に剣を振るっている。

以前は、任務のたびにそのすべての命を背負い込んでいた。誰のことも傷つけさせない、そうなるくらいなら自分が傷つくほうがましだと考えていた。仲間を信じることができず、己の命を軽んじるような戦い方しかできなかった。

けれど今は違う。

(僕が窮地に陥った際は、助けてくれる仲間がいる。互いの背中を預けられる頼もしい番がいる)

かつて片翼だった第一飛行隊の特A級センチネルは、心から信頼できる番を得て、ようやくその羽を対にした。大きく広がった翼は、誰も手が届かないほどの高みに至ろうとしている。

馬の上で長剣を構え、窃盗団の一人が鬼気迫る顔で突撃してきた。まっすぐ駆けてくる男を前に、シノブもまた滑らかな動作でサーベルを抜く。すぐ横で、イグナーツも脚の長さほどある太刀を携えていた。

「行くぞ、イグナーツ。くれぐれも馬は傷つけるなよ」

「了解。よりによって俺たちに向かってきたこと、後悔させてやろうぜ」

シノブの肩にアヤメが、イグナーツの肩にクニシュが姿を見せる。それぞれの霊獣と同化した二人は、視線を交わしたのち、翼を生やして窃盗団に向かっていった。

――小鳥の霊獣を持つ珍しいセンチネルと、彼に身を捧げるために生きた、鷲の霊獣を従えるS級ガイド。これは、いずれ歴代最強として名を馳《は》せる比翼の、伝説が始まるまでの物語。

あとがき

初めまして、もしくはこんにちは。村崎《むらさき》樹《たつる》と申します。このたびは「運命の比翼～片翼センチネルは一途なガイドの愛に囀《さえず》る～」をお手に取っていただき、誠にありがとうございます。

自著では初の四六判となった今作は、「翼を生やして戦う飛行隊の、バディものファンタジーBLが書きたい」という長年の妄想に、スピリットアニマル設定あり（作中では「霊獣」の表記にしています）のセンチネルバースを組み合わせたうえで、オリジナル設定を大量投入して書き上げたお話です。

キャラクターは霊獣となる鳥のイメージから作っていったのですが、当初、受けのシノブは小型の猛禽類《もうきんるい》であるモズで考えていました。獲物を枝に突き刺す「はやにえ」をするとは、可愛《かわい》らしい見た目に反し残虐《ざんぎゃく》だ……きっと彼には過激な振る舞いをしなくてはならない事情があるに違いない！　と、鳥の習性から設定を練るのが楽しかったです。

あれこれ深掘りするうちに「もっと繊細な雰囲気の和風美人にしたいな」という思いが強くなり、羽色と歌声が美しいオオルリに変化しました。結果的に、イグナーツと並べたときにバランスのよい凸凹《でこぼこ》バディになってくれた気がします。

攻めのイグナーツは大型の猛禽類ということで、最初から鷲《わし》で考えていました。ただ、「オジロワシは寡黙《かもく》男前系」「イヌワシは豪快《ごうかい》世話焼き系」と、種類によって自分の中でのイメージが異なっていたため、詳細を詰めていくまでなかなか確定せず……。

最終的には、担当編集様の「田舎からやって来た頼れるヤンキーお兄ちゃん、みたいな攻めはどうでしょう？」という鶴の一声（鳥だけに）により、アメリカ合衆国の国鳥《こくちょう》・ハクトウワシがぴったりなのではないか、という考えに至りました。結局ヤンキーお兄ちゃん感は薄まりましたが、個人的にはかなり好きなタイプの包容力攻めになりました。

もう悟られているかもしれませんが、わたしは鳥が大好きです（笑）。動物全般が好きなので、フォルカー、クラウス、ヴィルヘルムに、カミルといった飛行隊の面々のみならず、敵キャラまで非常に楽しく描写しました。

苦労の多い人生を歩んできたシノブとイグナーツですが、心を預けられる存在と出会うことができたので、任務の中でもこれからは安らげる瞬間があるのではないかな……と思っています。フォルカーとクラウスもお気に入りなので、彼らが結ばれるまでの物語も、なんらかの形でお披露目《ひろめ》したいです。あとはヴィルヘルムも、作中では詳しく描写していない副隊長と、実は比翼《ひよく》関係にあります。こちらも引き続き妄想していきたいな！

イラストをご担当いただいた秋久《あきひさ》テオ先生には、繊細で美しいシノブと、男前かつ色気たっぷりなイグナーツを描いていただき、感謝の気持ちでいっぱいです。前々から秋久先生のファンでしたので、お仕事をご一緒できるというお知らせに、拳を天に突き上げて喜びました。素晴らしいイラストをありがとうございました！

オリジナル設定ありのファンタジーセンチネルバースということで、担当編集K様には、プロットを練る作業から各種設定の確認作業まで大変なお手間をおかけしました。今回もたくさんご助力いただき、心より感謝申し上げます。

一月末で、ＢＬ小説家デビューから丸三年が経ちました。デビュー前から温めていたお話を、憧《あこが》れの先生のイラストとともにお届けできるという、この三年間コツコツ頑張ってきたご褒美のような一冊になり、感慨深い思いでいっぱいです。

商業作家として書き続けてこられたのは、お手に取ってくださる読者様の存在があったからこそです。この場を借りて厚くお礼申し上げます。今作がわたしにとって思い入れの深い作品になったように、最後までお付き合いいただいた読者様にとりましても、お気に入りのキャラクターや、好きなシーンがあればいいなと祈っています。

四年目からも、読んでくださった方が幸せな心地になるような小説を書くべく、精進してまいります。それでは、またどこかでお会いする機会があることを祈りまして。

二〇二四年一月　村崎 樹

リンクスロマンスノベル

運命の比翼 ～片翼センチネルは一途なガイドの愛に囀る～

2024年2月29日 第1刷発行

著　者　村《むら》崎《さき》 樹《たつる》
イラスト　秋《あき》久《ひさ》テオ

発行人　石原正康
発行元　株式会社 幻冬舎コミックス
〒151-0051 東京都渋谷区千駄ヶ谷4-9-7
電話03（5411）6431（編集）

発売元　株式会社 幻冬舎
〒151-0051 東京都渋谷区千駄ヶ谷4-9-7
電話03（5411）6222（営業）
振替　00120-8-767643

デザイン　Blankie

印刷・製本所　株式会社光邦

検印廃止